우리들의 매미 같은 여름

푸른도서관 51

우리들의 매미 같은 여름

초판 발행 / 2012년 3월 30일

지은이/ 한 결
펴낸이/ 신형건
펴낸곳/ (주)푸른책들
등록/ 제321-2008-00155호
주소/ 서울특별시 서초구 양재천로7길 16 푸르니빌딩(양재동 115-6) (우)137-891
전화/ 02-581-0334~5 팩스/ 02-582-0648
이메일/ prooni@prooni.com 홈페이지/ www.prooni.com

글 ⓒ 한 결, 2012

ISBN 978-89-5798-321-8 03810

이 도서의 국립중앙도서관 출판시도서목록(CIP)은 e-CIP홈페이지(http://www.nl.go.kr/ecip)와
국가자료공동목록시스템(http://www.nl.go.kr/kolisnet)에서 이용하실 수 있습니다.
(CIP제어번호 : CIP2012001243)

우리들의 매미 같은 여름

한 결 지음

푸른책들

차례

1. 섭식장애의 법칙

새벽 한 시. 벽 하나를 사이에 두고 들려오는 저 소리. 난 저 소리의 정체가 무엇인지 정확히 알고 있다. 오른손 집게손가락을 길게 쭉 펴 들고 물컹거리면서도 까칠한 혓바닥 위를 밀고 올라가다가 급기야 주먹이 입안으로 반쯤 들어갈 때 자신도 모르게 오장육부가 뒤틀리며 나오는 소리. 소화되지도 않은 음식물들이 꾸역꾸역 식도를 타고 올라올 때 나오는 소리. 눈물이 찔끔 날 정도로 거북하겠지만 엄마는 어떻게든 자신의 신음 소리를 틀어막기 위해 노력하고 있을 것이다. 엄마는 그런 사람이었다. 쏟아져 나오는 본능의 소리도 다시 집어 삼키는 사람. 한밤중의 이 비밀스러운 의식을 자신의 딸이 알고 있다는 사실도 모른 채 모든 걸 완벽하게 통제할 수 있다고 믿는 그런 사람. 촤르르륵. 비밀스러운 의식은 변기 물을 내리는 순간 끝이 났다. 나는 재빨리 침대에 가서 눕는다. 엄마가 방문을 열어 볼 것이기 때문이다. 딸깍. 역시나 방문이 열린다. 바늘 떨어지는 소리라도 들릴 것처럼 고요하다. 침을 삼키고 싶지만 참는다. 의식을 끝마친 엄마는 모든 게 예전처럼 평안한 상태이길 바란다. 그것을 아는 나는 단잠을 자는 것처럼 미동도 않는다. 곧이어 희미하게 문 닫히는 소리. 참았던 침이 꿀꺽 하고 목구멍으로 넘어간다. 나는 눈을 반짝 치켜뜬다. 이 모든 것이 꿈만 같다. 설탕으로 만들어진 마녀의 집. 나는 그곳에 갇힌 동화 속 여자애다. 철창 안에서 마녀가 주는 대로 음식을 먹고 마녀가 시키는 대로 움직인다. 여자애는 이제야 차츰 깨달아 가고 있다. 달콤함이 때로 쓰디씀을, 살이 찌고 길들여질수록 마녀가 만든 철창에서 탈출할 수 없음을.

눈을 껌벅여 본다. 껌벅껌벅 눈꺼풀은 잘도 움직인다. 살아 있다. 아직 잡아먹히지 않았다. 탈출을 계획해 본다. 밀항선을 탈까. 현실성이 없다. 연예기획사 연습생으로 들어갈까. 참, 나는 음치에 몸치다. 얼굴도 꽤 많은 보수가 필요하다. 철창을 끊어 줄 왕자가 올 때까지 미모나 가꾸고 있을까. 그전에 마녀에게 잡아먹힐 가능성이 더 크다. 여러 계획들 중에 가능성이 있어 보이는 건 별로 없다. 마녀에게 내가 맛없는 존재라는 걸 수시로 깨닫게 해 주는 방법을 빼고는. 나는 열심히 반항해 보리라 다짐한다. 그제야 깊은 잠에 빠져든다. 반항에도 질 좋은 수면이 필요하다.

아침부터 창문으로 쏟아지는 햇살이 장난 아니다. 책가방을 챙기며 벽에 걸린 달력을 흘겨 보았다. 고등학생이 되고 처음 맞는 여름 방학이 한 달가량 남았다. 그래 봤자 보충수업을 빼고 나면 온전히 '방학'이라 부를 수 있는 시간은 보름 남짓밖에 없다. 사기도 이런 사기가 없다. 차라리 방학이라고 부르지나 말지.

거울을 보니 코끝과 이마에 땀이 송골송골 맺혀 있다. 아침부터 폭염이 예상되는 하루다. 짜증 나. 러블리핑크 립글로스를 입술에 바르며 버릇처럼 중얼거렸다. 무겁게 내린 뱅 스타일 앞머리가 오늘따라 더 더워 보였지만 좁은 이마를 가리려면 할 수 없었다. 턱을 약간 치켜들고는 전신 거울 앞에서 이리저리 몸을 틀었다. 완벽해. 등교 준비는 이것으로 끝. 나는 더 볼 것이 없어 가방을 메고 현관으로 직행했다. 뒤통수가 따가웠다. 아빠는 벌써 출근했겠고, 마녀만 매섭게 내 뒤통수를 노려보고 있을 거다. 아, 갈등된다. 뒤돌아볼까, 그냥 갈까.

"아침 먹어야지."

아니나 다를까 마녀는 버터를 발라 구운 감자와 베이컨, 달걀 프라이, 체리와 멜론이 담긴 접시를 손에 들고 나를 향해 뻣뻣이 서 있다. 마녀가 차려 주는 아침 식사는 늘 이런 식이다. 어떤 땐 아침부터 스테이크가 나올 때도 있었다. 호텔 주방장도 놀랄 만한 마녀의 고상한 식단은 대한민국 아줌마들의 일반적인 가정집 식단과는 차원이 달랐다.

"입맛이 별로 없어요."

"그래도 먹어야 해. 아침 거르면 학습 능력 떨어져."

하는 수 없이 식탁에 앉았다. 음식은 유럽의 어느 성에서나 볼 수 있을 것 같은 고풍스러운 접시에 담겨 있었다. 짜증 나.

포크로 감자를 파헤치며 소리 나지 않게 입술만 달싹거렸다. 오늘 새벽 마녀는 기름지고, 달콤하고, 영양과는 무관한 음식들을 위장이 터지도록 먹어 댔을 거다. 폭식증 사이코. 또다시 소리 나지 않게 입술을 달싹거렸다.

"감자는 생각보다 칼로리가 높대요."

"그럼 독일 사람들은 다 뚱뚱하겠구나. 감자는 비타민이 풍부한 알칼리 식품이야. 하루에 하나 정도는 괜찮아."

"네네, 어련하시겠어요."

본능적으로 나온 말이다. 어릴 때부터 강요된 존댓말도 푹푹 찌는 오늘 같은 아침에는 새삼스럽게 더 느끼한 법이다. 그런데다가 마녀는 또 해박한 지식을 자랑한다. 모락모락 피어오르는 버터 향 때문에 속이 뒤집히기 직전이다. "네네, 어련하시겠어요."는 뒤집히는 속을 진정시키기 위해 본능적으로 터져 나오는 짐승의 신음 같은 말이나 다름없다. 그런데 마녀가 조용하다. 다른 때 같으면 교양 없는 말버릇이라고 한바탕 잔소리를 들었을 거다. 왜 저러지. 꼬리 내린 강아지마냥 살며시 마녀를 살폈다. 마녀의 눈길은 식탁에 고정되어 있었다. '멍 때린다.'는 표정이 바로 저거다. 이상했다. 이럴 땐 빨리 빠져나가는 것이 상책이다. 포크질을 몇 번 더 하는 척하다가 의자를 살포시 뒤로 빼냈다. 마녀는 여전히 식탁만 내려다보는 중이었다. 고양이발로 살금살금 뒷걸음질치는 찰나 마녀가 한숨을 내뱉었다. 꽤 쓸쓸한 느낌의 깊은 숨이다. 화가 많이 났나, 되게 무섭네. 현관문을 나서며 힐끔 뒤를 돌아다봤다. 마녀는 여전히 미동도 하지 않았다.

사실 엄마를 마녀라고 몰래 부르기 시작한 것은 최근에 와서다. 언니가 지방대 기숙사에 들어간 이후 엄마의 모든 관심은 나에게 집중되었다. 그전까지는 뭐든지 챙겨 주는 엄마가 싫지만은 않았다. 시키는 대로만 하면 성적도 잘 나왔고, 어른들에게 칭찬도 많이 들었다. 나는 엄마 말이라면 무조건 복종하는 로봇이나 마찬가지였다. 언니의 이성 교제를 고자질한 것도 나였다. 언니는 그런 나를 노려보며 '엄마의 충직한 개'라고 잔인한 말을 뱉었다. 그 말은 효과가 있었다. 나는 엄마의 말 잘 듣는 로봇으로 변신하는 데 어려움을 겪었다. 예를 들어 삼단 변신 로봇이었던 것이 오단, 육단, 칠단으로 변신하는 것처럼 좀 더 많은 시간을 필요로 했다. 그것은 '충직한 개'가 의미하는 바의 이중성을 깨달으며 '부끄러움'을 느끼기 시작한 때와 맞물렸다.

나는 점점 엄마와 거리를 두었다. 그러자 이전에는 느끼지 못했던 엄마의 행동들이 터무니없어 보이기 시작했다. 엄마는 옷 입는 것, 심지어는 양말, 속옷까지 내가 원하는 스타일 모두를 반대하고 있었다. 엄마는 마치 '반대를 위해 반대'하는 사람처럼 보였다. 그것은 시작이었다. 엄마가 마녀라는 것을 깨닫는 데는 그리 많은 시간이 필요하지 않았다. 다녀야 할 학원도, 사귀면 좋을 친구도, 하루에 끝내야 할 공부 양도, 샤워하는 시간까지도 정해 줘야 엄마는 직성이 풀렸다.

그 모든 것을 뛰어넘어 내가 마녀라는 결정적 호칭을 떠올린 것은 '미야 사건' 때문이다. 미야는 친구가 키워 보라고 준 고슴도치 이름이다. 물론 엄마에게는 비밀이었다. 그런 걸 키우라고 허락할 엄마가 아니라는 걸 알고 있었기 때문이다. 나는 바닥이 깊은 책상 서랍 속에 톱밥을 깔고 미야를 키우기 시작했다. 아직 어린 새끼여서 가시를 세워도 귀엽기만 했다. 고슴도치도 제 새끼는 예쁘다는 말이 왜 나왔는지 실감이 되었다. 마치 내가 미야의 엄마가 된 기분이었다. 그러던 어느 날이었다. 학교에서 돌아와 보니 미야가 보이지 않았다. 서랍 안도 말끔히 치워져 있었다. 나는 방문을 벌컥 열고 거실로 뛰쳐나왔다. 엄마는 그런 내게 공을 던지듯 툭 하고 말을 던졌다.

"밖에 갖다 버렸어."

나는 받지 말아야 할 공을 받아든 것처럼 우두커니 서 있었다.

"동물은 절대 안 돼. 아까운 시간만 뺏겨."

그때였다. 엄마의 매부리코에 사마귀가 보이고, 째진 눈 아래에 주름이 가득한 것을 본 것은. 마녀, 엄마가 마녀였어. 그날 밤 나는 아파트 단지를 샅샅이 뒤졌지만 미야를 찾을 수 없었다. 가시 옷을 입은 미야에겐 너무도 혹독한 겨울의 초입이었다.

아직 등교하기에 여유가 있는 이른 아침인데도 조앤은 집에 없었다. 대신 조앤의 아빠가 얼굴을 내밀었다. 숨을 쉴 때마다 음식 썩는 듯한 냄새와 술 냄새가 섞여 코를 찔렀다. 아저씨는 원래 산적 같은 사람이었다. 필요 이상으로 온몸에 털이 수북하고, 올려다보면 하늘을 다 가릴 정도로 덩치가 커다란 산적. 적어도 초등학교 때까진 그렇게 생각했다. 그런데 이제 보니 아저씨는 산적이라기보다는 사냥꾼에게 쫓기는 늙은 토끼 같았다. 전보다 많이 말랐고 얼굴빛도 거무튀튀했다. 그리고 빨갛게 충혈된 눈을 자꾸만 껌벅였다. 아마도 내가 누구인지 기억을 더듬는 것 같았다. 지독한 술 냄새만 아니라면 불쌍해 쓰다듬어 주고 싶은 그런 모습이다. 나는 아저씨를 바로 볼 수가 없어 머리를 숙인 채 용건을 얘기했다.

"조앤이랑 학교 같이 가려고요."

아저씨는 고개만 돌려 조앤을 불렀다. 아무 대답이 없었다.

"학교 간 것 같은데……."

세상에나, 아저씨는 조앤이 집에 있는지 없는지도 몰랐던 것이다. 나는 꾸벅 인사를 남기고 황급히 뒤돌아섰다. 짜증이 치밀어 올랐다. 우리 집에는 마녀가 살고, 조앤네 집에는 썩어 가는 늙은 토끼가 살고 있구나. 어처구니가 없어 웃음이 절로 나왔다. 혹시라도 술 냄새가 옷에 뱄을까 봐 교복 여기저기를 먼지 털 듯 탁탁 소리 나게 털어 냈다.

조앤은 임대 아파트에 살고 있다. 우리 아파트에서 큰 찻길하나만 건너면 있는 그 아파트는 내가 유치원에 다니던 시절부터 이미 빛이 바래고 금이 가 있었다. 조앤은 중학교 때 그곳으로 이사를 갔다. 초등학교 때 조앤이 살던 집은 햇빛이 잘 들지 않아 늘 어둑하고 곰팡이 냄새가 나던 반지하 집이었다. 나는 그 집에 자주 놀러가곤 했는데, 환한 웃음으로 맞아 주던 조앤의 엄마에 비해 같이 살던 할머니는 늘 구시렁거리며 불평을 늘어놓곤 했다. 보고 있으면 저절로 기분이 나빠지는 그런 할머니였다. 그때 나는 아줌마를 길 잃은 백설공주로, 할머니는 검은 망토를 뒤집어쓰고 독이 묻은 사과를 팔러 다니는 마귀할멈이라고 상상했었다. 도자기처럼 매끈한 하얀 피부에 윤기 나는 긴 머리를 찰랑이며 인형처럼 커다란 눈을 반짝이던 아줌마의 환한 미소가 왠지 모를 슬픔을 감추고 있는 것처럼 보였기 때문이다.

어쨌든 핑크색과 리본 달린 옷에 열광하던 여덟 살의 나는 조앤과 아줌마를 보자마자 첫눈에 반하고 말았다. 그녀들을 보고 있으면 후광이 따라다니는 것처럼 눈이 부셨고, 어디선가 싱그럽고 상큼한 딸기 향이 나는 것 같았다. 게다가 그녀들의 몸은 매끈한 코카콜라 병을 닮았다.

신은 잔인하다. 조앤에겐 최상의 조건들을 몰아주고 나에겐 작은 키와 좁은 이마, 가무잡잡한 피부, 죽 찢어진 눈, 물만 마셔도 살이 찌는 체질을 주셨다. 이건 모두 마녀 때문이다. 우리 집 마녀의 어릴 때 사진을 보면 지금의 나와 판박이다. 나는 누가 봐도 마녀의 딸일 수밖에 없었다.

마녀와 나 사이의 유전적 형질에 대해 괴로워하기 시작한 지 얼마 안돼, 나는 조앤과 내가 비슷한 점도 있다는 것을 '다행스럽게도' 발견할 수 있었다. 안타깝지만 조앤의 엄마도 결국은 마녀였던 것이다. 우리가 중학교에 갓 입학했을 때 아줌마는 어디론가 사라져 버렸다. 어른들은 아줌마가 다른 남자와 눈이 맞아 남편, 시어머니, 딸을 버리고 야반도주했다고 수군댔다. 그 사건은 지금까지도 동네에서 가장 유명한 스캔들로 남겨졌다. 조앤은 그 후로 아빠와 할머니랑 같이 살았는데, 할머니는 얼마 안 있어 돌아가셨다. 나는 그때부터 조앤 집에 놀러가지 않았다. 왠지 가서는 안 될 것 같았다. 그런 암묵적 분위기 정도는 엄마의 '충직한 개'였던 나도 알고 있었다. 그리고 우리는 어느덧 열일곱 살이 되었다.

수업 시작까진 아직 여유가 있었다. 나는 학교에 오자마자 미술실로 향했다. 예상대로 조앤이 그곳에 있었다.

"야, 너 왜 이렇게 빨리 왔어?"

나의 반가운 외침에 조앤이 고개를 들어 소리 없이 웃었다. 얄미운 계집애. 예쁘면서 말수도 없으니 제대로 폼이 났다.

"나, 너네 집 들렀단 말이야."

"……."

"너네 아빠가 문 열어 주던데, 오늘 일 안 나가셔?"

조앤은 역시 아무 말이 없었다. 그저 들고 있던 책장을 한 장 넘길 뿐이었다. 흥, 분위기 있는 척하긴. 이럴 땐 이름 공격이 최고다.

"조앤! 조오앤! 조오오앤!"

한껏 혀를 굴려 목청껏 소리를 질렀다. 복도를 지나가던 아이들이 미술부 창문을 힐끔거렸다.

"그만해!"

그렇지! 드디어 반응이 온다. 조앤이 황급히 일어나 내 입을 틀어막았다.

"그러게 누가 새침하게 굴래? 도도한 이미지는 내 거라고 했잖아."

나는 조앤을 뿌리치고는 의자에 앉아 삐딱하게 다리를 꼬았다. 조앤은 자기 이름을 정말로 싫어했다. 성은 조, 이름은 앤. 완전 외국 이름이다. 『빨간 머리 앤』의 주인공 '앤 셜리'처럼 상상력이 풍부하고 씩씩한 여자가 되라고 아줌마가 지은 것이라고 했다. 동화 속에서나 살 법한 외모의 아줌마가 지어 줬다니 그럴 만도 하다는 생각이 들었다. 우리 집 마녀와는 또 다른, 참 독특한 마녀다. 자식이 놀림 받을 일은 생각지도 않고 자기 멋에 취해 이름을 지었을 게 분명했다. 아니면 글로벌 의식이 너무 과해서 그랬을 수도 있고. 아마 아저씨도 신혼의 행복에 빠져 딸의 훗날을 생각 못했을 게 틀림없다. 우리는 아버지를 아버지라 부를 수 없는 홍길동처럼 앤을 차마 앤이라 못 부르고 그냥 조앤이라 성까지 붙여 불렀다.

"너 자꾸 그러면 나도 진동이가 부르는 그 느끼한 애칭으로 부른다."

조앤이 반격에 나섰다.

"알았어. 안 하면 되잖아!"

"베이비, 요 마이 베이비!"

"으윽, 제발 하지 마."

베이비라니, 온몸에 닭살이 돋고도 남을 위력을 갖춘 굉장한 애칭이다. 진동이가 나를 쫓아다니는 건 나름 내 콧대를 높여 주는 일이었다. 하지만 반 아이들 다 있는 데서 그 커다란 목청으로 나를 저렇게 부르는 일은 정말 개념을 상실한 짓이었다. 나는 과장되게 온몸을 부르르 떨었다.

"미쳤어, 그 자식. 아우 느끼해."

이윽고 조앤이 아무렇지도 않은 표정으로 다시 책장을 넘기며 말했다.

"아빠, 회사에서 잘렸어."

"……그랬구나."

무심한 척 나도 중얼거렸다. 잠시 침묵이 흘렀다. 이럴 땐 어떻게 반응해야 할지 전혀 모르겠다. 곧 다시 일자리를 구하실 거라고 격려를 할 수도, 얼마나 힘들겠냐며 위로를 할 수도 없었다.

"베이비, 요 마이 베이비. 왓츠 업?"

젠장, 진동이다. 미술부도 아니면서 여기를 제 집 드나들 듯하고 있다. 교복 셔츠 단추는 언제나 두 개씩 풀어 놓고, 넥타이가 머플러라도 되는 양 늘 헐겁게 매고 다닌다. 래퍼의 영혼은 자유로워야 한다는 게 진동이의 지론이다. 그래서 단정하지 못한 저 꼴을 자유로운 영혼을 지닌 보헤미안 스타일이라고 우긴다. 저렇게 뭐든지 헐렁하고 구겨진 채로 옷을 입기 때문에 크지도 않은 키가 안 그래도 더 엉거주춤해 보인다. 이럴 땐 없는 사람 취급하고 빨리 사라져 주는 게 최선이다.

"나 먼저 갈게. 이따 점심시간에 봐."

좀 전의 침묵이 마음에 걸렸지만 조앤에게 인사를 건네고 일어섰다. 아니나 다를까 녀석이 내 뒤에 바싹 붙어 따라왔다. 진동이와 나는 같은 반이다. 안 보려야 안 볼 수가 없었다. 공부만 좀 잘했어도, 지금보다 십 센티만 더 컸어도 나는 녀석을 내첫 남자친구로 고맙게 사귀어 줬을 거다. 게다가 진동이의 별명은 '춘장'이다. 녀석의 집이 중국집을 해서 붙여진 별명이다. 별명이 춘장인 남자친구를 사귀고 싶은 여자애는 그리 많지 않을 것이다. 뭐 그 집 자장면을 먹어 본 애들은 다들 엄지손가락을 치켜든다지만, 나는 자장면처럼 촌스러운 음식은 사절하겠다.

춘장을 마다하는 이유는 하나가 더 있다. 나도 춘장과 별 다를 게 없는 생기다 만 여자애이기 때문이다. 춘장보다는 똑똑한 것 같지만, 그렇다고 공부를 아주 잘하는 것도 아니고 조앤처럼 몸매가 좋은 것도 아니다. 이렇게 생기다 만 애 둘이서 커플이 된다는 건 불행한 일이다. 2세를 생각해서도 참아야 한다.

뭐, 그래도 춘장한테 조금 고맙긴 했다. 누군가 나를 좋아한다는 거, 그것도 싫다고 구박하는데 여전히 굴하지 않고 좋아해 준다는 거, 그거 꽤 괜찮은 기분이니까.

"민희야, 같이 가자."

춘장이 어깨에 손을 얹었다. 나는 한 치의 망설임도 없이 춘장의 손을 걷어 냈다. 녀석은 자존심도 안 상하는지 여전히 싱글벙글거린다. 눈치 없는 녀석. 요즘 나쁜 남자가 대세라는 것을 모르는 모양이다.

"나 어제 수타면 만들었다. 근육 좀 생긴 것 같지 않냐?"

급기야 앞을 가로막으며 춘장은 이두박근을 자랑했다.

"네가 어제 뭐 했는지 하나도 안 궁금해."

팽팽한 근육질 팔뚝을 힐긋 쳐다봤지만 이내 쌩하고 앞서 나갔다.

"괜찮아. 곧 궁금해질 텐데 뭐. 아빠처럼 팔을 부드럽게 놀려야 하는데 그게 쉽지가 않네. 그래도 계속 연습할 거야. 언젠가는……."

말이 끝나기도 전에 나는 재빨리 교실로 들어가 버렸다.

이틀 전 국사 시간이었다. 방화로 인해 소실된 국보 제1호가 뭐냐고 묻는 질문에 춘장은 번쩍 손을 들어 동대문이라고 대답했다. 아마 그 일만 없었더라면 나는 오늘 춘장의 말에 수타면이 뭐냐고 친절히 반문했을 거다.

"그럴 시간에 국사 공부라도 더 하지 그래."

그날의 어처구니없는 일이 떠올라, 더 이상 따라오지 못하고 머뭇거리는 녀석에게 한마디 해 줬다.

"이것도 엄연한 공부라고."

춘장은 뒷머리를 긁적였다. 그러다 뭔가 좋은 일이 생각난 듯 활짝 웃었다.

"어, 근데 민희 너 내 공부 걱정을 다 해 주네."

녀석은 감히 윙크까지 날렸다. 징그러운 넉살은 과히 장학금 감이다. 한 달 전쯤 내게 고백이라는 걸 할 때는 좀 수줍은 면도 있더니만, 단련이 많이 된 모양이다.

어느 날 하굣길이었다. 졸래졸래 쫓아오던 녀석이 주저리주저리 자신에 대해 얘기를 늘어놓기 시작했다. 아빠가 '호호반점'이라는 중국집을 한다는 것, 좋을 호(好) 자가 두 번 겹친 거라는 것, 모르긴 몰라도 서울에선 제일 맛있는 자장면을 만든다는 것, 그 비법을 이어받아 호호반점의 차기 사장이자 주방장이 될 거라는 것, 자기는 요리하는 래퍼가 꿈이라는 것, 래퍼는 시인의 영혼을 지녀야 한다는 것, 자유로운 영혼은 아빠한테 물려받았고 잘생긴 외모(분명 잘생긴 외모라고 했다.)는 엄마한테 물려받았다는 것, 세 살 때 병으로 돌아가셔서 엄마에 대한 기억이 전혀 없다는 것 등이 춘장이 늘어놓은 얘기들이었다.

집 앞 놀이터에 도착하자 녀석은 빛바랜 사진을 내밀며 이렇게 말했다.

"몇 달간 망설였는데, 네 눈 말이야. 우리 엄마 눈 닮았어."

나는 사진 속 여자가 춘장의 엄마라는 것을 금방 알 수 있었다. 동글동글한 얼굴에 짧고 뭉툭한 코가 춘장의 것과 닮아 있었다. 하지만 쌍꺼풀이 없다는 것을 빼고는 내 눈과 뭐가 닮았다는 건지 도통 알 수가 없었다. 눈을 껌벅이며 뚫어져라 사진만 들여다보고 있는 내게 녀석은 이렇게 말했다.

"고마워."

"뭐가 고……."

처음으로 입을 떼려던 순간이었다. 고개를 드니 녀석은 수줍은 댕기머리 처녀처럼 뒷걸음질을 치다 쌩하니 달아나 버렸다. 한동안 녀석의 뒷모습을 쳐다보았다. 나 지금 외계인에게 납치됐던 건가? 하늘을 올려다봤다. 흰 구름만 두둥실 떠 있을 뿐 유에프오 같은 건 보이지 않았다. 무슨 일이 일어났던 거지? 나는 뭔가에 홀린 듯 춘장이 사라진 곳을 바라보며 한동안 우두커니 서 있었다.

점심시간이다. 오늘의 메뉴는 돈가스다. 삼선 슬리퍼를 끌고 저마다 먼저 줄을 서기 위해 급식실로 달려갔다. 돈가스가 나오는 날은 늘 이렇다. 사골곰탕이라고 내놓은 프림국이나 고사리나물이라고 내놓은 노끈나물에 비하면 돈가스는 천국의 음식이다. 늦게 도착하는 날에는 줄 서는 데 점심시간의 반을 허비해야 한다. 재료가 떨어지면 어제 먹다 남은 카레나 다른 반찬으로 메뉴가 대체될 수도 있으니까.

다행이다. 오늘은 열심히 뛴 덕분에 갓 튀겨 낸 고깃덩어리를 마주했다. 하지만 기쁨도 잠시 나는 두세 입을 베어 먹고는 이내 포크를 내려놓았다.

"또 거식증 놀이냐? 안 먹으려면 나 줘."

짝 수경이가 내 것까지 노렸다. 좀 아깝다는 생각이 들었지만 수경이 식판에 먹다 남은 돈가스를 올려놓았다.

"흐흐, 고마워. 거식증 친구를 둬서 정말 행복해."

수경이는 입을 최대한 크게 벌려 돈가스를 베어 물었다. 나는 후식으로 나온 요구르트까지 뺏기고 싶지는 않아 재빨리 목구멍으로 넘기고는 이렇게 말했다.

"그냥 상상만 하는 거야. 진짜 거식증 환자는 이런 튀긴 음식은 입에도 안 대. 그냥 '나는 거식증 환자다.' 하고 마인드 컨트롤 하는 중이야. 실제로 살 빼는 데 효과도 있는 거 같고."

"그러다 요요님 오신다. 이 더위에 그렇게 먹고 어떻게 버티니."

네 몸 유지하려면 그렇겠지. 하지만 난 좀 달라. 속으로만 중얼거렸다. 수경이의 반팔 교복 소매가 아까부터 눈살을 찌푸리게 했다. 튼실한 팔뚝에 꽉 끼어 금방이라도 찢어질 것처럼 보였기 때문이다.

"먼저 일어날게. 미술실 가야 해."

수경이는 식판에 얼굴을 박은 채 한쪽 손을 내저었다. 얼마든지 먼저 가도 좋다는 신호였다. 사실 수경이의 팔뚝 살보다 더 마음에 걸리는 건 따로 있었다. 음식을 보니 어젯밤 화장실에서 벌였을 마녀의 의식이 생각났다. 하마터면 수경이에게 이렇게 말할 뻔했다. 너도 식구들 몰래 음식을 산처럼 쌓아 놓고 먹다가 화장실 가서 모두 게워 내는 엄마를 뒀어 봐. 그것도 일주일에 몇 번씩 말이야. 밤마다 그 소리를 듣고 있으면 음식이 싫어질 수밖에 없어.

그랬다. 나도 엄마처럼 될 것 같았다. 허겁지겁 먹을 것을 입속에 처넣는 내 모습이 눈에 선했다. 상상 속의 내 방은 음식쓰레기와 과자 봉투, 빈 페트병으로 가득했다. 풍선처럼 부푸는 몸과 들창코가 되어 가는 코를 상상하면 아무리 맛있는 음식 앞이라 해도 식욕이 사라졌다. 물론 의도적인 상상이었다. 폭식증에 걸릴 것 같은 두려움을 거식증 상상으로 물리친다고나 할까. 물만 마셔도 살이 찌는 나한테 이보다 더 효과적이고 낭만적인 놀이는 없었다. 올 여름엔 꼭 스카이블루로 색이 빠진 초절정 스키니 진을 입어 볼 테다. 나는 이를 악 물었다.

아직 수업 시작 이십 분 전이었다. 오 분 만에 점심을 해치우는 애들에 비하면 남은 점심시간이 짧기만 하다. 아마도 수경이는 밥 먹고 화장실 갔다 오면 바로 교실로 직행해야 할 거다. 수다를 떨며 소화시킬 시간을 갖는 건 사치다. 이러니 대한민국 여고생들의 팔뚝이 수경이처럼 교복을 찢고 탈출하려 하는 것이다.

미술실은 본관 건물 지하에 있다. 내가 미술부에 들어간 이유는 순전히 마녀의 강압 때문이다. 마녀는 일찌감치 미대 쪽으로 '충직한 개'의 진로를 정해 놓았다. 공부만으로 좋은 대학에 갈 머리가 안 된다는 것을 간파했기 때문이다. 특별활동도 입시의 한 방편이 돼야 한다는 게 마녀의 생각이다. 다행히 조앤도 미술부원이어서 나는 별 군소리 없이 미술부에 들어갔다. 하지만 그 애는 나처럼 사이비 미술부원이 아니다. 조앤네 마녀는 대학에서 그림을 전공했다고 들었다. 그래서인지 조앤은 어려서부터 그림 그리는 것을 무척 좋아했다.

미술실 창문으로 조앤의 뒤통수가 보였다. 반가운 마음에 미닫이문을 드르륵 힘 있게 열어젖혔다. 어, 그런데 이 하얀 연기는 뭐지? 조앤의 손에서 지금 피어오르고 있는 것 말이다. 연기는 2학년 송정우 선배의 손에서도 어김없이 피어났다. 둘은 나를 보자마자 약속이라도 한 듯 콜록거렸다.

"야, 인기척 좀 하면 덧나? 깜짝 놀랐잖아."

정우 선배가 얼굴이 빨개진 채 담배를 비벼 껐다.

"민희야."

조앤이 그제야 내 이름을 불렀다. 연기를 없애기 위해 손으로는 허공을 휘젓고 있었다. 처음 보는 모습이었다. 정우 선배는 아무 일도 없었다는 듯 조앤과 내 어깨를 가볍게 툭 치더니 밖으로 나가 버렸다. 조앤은 선배의 뒷모습이 복도 끝으로 사라진 후에야 내 얼굴을 쳐다봤다.

"네가 담배 피우는 줄은 몰랐어."

"피우게 된 지 얼마 안 됐어."

조앤이 아무렇지도 않게 얘기했다.

정우 선배를 향한 조앤의 마음을 나는 이미 알고 있었다. 선배가 시키는 일은 무조건 열심히 했고, 선배와 얘기하고 있을 때면 옆에서 말을 걸어도 잘 듣지 못했다. 그런 조앤이 마뜩치 않았다. 정우 선배는 꽤 잘생긴 편이지만 그야말로 '노는' 선배다. 아빠가 병원 원장이라고 하는데, 가출을 밥 먹듯 해도 별로 신경 쓰지 않는다고 했다. 오히려 사고만 치지 말아 달라고 부탁하면서 용돈을 풍족하게 쥐어 준다고도 했다. 선배는 몇 달 전 오토바이를 타다 정학을 맞았다. 그때 선배의 엄마는 외제차를 몰고 학교에 왔다. 선생님들은 하나같이 깍듯이 인사를 건네며 억 소리 나게 비싸다는 외제차를 힐끔거렸다. 정말 가관이었다.

미술실은 우리끼리 엄연히 금연 구역으로 정한 곳이다. 그런 약속이 아니더라도 조앤은 담배 같은 건 피우지 말아야 했다. 이유는 잘 모르겠지만 나는 조앤의 모습에 화가 났다.

"너랑 안 어울려."

"뭐가?"

"정우 선배랑 있는 것도 그렇고, 네가 담배 피우는 것도 이상하고 어색해."

"……."

조앤의 표정이 침울해졌다. 아무 반응이 없으니 나도 더 이상 할 말이 없었다. 수업 준비종이 울렸다. 우리는 미술실을 나와 각자의 반으로 돌아갔다.

가슴이 답답했다. 점심에 먹은 몇 안 되는 돈가스 조각이 얹힌 것 같았다. 오후 내내 수업에 집중할 수가 없었다. 보다 못한 수경이가 바늘로 손가락을 따 줬는데도 여전히 속은 거북했다. 게다가 날씨는 점점 더 무더워져 선풍기에서 뜨거운 바람이 흘러나왔다. 아이들은 연신 손부채를 부쳤다. 대머리 수학은 머

리카락이 몇 가닥 남아 있지 않은 정수리 너머까지 이미 땀으로
푹 젖은 손수건을 들고 훑어 내기에 바빴다. 안 그래도 미식거
리는 속을 간신히 진정시키고 있었는데 수학이 땀을 닦는 모습
을 보자 다시 토하고 싶어졌다.

흘깃 춘장이 있는 곳을 쳐다보니 녀석은 창가라는 명당에 앉
아 꾸벅꾸벅 졸고 있었다. 아니나 다를까 수학은 춘장을 향해
살금살금 다가가더니 늘 가지고 다니는 매끈한 오동나무 막대
기로 녀석의 뒤통수를 내리쳤다. 둔탁한 소리가 녀석의 머리에
서 울려 나왔다. 아, 쪽팔려. 괜히 내 얼굴이 화끈거렸다.

기말고사가 코앞으로 다가왔다. 마녀는 고등학교 들어가서
보는 첫 시험이 굉장히 중요하다고 강조했다. 하지만 내 첫 중
간고사 성적은 하마터면 마녀를 실신시킬 뻔했다. 짜증난다. 다
음 주에 지구라도 멸망했으면 딱 좋겠다.

속은 여전히 답답했다. 마녀처럼 손가락이라도 집어넣어 억
지로 토해 볼까도 생각했다. 그러면 좀 시원해질까?

"너희들이 언제나 고등학생일 것 같지? 천만에. 삼 년은 후
딱 간다. 뭐 정신 차리고 할 시간도 없어. 그렇다고 내가 지금
행복은 성적순이라고 말하는 거 같아?"

종례 시간이다. 담임 덕배 형의 개똥철학 강의가 또 시작됐
다. 담임은 학기 초에 자기 별명을 '덕배 형'이라고 아예 지정해
줬다. 선생님 중에 자기 별명을 자기가 지어서 부르게 한 경우
는 처음이다. 정체 파악이 잘 안 되지만 어쨌든 우리 학교에서
는 괴짜로 통하는 삼십대 후반의 노총각이다.

"난 그렇게 수준 낮은 동네 형이 아니다. 남들 하는 말이나

창의성 없이 따라 하는 그럼 평범한 사람이 아니지! 어쨌든 너희들이 공부를 해야 하는 이유는 대학 잘 가기 위해서가 아니다. 어린 것들은 뭔 소린가 하겠지? 젖병 떼고 유치원 간 이후로 오로지 대학에 가기 위해서만 공부한 너희들이니까!"

덕배 형은 만날 저런 식이다. 꾀죄죄한 노총각 주제에 우리를 어린 것들이라고 무시하기 일쑤다.

"어린 것들한테 공부해야 하는 진짜 이유를 말해 줄까? 그래, 좋다. 키워드는 '꿈'과 '사람'이다. 무슨 소린지 아직 모르겠지? 꿈이 없는 사람은 사람이 아니란 말이다. 바로 짐승이지!"

그렇게 말하면서 덕배 형은 뒷줄에 앉은 몇몇 여자애들을 가리켰다. 우리 반에서 연예인 쫓아다니는 데 독보적 경지에 있는 애들이었다.

"너희들이 좋아하는 '짐승돌' 말고! 진짜 개, 돼지들 말이야! 너네 개, 돼지가 꿈꾸는 거 봤어? 침 흘리며 잘 때 꾸는 꿈 말고, 진짜 꿈!"

이번에는 분필을 쪼개 졸고 있는 애들을 향해 삼연타를 날렸다. 재주가 정말 출중한 선생님이다.

"인간만이 꿈을 가질 수 있는 거다. 그래서 공부를 해야 하는 거란 말이다. 너희들이 이런 깊은 고민을 해 봤을 리가 없지. 어린 것들! 공부를 해야 지가 뭘 잘하는지, 뭘 못하는지, 뭘 하고 싶은지, 뭘 좆나 하기 싫은지 알게 된단 말이다. 또 어떻게 살아야 하는지, 어떻게 살고 싶은지도 알게 되는 거다. 너희들이 그런 걸 무슨 수로 알래? 폭포 아래서 도를 닦을래? 아니면 스님들처럼 묵언수행, 면벽수도를 할래? 무식한 어린 것들 내가 무슨 소리 하는지도 모르지? 내가 보기에 말이다. 너희들이 그런 걸 알려면 공부밖에 없단 말이다. 공부!"

메가톤 급 폭탄이 떨어진 것처럼 그제야 교실은 완벽히 조용해졌다. 애들이 알아들었건 못 알아들었건 완벽한 덕배 형의 승리다. 그 어느 때보다 아이들의 눈빛은 더욱 멍해져 있다. 덕배 형은 분위기를 살피더니 깊은 한숨을 내쉬었다. 내 입에서도 저절로 한숨이 나왔다. 안 그래도 터질 것 같은 가슴이 더욱더 답답했다.

자존심도 상했다. 덕배 형 말대로라면 나는 개, 돼지였다. 공부를 못해서 꿈이 없는 건지 모르겠지만 나는 어쨌든 꿈이 없다. 뭐가 되고 싶은지도 모르겠고, 뭘 하고 싶은지도 모르겠다. 게다가 공부를 열심히 한다고 해서 꿈이 생길 것 같지도 않았다. 꿈은 좋은 대학 가면 생기는 거 아닌가? 덕배 형이 참 '진상'으로 보였다. 뜬구름 같은 소리만 하고 실질적으로 도움이 되는 소리는 하나도 안 한다. 그러면서 잘난 체는 꽤 한다.

춘장은 아까부터 뭔가를 열심히 받아 적고 있다. 수업 때는 절대 볼 수 없는 녀석의 특이 행동이다. 춘장은 덕배 형을 교주처럼 받드는 애다. 아마 덕배 형 어록집이라도 편찬할 모양인가 보다. 요리하는 래퍼가 꿈이라는 애니까 덕배 형 같은 사람이랑 어울릴 만도 했다. 좋겠다, 통하는 사람이 있어서.

하굣길은 언제나 조앤과 함께했는데, 오늘은 그냥 혼자 나와 버렸다. 교문에서 왼쪽으로 돌면 집으로 가는 길이 나오고 오른쪽으로 돌면 학원이 나온다. 나는 잠시 우두커니 서 있었다. 어느 쪽으로도 발길이 떨어지지 않았다.

"베이비!"

으악, 춘장이다. 끈질기고 귀찮은 녀석.

"여기서 왜 이렇게 서 있어? 조앤은?"

"그냥 서 있어. 네 갈 길이나 가."

이상했다. '그냥 서 있는 거'라고 말하는데 울컥 하고 뭔가가 치밀어 오르는 느낌이었다.

"오늘 내내 기분 안 좋아 보이던데 어디 아파?"

"아니야. 신경 쓰지 말고 네 갈 길 가라니까!"

또 울컥, 이번엔 코끝까지 찡했다. 춘장도 이번에는 뜨악한 표정을 짓더니 우물쭈물했다.

"이거 받아."

기운이 쭉 빠진 목소리로 녀석이 뭔가를 쥐어 줬다.

"그거 읽고 힘내!"

녀석은 뒷걸음질을 치다 또 댕기머리 처녀처럼 수줍게 뛰어 갔다. 속았고, 끈질기고, 귀찮고, 바보 같은 녀석. 손에 들린 편지를 우두커니 바라봤다. 교문 쪽에서 아이들이 우르르 몰려나오고 있었다. 나는 편지를 가방에 넣은 뒤 학원 쪽으로 발걸음을 돌렸다.

이 편지는 시로 쓰였어.

시는 내 마음의 최상이야.

최상은 네가 젤로 좋다는 말이고,

좋다는 말은 너에게 처음으로 하는 말이야.

처음은 언제나 가슴이 떨려.
떨려도 고백은 너무나 로맨틱해.
우리 엄마 눈을 닮은 베이비.
내 시에 마음을 열어 베이비.
나는 요리하는 래퍼.
꿈을 꾸는 래퍼.
언젠가 너에게 내가 만든 수타 자장면을 먹여 줄게.
너는 그냥 맛있게 먹어 주기만 하면 돼.

하마터면 망신당할 뻔했다. 녀석의 편지를 몰래 펴 보다가 첫 줄을 읽자마자 실소가 터져 나왔다. 학원 수업 중이었다. 얼른 손바닥으로 입을 틀어막았다. 끝까지 다 읽으려니 진땀이 흘렀다. 웃음을 참는 게 이렇게 고통스러운 건지 몰랐다.

춘장에게는 뭔가 다른 면이 있다. 우리에게 없는 뭔가가. 그게 뭔지는 잘 모르겠지만 결코 나쁜 느낌은 아니었다. 오히려 그 다른 점 때문에 상대방의 기분이 좋아지는 쪽이었다. 학원 수업이 끝날 때까지 녀석의 편지를 몇 번이나 반복하여 읽었다. 그렇게 읽고 있으니 저절로 랩을 하는 느낌이 들었다. 그렇게 리듬을 탈 때쯤 조앤에게서 문자가 왔다.

─민희야, 내일 저녁에 전화할게. 그때 보자. 오늘 놀랐다면 미안해.

낮에 본 조앤의 모습이 생생하게 떠올랐다. 내가 알던 조앤이 아닌 것 같았다. 화도 나고, 섭섭하고, 슬펐다. 왜 그런 감정이 드는지 이유도 모르겠다. 어쨌든 미안하다고 해 주니 조금 마음이 풀렸다. 춘장 때문에 좋아진 기분이 점점 더 좋아졌다.

사실 학원에 있는 동안 마녀한테서 몇 통의 전화와 꽤 많은 문자가 왔었다. 집에 들르지 않고 바로 학원으로 갔기 때문이다. 나는 아무 대꾸도 하지 않았다. 급기야는 마녀가 학원으로 오겠다는 문자를 보내왔다. 나는 수업 잘 듣고 있으니 그럴 필요 없다고 마지못해 답 문자를 보냈다. 춘장의 편지와 조앤의 문자가 아니었다면 나는 도중에 학원을 뛰쳐나갔을지도 모른다. 오늘 같은 컨디션의 날에는 정해진 일들이다. 학원을 나와 거리를 헤매고, 집에 들어가 마녀와 한바탕 말싸움을 하고, 분에 못 이겨 베개가 흠뻑 젖도록 울다 잠이 들고, 다음 날 퉁퉁 부은 눈으로 학교에 가고, 다시 그 하루도 망쳐 버리는 일들.

집에 도착하니 자정이 가까운 시간이었다. 엄마는 소파에 앉아 텔레비전을 보고 있었다. 아빠는 오늘노 새벽에야 들어올 모양이다.

"전화는 왜 안 받아?"

아무 대꾸도 하기 싫었다.

"네 언니처럼 되고 싶어? 이름도 모르는 지방대 들어가려면 지금이라도 학교고 학원이고 때려 쳐!"

언니가 대화의 화제로 오른다는 것은 시한폭탄의 뇌관을 건드렸단 뜻과 똑같다.

"'밥은 먹었니?'라고 물어보는 게 먼저 아니에요?"

마녀가 순간 움찔했다. 잠시 침묵이 흘렀다.

"너 이런 식이면 전화기 뺏을 거니까 알아서 해. 저녁은 금방 차려줄 테니 어서 씻고 와."

마녀는 내 눈을 똑바로 보지 못했다. 언니한테는 달랐다. 잘
못했다는 말이 나올 때까지 끝도 없이 잔소리를 퍼부었다. 그
런 엄마의 눈은 서릿발처럼 차갑고 매서워 보였다. 엄마를 바라
보고 있으면 누구라도 죄인이 된 느낌일 것이다. 언니는 이렇게
말했었다. 꼭 우주 고아가 된 느낌이야. 내가 뭘 잘못했는지,
엄마가 왜 그렇게 화를 내는지 전혀 모르겠어. 잘못했다고 말해
도 엄마가 그렇게 노려보기 시작하면 우주에 혼자 버려진 것처
럼 막막하고 먹먹해.

하지만 지금의 나는 휴대전화를 뺏는다는 말이 그냥 하는 얘
기라는 것 정도는 알고 있다. 감시할 도구가 사라지는 거니까
당연히 겁만 주는 거다. 언니처럼 당하지는 않을 거라고 나는
마음을 다잡았다.

"저녁은 됐어요. 떡볶이 사 먹었어요."

냉동실에서 전복을 꺼내던 마녀가 순간 멈칫했다. 마녀의 눈
빛이 그 어느 때보다 싸늘했다. 이번에는 내가 마녀의 눈을 똑
바로 보지 못했다. 뭐지, 이 느낌은? 서로가 서로를 두려워하는
것 같다. 눈이 마주치면 불편하고 어색했다. 가족끼리 말이다.

집 근처 산책로에서 조앤을 만났다. 늦은 저녁 시간이었는데
도 하천을 낀 산책로에는 자전거를 타거나 걷기 운동을 하러 나
온 사람들이 꽤 있었다. 조앤은 가로등이 고장 난 어두컴컴한
다리 밑 벤치로 나를 데려갔다. 손에는 검은 비닐봉지가 들려
있었다.

"여기 좀 무섭다."

"사람들 지나다니는데 뭐가 무서워."

검은 비닐봉지를 만지작거리며 조앤이 말했다.

"그거 뭔데?"

"……너 가끔 술 마시고 싶지 않니?"

조앤이 비닐봉지에서 맥주 캔 두 개를 꺼내들었다.

"냉장고에 있기에 가지고 나왔어. 아빠 없어진지도 모를 거야."

딸깍, 주저함 없이 캔 뚜껑을 따더니 내 앞으로 내밀었다.

"나 술은 처음인데……."

마시고 싶다는 생각을 한 적은 있지만 막상 기회가 오니 망설여졌다. 그리고 사람들이 오고 가는 산책로에 이런 걸 들고 나온 조앤이 낯설었다. 미술실에서 담배를 피우던 조앤의 모습이 다시 떠올랐다. 아빠가 실직했다는 덤덤한 목소리도 생각났다.

맥주 캔을 내미는 조앤의 하얀 손이 어둑한 곳에서도 빛났다. 받아들지 않으면 분위기가 어색해질 게 틀림없다. 나는 잠시 망설이다 맥주 캔을 받아들었다. 방금 냉장고에서 꺼내 온 것처럼 차가웠다. 조앤이 자기 것도 따더니 바로 한 모금을 들이켰다.

"이야, 정말 시원해."

조앤의 말에 용기를 내 보았다. 꿀꺽. 얼음처럼 차가운 맛이 쓰고 따가웠다. 맛은 잘 모르겠지만 더위에 지친 몸이 번쩍 살아나는 느낌은 들었다.

"민희야, 나 담배 말고 이렇게 가끔 술도 마셔."

조앤이 허공을 향해 한숨을 내뱉듯 말했다. 나는 아무 말도 할 수가 없었다. 그때 한 무리의 아줌마들이 우리 앞을 지나가며 이렇게 말했다.

"올 여름은 아주 징글징글하겠어. 벌써 밤에도 이렇게 더우니 원."

2. 설탕으로 만든 집

아침에는 마녀가 해 준 흑임자죽 반 그릇, 점심에는 급식으로 나온 카레라이스 세 숟가락, 저녁에는 새우깡 반 봉지, 콜라한 캔. 내가 오늘 먹은 음식들이다. 거식증 놀이를 시작한 지얼마 되지 않아 살이 3킬로그램이나 빠졌다. 대신 늘 달고 다니던 두통이 좀 더 자주 찾아왔고 잠깐 어지럽다가 괜찮아지는 증세가 반복됐다. 실제로 맛있는 게 없었다. 그냥 배가 고파서, 먹을 때가 됐으니까 시늉만 하는 거다. 급기야 마녀는 햄버거나 떡볶이 같은 것들을 사 먹느라 내가 밥맛이 없는 거라며 용돈까지 끊으려 했다. 깜짝 놀란 나는 놀이 방법을 바꿔 가끔은 마녀의 고품격 요리들을 즐기는 척해야 했다.

나의 거식증 놀이만큼이나 마녀의 증세도 나날이 심해졌다. 화장실에 가고 싶어져 한밤중에 깬 어느 날이었다. 스위치를 찾아 막 화장실 불을 켜려고 했는데 안에서 수돗물 흐르는 소리가 들렸다. 문에 귀를 바싹 가져다 댔다. 우욱 하는 신음 소리가 들렸다. 거실에 걸린 시계를 보니 분명 새벽 세 시를 가리키고 있었다. 주위를 둘러봤다. 식탁 위에 뭔가가 보였다. 어디서 났는지도 모를 피자 판이 눈에 띄었다. 라지 사이즈였다. 우리 집에서 피자를 먹는 사람은 언니와 나 말고는 아무도 없었다. 언니는 기숙사에 있고, 나는 거식증 놀이 중이다. 우욱 하는 소리가 다시 한 번 들려왔다. 마녀였다. 방으로 돌아온 나는 잠잠해질 때까지 기다렸다. 터질 것 같은 방광을 억누르면서.

한참 뒤에 다시 방에서 나와 보니 거실은 아무 일도 없었다는 듯 초침 소리만 가득했다. 식탁 위도 깨끗해져 있었다. 그런 일이 일주일에 두세 번씩 반복됐고, 마침내 나는 마녀가 텔레비전에서나 보던 폭식증 환자라는 걸 확신하게 됐다.

마녀는 훌륭한 사육사처럼 언니와 나를 훈육해 왔다. 그런데 이게 뭔가. 마녀는 우리를 훈육할 처지가 아니었다. 알코올 중독으로 자기 자신도 통제 못하는 사육사가 사자를 조련할 순 없는 거다. 아마 그런 사육사가 있다면 사자한테 이미 잡아먹혔거나 동물원에서 쫓겨났거나 둘 중 하나일 것이다. 아빠한테 알려야 할까도 고민해 봤다. 하지만 아빠와 대화라는 것을 해 본 지가 꽤 오래됐다는 것을 깨닫고는 곧 포기했다.

그 뒤로 마녀가 해 준 요리들이 싫어지기 시작했다. 손가락을 넣어 구토하는 마녀의 찡그린 얼굴이 모락모락 김이 피어오르는 브로콜리 스프 위에 어른거렸다. 아마도 내 거식증 놀이는 엄마와 함께하는 놀이일지도 모른다.

춘장이 또 편지를 건넸다. 집에 가는 길에만 벌써 네 번째다. 조앤은 알아서 자리를 피해 줬다. 가지 말라고 손을 꼭 붙잡아도 녀석만 나타나면 조앤은 바람처럼 사라졌다.

"나 이제 수타면 잘 뽑는다. 다음 주에는 프라이팬을 만지게 돼. 아빠가 춘장 볶는 법을 가르쳐 준다 했거든. 날씨가 더워서 그런지 요즘은 배달 주문이 너무 많아. 그래서 너 만날 시간도 별로 없지 뭐야. 그런데 학원은 꼭 다녀야 하는 거니?"

묻지도 않은 말을 어쩜 저렇게 잘도 늘어놓을까.

"대학에 가려면 어쩔 수 없잖아."

목소리에 짜증이 섞여 나왔다. 무엇보다 편지를 받아야 할지 말아야 할지 갈등됐다. 자꾸 이런 식으로 편지를 받아 주면 나를 자기 여자친구라고 당연하게 생각할지도 모른다. 그건 안 될 말이다.

"편지 오늘까지만 받는다. 앞으로 이런 거 주지 마. 재미없고 유치해. 그리고 이건 물어볼 소리는 아니지만 정말 궁금해서 그러는데, 공부는 도대체 언제 하니?"

양심에 찔렸다. 남 말할 때가 아니라는 건 내가 더 잘 알았다. 춘장은 능글맞은 표정을 지었다.

"나? 공부 만날 하지. 요리 배우고, 배달하고, 너한테 편지 쓰는 게 내 공부야."

녀석이 편지를 쥐어 주며 다시 넉살 좋게 웃었다.

"재미없다니 더 노력해야겠군. 미안, 다음엔 더 정성 들여 쓸게. 그런데 조앤은 학원 같이 안 가? 내가 괜히 쫓아 버린 거 같네."

얼떨결에 받은 편지를 물끄러미 바라봤다. 요리를 배운다고? 이런 애는 처음이다. 영어 단어 하나 더 외워야 할 판에 요리를 배우다니. 녀석의 넉살이 조금 얄미웠다.

"조앤도 너처럼 학원 안 가. 다시 말하지만 앞으론 이런 거 절대 사절이야."

나는 마지못해 편지를 받아들며 쌩하니 뒤돌아서 걷기 시작했다. 그래, 지금이라도 많이 놀아라. 다음 학기부턴 '야자'가 본격적으로 시작된다니까 너도 어쩔 수 없을 거야. 그렇게 생각하니 녀석이 공부하는 모습은 어떨지 조금 궁금하기도 했다. 설마 요리책을 들고 와 공부하진 않겠지.

학원을 끝내고 집에 돌아오니 웬일로 아빠와 마녀가 나란히 소파에 앉아 있었다. 찔리는 게 많았던 차라 잔뜩 긴장이 됐다. 아니나 다를까 아빠의 눈빛이 예사롭지 않았다. 이럴 때는 재빨리 눈앞에서 사라지는 게 최선책이다.

"이리 와서 앉아."

"……왜 그러시는데요?"

나는 방으로 들어가려다가 눈치를 보는 강아지처럼 주뼛거렸다.

"이리 와 앉으라면 앉지, 왜라니?"

분위기가 심상치 않았다. 재작년 언니 일도 이런 식으로 시작됐다. 마음을 단단히 먹고 소파에 엉덩이를 살짝 걸쳤다. 언제라도 일어나 방으로 튀어 들어갈 수 있는 자세로.

"이게 뭐냐?"

아빠가 종이 몇 장을 테이블에 내던졌다. 아뿔싸, 춘장이 준 편지들이다.

"그냥 친구가 장난친 거예요."

"장난? 마음을 받아 달라는 말을 너희들은 장난으로 하니?"

마녀가 아빠를 거들고 나섰다. 얼굴이 화끈거렸다. 극히 개
인적인 일이다. 아무리 가족이라도 이건 부당하다.

"머리에 피도 안 마른 게 어디서 남자를 만나! 네 언니 꼴 나
고 싶어? 내가 너희들 이런 꼴 보려고 학비 대 주는 줄 알아?"

후유, 아빠도 시한폭탄의 뇌관을 건드리고 말았다. 언제까지
언니와 비교돼야 하는지 답답하고 화가 났다. 언니 때처럼 심각
하게 꾸중 들을 문제가 결코 아니었다. 그건 그렇고 가족이라고
이렇게 사생활을 무시해도 되는 건가. 참으려고 노력했지만 이
젠 나도 어쩔 수가 없었다. 억울한 감정에 눈물부터 쏟아졌다.

"언니가 그렇게 된 건 다 아빠, 엄마 탓이에요. 공부만 잘
하면 착한 딸이에요? 아빠는 평소에 무관심하다가 이런 식으
로 무섭게 야단만 치죠. 엄마는요, 엄마는 뭐든 자기 뜻대로 우
리를 조종해야 직성이 풀리잖아요. 언니도 그런 엄마, 아빠를
못 참아 내고 저렇게 된 거라고요. 우리는 감정도 없는 줄 알아
요?"

거침없이 쏟아지는 말에 아빠의 얼굴이 붉으락푸르락했고,
마녀의 얼굴은 하얗게 질렸다. 나는 될 대로 되라는 심정으로
밀어붙였다.

"이 편지들이 뭐요? 뭐가 그렇게 큰일인데요?"

"그만하지 못해!"

아빠의 고함과 함께 눈에서 불이 났다. 몸이 균형을 잃고 기

우뚱했다. 눈알이 튀어나오고 머리카락이 온통 쭈뼛 서는 것 같았다. 언니한테도 손찌검까지는 하지 않았다. 정신을 차려 보니 아빠가 어정쩡한 모습으로 내 앞에 서 있었다. 나는 이를 악물었다.

"다른 집 애들은 부모님한테 존댓말도 안 써요. 그리고 편지 준 애는 착한 애예요. 어쩌면 아빠, 엄마보다 나를 더 좋아해 주는 사람일지도 몰라요."

아까보다는 침착한 목소리가 나왔다.

"네 언니 꼴 보고도 그런 말이 나와? 그렇게 공부 잘하던 착실한 애가 남자 한 번 잘못 만나더니 성적이 형편없이 떨어졌어. 너도 그렇게 되고 싶어? 네 부모 체면은 생각도 안 해!"

"두 분은 잘 모르겠지만 언니는 일부러 공부 안 한 거예요. 나는 다 알고 있었어요. 언니 성적이 저절로 떨어진 게 아니라고요. 지방대 기숙사 들어간 것도 일부러 그런 거예요. 이렇게 숨 막히는 집이 싫어서, 하루빨리 탈출하고 싶어서 일부러 공부 안 한 거라고요."

나는 방으로 뛰어들어가 문을 잠갔다. 아빠가 뒤쫓아 와 거칠게 문을 두드렸다. 잠시 후 아빠와 마녀가 싸우는 소리가 들렸다. 보나마나 아빠는 자식 교육을 어떻게 하는 거냐며 마녀를 닦달하고 나섰을 것이다. 언니 때도 그랬다. 엄마가 마녀라면 아빠는 판타지 소설 속에서 갑자기 등장하는 괴물이었다.

언니는 중학교 때까지 착실하고 말 잘 듣는 딸이었다. 그런데 집안의 자랑인 언니가 고등학교에 들어가더니 딴사람이 됐다. 뜬금없이 남자친구를 사귀더니 몰래 학교를 빠지기도 했고,

연락도 없이 외박을 하기도 했다. 양쪽 집안이 알고 나서는 비극이 시작됐다. 로미오와 줄리엣도 아니면서 꼭 그 모양새가 되어 갔다. 급기야 마녀는 언니를 전학까지 시켰다. 양쪽 집안의 비장한 결단력으로 상황은 종료된 것 같았지만 언니의 성적은 형편없이 떨어졌다.

집에서는 재수할 것을 강요했지만 언니는 그럴 바에는 차라리 죽어 버리겠다고 협박했다. 그때 언니는 정말로 무섭게 보였다. 며칠 굶은 맹수처럼 수척한 모습이었지만 눈빛만은 날카롭게 번쩍였다. 나는 언니가 미쳐 버리거나 진짜 죽어 버릴지도 모른다고 생각했다. 결과는 언니의 승리였다. 그 후 언니는 서울에서 세 시간은 족히 차를 타고 가야 하는 이름도 모르는 지방대에 입학했다. 그리고 난생 처음으로 집을 벗어나 학교 기숙사에서 생활하게 됐다.

생각해 보니 마녀의 폭식 증세는 언니의 대학 입학 이후 생겨난 것 같다. 아빠의 갑작스러운 관심과 폭언도 언니가 문제를 일으키던 때부터였다. 솔직히 언니가 밉다. 지난 2년 동안 나는 집에서 없는 자식이나 마찬가지였다. 모든 관심이 언니에게 집중됐었다. 그런 와중에도 나는 마녀의 계획대로 움직이는 착한 딸이어야 했다. 나까지 막 나갈 수는 없었던 거다.

아이러니하게도 지금은 모든 기대가 내게로 집중되고 있다. 물론 이번 일로 그 기대도 소용없는 것임을 미리 알려준 셈이 됐지만, 나는 여전히 서울에 있는 미대 중 가장 높은 커트라인의 학교에 들어가야 한다. 그것이 마녀가 정해 준 내 미래다.

한편으론 언니가 정말 부럽다. 나는 여전히 철창에 갇혀 있는 헨젤이고, 언니는 마녀를 물리치는 지혜로운 그레텔이다. 동화에서 그레텔은 헨젤을 구해 설탕으로 만든 집에서 같이 탈출했는데, 현실의 언니는 혼자서만 탈출의 기쁨을 만끽했다. 역시 동화와 현실은 너무도 다르다.

학교에서 춘장과는 되도록 마주치지 않으려고 애를 썼다. 녀석이 눈치 채지 못하게 재빨리 학교를 빠져나와서는 학원은 나 몰라라 하고 조앤과 노래방으로 직행했다. 실컷 소리 지르며 노래를 부르니 답답한 가슴이 조금 시원해졌다. 조앤에게 모든 걸 고백하고 나면 기분이 더 나아질 것 같았다. 우리는 지난번 만났던 산책로로 향했다.

"나 어제 아빠한테 맞았어."

조앤의 눈이 휘둥그레졌다.

"무슨 일이야? 너네 부모님은 그럴 분들 아니잖아."

그랬구나. 조앤은 내가 아무 걱정, 아무 고민 없는 행복한 애인 줄 알았던 것이다.

"모르는 소리 마. 별것도 아닌 거 가지고 그래서 얘기하는 내가 다 쪽팔려. 실은 춘장이 준 편지를 아빠랑 엄마가 봤어. 책상 서랍 속에 넣어 놨는데 엄마가 뒤져 봤겠지. 작년 겨울 미야 사건 때도 그랬거든."

"아, 없어졌다던 고슴도치 말이야?"

"응, 우리 집은 프라이버시 없어진 지 아주 오래야. 다 언니 때문이야. 더 화나는 건 언니 일을 끄집어 내 나랑 비교하는 거야. 언닌 진짜로 남자랑 사귀어나 봤지, 난 이게 뭐야. 편지 몇

장 받은 게 전분데."

조앤이 픽 하고 웃음을 터뜨렸다.

"아, 미안, 미안해. 편지 몇 장 받은 게 전부라고 해서. 너무 웃겨."

미안하다 해 놓고는 허리까지 구부려 가며 킥킥거렸다.

"웃지 마. 꼭 순결한 내 영혼이 더럽혀진 느낌이야. 기분이 너무 나빴단 말이야. 왜 기분이 나쁜지는 꼭 꼬집어 얘기 못하겠지만 내가 마치 음탕하고 나쁜 사람이 된 듯한 기분이었어."

"진동이가 뭐라고 썼길래?"

"뭐, 아무것도 아니야. 유치하게 랩인지 시인지 모를 그런 짧은 내용이었어. 내가 자기 엄마 눈을 닮았대나 뭐라나 그런……."

말하는 도중에 큭 하고 웃음이 터졌다. 웃을 일이 아니었는데 편지 내용을 생각하면 웃지 않을 수 없었다. 다 춘장 때문이다.

"어디 맞았어? 종아리?"

실없이 웃고 있는 나에게 조앤이 심각해져 물었다.

"그렇게 교양 있게 맞았다면 너한테 이런 얘기 하지도 않아. 나 이번이 처음이야. 이런 적 없었어. 그것도 기분 나쁘게 뺨을……."

"……."

"언니한테 못 푼 화를 나한테 푸는 거야. 언니가 미워 죽겠어. 걔가 고등학교 때 사고만 안 쳤어도 나한테 이렇게 하진 않았을 거야. 확 가출이나 할까 봐."

나는 발끝에 걸리는 돌멩이를 휙 하고 걷어찼다. 돌멩이가 산책로 옆 하천까지 날아가 풍당 하고 빠졌다. 조앤이 가만히 내 등을 토닥였다. 조앤은 이렇게 남의 등을 잘 토닥여 준다. 그럴 땐 꼭 어른 같다.

"너네 아빠는 간섭 안 하지?"

아저씨는 적어도 착하게는 보였다. 부인이 다른 남자랑 눈이 맞아 도망가고, 어머니까지 몹쓸 병으로 돌아가셨는데도 아저씨만은 조앤 곁을 묵묵히 지켰으니까. 아저씨는 우리 아빠보다 백 배는 가정적이고 따뜻한 사람일 게 분명했다.

"우리 아빠? 우리 아빠는 간섭 안 하지."

"거 봐, 내가 그럴 줄 알았어."

내 말에 조앤이 고개를 떨어뜨렸다. 그러고는 싸늘한 목소리로 이렇게 말했다.

"무관심이야."

"야, 차라리 무관심했으면 좋겠다. 간섭 받는 게 얼마나 짜증 나는데."

나는 괜히 멋쩍어져 서둘러 말했다. 그때 조앤이 주머니에서 무언가를 꺼냈다. 담배였다.

"야, 너……."

"우리 아빤 자기가 새로 산 담배가 갑째 없어져도 모르는 사람이야. 그걸 자기 딸이 훔쳐 피우는지는 더욱더 모르고."

조앤은 아무렇지도 않은 말투로 조곤조곤 얘기했다.

"설마, 무관심한 게 아니라 그냥 좀 둔하신 게……."

조심스럽게 반론을 펴 보려 했는데, 탁 하고 라이터를 켜는 소리에 그만 말문이 막혔다. 담배에 불을 붙이는 조앤의 모습이 능숙해 보였다. 곧 담배 끝이 빨갛게 타들어 가더니 조그만 입에서 하얀 연기가 뿜어져 나왔다. 이번엔 아기가 담배 피우는 것을 보는 것처럼 낯설고 놀라웠다. 한 모금 빨아들일 때마다 담배는 더 발갛게 타들어 갔다. 지나가는 어른들이 힐끔거렸지만 모두 그냥 지나쳐 갔다. 조앤도 어른들의 시선 따윈 신경 쓰지 않았다. 간이 콩알만 해진 사람은 나뿐인 것 같았다. 하지만 말릴 수가 없었다. 겁쟁이 같은 모습을 보이기는 싫었다.

"민희야, 우리 담임⋯⋯."

담배를 비벼 끄며 조앤이 먼저 말문을 열었다.

"응, 대머리 수학 이건식."

"봄에 우리 집 가정방문 왔었거든. 내가 아빠랑 단 둘이만 산다는 거 알고는 온 거야. 그때는 아빠랑 인사하고 몇 마디 나누더니 별 문제 없이 돌아갔어. 그런데 그때 이후로 담임이 좀 이상해."

"어떻게?"

"⋯⋯자꾸 자기 개인적인 심부름을 시켜. 그러니까 초등학생인 아들 생일 선물 좀 사 오라는 그런 부탁."

"아들이 초등학생밖에 안 돼? 수학 꽤 늙어 보이는데. 근데 왜 너한테? 부인은 뭐하고?"

"자기 말로는 사십 초반이래. 대머리여서 늙어 보이는 건가 봐. 그런데 담임 혼자야. 부인이랑 오래전에 이혼했대. 웃긴 건 이런 얘기도 나한테 스스럼없이 해."

"정말?"

"응, 며칠 전에는 갑자기 할 말이 있다고 불러내더라. 그러고는 내가 자기 아들처럼 혼자 큰 게 마음에 걸린다고 하면서 자기가 관심 있게 지켜보겠다고, 그러니 힘내라고 하더라."

"으으, 이상해. 대머리 너한테 이상한 마음 있는 거 아냐?"

"모르겠어⋯⋯. 그런 식으로 관심 보이며 심부름 시키는 거 정말 싫어."

"나 같아도 소름 돋겠다. 그런데 그런 얘길 왜 이제야 해."

"처음에는 좀 오버하는 선생님이라고 생각해서 얘기할 거리도 없었어. 그런데 지금은 점점 그런 게 아닌 것 같고, 하여튼 싫어."

"앞으로도 그런 일 있음 나한테 꼭 말해 줘. 담임 만나거나 심부름 갈 일 있음 나랑 같이 가거나, 나한테 먼저 연락하고 가."

"응, 알았어."

그제야 조앤이 활짝 웃었다. 요즘 조앤에게서 좀처럼 보기 힘든 환한 미소였다.

"그래, 그렇게 좀 웃어라. 나 봐. 따귀 맞고 와서도 이렇게 웃는 거."

나도 조앤을 따라 활짝 웃었다. 그런데 이상하게도 아까보다 더 쓸쓸한 기분이 들었다.

"너 내일부터는 학원 빠지지 마. 너는 대학 가야지."

집으로 가는 길에 조앤이 선생님이나 되는 양 말했다.

"왜 이래, 너는 안 갈 것처럼?"

"난 별로⋯⋯. 가고 싶은 생각도 안 들어."

"뭐, 나도 마찬가지야. 어떻게든 되겠지. 그러고 보니 우리 둘 다 참 무계획으로 산다. 천생연분이다, 우리 둘."

나는 짐짓 호탕한 척 말했다.

"너는 어떻게든 잘될 거야. 진동이도 네 옆에 있고."

"야! 나 그 녀석이랑 아무 사이도 아니야. 아직 난 마음을 안 줬다고!"

조앤이 피식 웃었다. 비웃는 거였다.

"네가 진동이 좋아하는 거 다 알아. 티 나거든!"

"티? 무슨 티? 무슨 티가 나?"

당황스러웠다. 도대체 무슨 티가 난다는 걸까.

"너 진동이가 네 옆에만 오면 얼굴 빨개지는 거 모르지?"

조앤이 비밀이라도 된다는 듯 귀에다 대고 소곤거렸다.

"내가? 말도 안 돼!"

당황스러웠다. 나는 절대 아니라고 우겼고, 조앤은 네 얼굴이 지금도 빨개졌다고 놀려 댔다. 그러는 사이 어느덧 조앤이 살고 있는 임대 아파트 입구에 다다랐다. 산책로에서 좀 더 가까웠기 때문에 우리는 늘 이곳에서 헤어지곤 했다.

손을 흔들며 돌아서려는데 입구 화단에 누군가 쓰러져 있는 게 보였다. 쓰러졌다기보다는 옆으로 웅크려 누워 있다는 표현이 더 정확했다. 두 손을 허벅지 사이에 꼭 끼운 채 새근거리며 자고 있었으니까. 어라, 그런데 낯익은 얼굴이다.

"너네 아빠 아냐?"

걱정스러운 눈빛으로 조앤을 바라봤다. 조앤은 금방이라도 울 듯한 표정으로 자기 아빠를 내려다보고 있었다.

"너 이제 가."

조앤이 나를 떠밀고는 아저씨에게 다가갔다. 어깨를 몇 차례 흔들자 아저씨는 곧 눈을 떴다.

"이, 이게 누구더라? 끅."

술 냄새가 진하게 풍겨 나왔다. 나도 모르게 고개를 돌릴 만큼.

"아빠, 왜 여기서 이래. 어서 들어가자, 어서!"

조앤이 아저씨를 일으키려 했지만 힘에 부쳤다. 나는 황급히 다가가 기우뚱거리는 아저씨를 붙들었다. 조앤도 하는 수 없이 도움을 바라는 눈치였다. 하지만 둘이서도 아저씨를 일으켜 세우기엔 역부족이었다. 아저씨는 이리저리 몸을 거칠게 비틀더니 귀찮다는 듯이 우리를 힘껏 뿌리쳤다.

"왜 이래! 끅. 나 혼자 갈 수 있다고. 나 안 취했어."

아저씨는 뒤로 내쳐져 멀뚱히 자신을 보고 있는 우리에게 소리를 질렀다. 그러고는 비틀거리며 일어서더니 조앤과 나는 생전 들어보지도 못한 노래를 부르기 시작했다.

"아무도 찾지 않는, 끅. 잡초 같은, 끅. 허무한 인생아. 빈털터리에 고독한, 끅."

나는 어쩔 줄을 몰라 조앤을 쳐다봤다. 울고 있었다. 아저씨는 저만치 앞에서 갈지자걸음을 하면서 여전히 고성방가 중이었다.

"어서 따라가 봐."

내 말에 조앤은 손바닥으로 눈물을 훔치더니 아저씨에게 달려갔다. 이마에서 땀이 흘러내렸다. 조앤 혼자 저렇게 덩치 큰 아빠를, 게다가 고주망태가 된 아빠를 감당해야 된다니 끔찍했다. 더 이상 도와줄 수가 없었다. 모른 척하는 편이 조앤의 자존심을 세워 주는 일이라는 생각이 들었다. 쳇, 우리 아빠나 너네 아빠나. 길 한가운데 버려져 있는 음료수 캔을 힘껏 걷어차며 중얼거렸다.

집에 돌아와 보니 다행히 아빠는 집에 돌아오기 전이었고, 마녀는 내가 학원 빠진 사실을 모르는 것 같았다. 샤워를 하고는 조앤에게 바로 문자를 보냈다.

-아빠 괜찮으셔?

문자를 보내고 한 시간 뒤쯤에야 답장이 도착했다.

-응, 잠 드셨어. 걱정해 줘서 고마워.

나는 다시 답 문자를 보냈다.

-아무 생각 말고 잘 자. 친구!

나야말로 잠이 올 것 같지 않았다. 7월인데 벌써부터 열대야가 시작됐다. 샤워를 해도 몸이 금방 다시 끈적거렸다. 침대에 누워 오늘밤만큼은 마녀가 조용히 잠만 잤으면 좋겠다는 생각을 했다. 창밖을 보니 구름에 가렸는지 달이 보이지 않았다. 오늘밤 보름달이 떴다면 나는 아마 미치고 말았을 거다. 아니다.

나는 지금 미쳤다. 오밤중에 잠은 안 자고 춘장 생각을 하고 있으니까. 조앤 말대로 얼굴이 달아오르는 것도 같았다. 아주 조금.

수업 시작 전에 들른 미술실에는 2학년 선배들 몇 명이 모여 있었다. 송정우 선배도 보였다. 껄렁거리며 웃고 떠드는 모습이 아무리 좋게 보려 해도 밉상이다.

"야, 하민희! 아침 일찍 웬일이냐?"

정우 선배가 알은체를 했다.

"조앤 못 봤어요?"

"응. 나도 아침에 걔랑 만나기로 했는데, 아직 안 왔나?"

선배의 말에 괜히 부아가 났다. 조앤에게 담배를 가르친 사람은 정우 선배일 게 분명했다. 나는 아무 대꾸도 하지 않고 미술실을 나왔다. 조앤이 왜 저런 불량스러운 선배를 좋아하는지 이해가 되질 않았다. 뭐, 그림 하나는 끝내주게 잘 그리긴 했다. 선배의 그림은, 특히 크로키는 아주 유명했다. 저래 봬도 늘 스케치북을 끼고 다니며 틈만 나면 거리 풍경이나 사람들을 그려 대곤 했다. 그럴 때마다 선배 주위는 여자애들로 가득했다. 신기한 듯 바라보는 여자애들 속에서 전혀 아랑곳하지 않고 그림에 열중하는 선배의 모습은 건방진 듯하면서도 열정적으로 보였다. 하지만 그런 남자들은 정신을 쏙 빼놓고는 나 몰라라 하는 나쁜 남자일 가능성이 많다. 안타깝게도 정우 선배의 현란한 스케치를 바라보는 조앤의 눈빛은 그 어느 여자애들보다 반짝거렸다.

"인사 안 하나? 뭘 그렇게 생각해?"

교실로 돌아가는 복도에서 수학과 마주쳐 버렸다. 정우 선배와 조앤 생각에 좀비처럼 걷고 있던 중이었다. 수학은 전멸해 가는 앞머리를 쓸어 넘기며 기분 나쁘다는 듯이 나를 바라보고 있었다.

"아, 안녕하세요."

순간 조앤이 수학에 대해 했던 말들이 생각났다.

"정신을 어디다 두고 다니는 거야. 너 3반에 하민희지? 우리 반 조앤이랑 친한 애."

"네……."

"언제까지고 1학년일 줄 아니. 너도 그렇고 조앤도 그렇고 정신 좀 챙겨. 공부도 그저 그렇게 하는 거 같던데."

실수로 인사 한 번 빠뜨렸다고 일장연설이다. 나는 고개를 푹 숙인 채 숨죽였다. 깊이 반성하는 것처럼 보였는지 수학은 손수건을 꺼내 들어 목을 한 번 훑어 내더니 교무실 쪽으로 걸어갔다. 재수 없어. 나는 수학의 뒤통수를 노려보며 짜증 섞인 목소리를 내뱉었다.

교실 뒷문으로 들어서니 창가에 앉아 있는 춘장의 뒤통수가 제일 먼저 보였다. 남자애들 몇몇이 나를 발견하고는 춘장에게 소곤댔다. 아니나 다를까 녀석이 뒤를 돌아보더니 입이 찢어져라 웃으며 팔을 번쩍 들었다. 창피했다. 저렇게 공개적으로 좋아하지만 않았어도 나는 벌써 녀석의 손을 잡아 줬을지도 모른다. 공공연한 연애는 딱 질색이다. 자기 때문에 뺨까지 얻어맞는 수모를 겪었는지는 전혀 모르고 있을 거다. 나는 차가운 눈빛을 보내고 자리에 가 앉았다.

"뭐 읽어?"

수경이가 꽤 두꺼운 책을 읽고 있었다. 오백 쪽도 넘어 보였다.

"응, 이거 찰스 디킨스의 『위대한 유산』."

"무슨 유산? 너 벌써부터 논술 공부해?"

어디서 많이 들어 본 제목이기는 했다. 수경이가 한심하다는 표정으로 말했다.

"민희야, 이건 그냥 소설책이란다. 『올리버 트위스트』랑 『크리스마스 캐럴』 지은 사람 거."

역시 박수경이다. 현학적이고 지적인 말솜씨와 취향으로 우리들을 적잖이 놀라게 한다. 게다가 인생을 다 아는 듯한 말투로 친구들 고민 상담을 해 주는 것이 특기였다. 평소 책도 많이 읽고 영화도 많이 본다. 게다가 짜증 많은 나와는 달리 늘 감정 변화 없이 느긋했다. 단점이라면 너무 튼실한 몸매를 가지고 있다는 것과 그녀의 취향과 지식은 학교 성적과는 아무런 관련이 없다는 것이다.

"그래, 네 팔뚝 굵다."

"내가 좀 굵기야 굵지. 하지만 지방이 아니라 매끈한 근육이라는 거."

수경이한테는 놀림도 통하지 않았다. 참 부러운 성격이다.

"야, 대머리에 대해 뭐 아는 거 없냐?"

수경이는 학교 내 최신 뉴스를 전해 주는 소식통이기도 했다.

"대머리? 수학 이건식?"

"응."

"아니, 별로……. 한 시간에 땀 1리터를 흘리고, 앞 머리카락이 1분에 열 개씩 빠진다는 것밖에는."

"그런 거 말고, 여자애들을 괴롭힌다거나 그런 거."

"왜? 너 무슨 일 있었어?"

그제야 수경이가 적극적인 관심을 보였다.

"야, 목소리 좀 낮춰. 나한테 무슨 일이 있는 건 아니고. 제보지는 비밀이야. 좀 그린 데가 있는 거 같아서."

수경이가 파리처럼 두 손을 비벼 대며 흥분했다.

"야, 완전 특종인데. 그러고 보니 수학이 스킨십을 좋아하는 거 같기는 해. 여자애들 어깨를 주무른다거나, 팔뚝 살을 꼬집는다거나, 볼을 툭툭 치고 다닌다거나 하는 거."

생각만 해도 소름이 끼쳤다. 만약 그게 사실이라면 큰일이다. 조앤도 표적으로 걸린 거니까. 나는 조앤에게 곧장 문자를 보냈다.

－교실이야? 야, 수학이 여자애들 만지고 다닌대.

즉각 답 문자가 올 줄 알았는데 아무리 기다려도 답이 없었다. 1교시가 끝난 후 조앤네 반으로 달려갔다. 조앤이 보이지 않았다. 뒷자리에 앉은 애에게 물어보니 오늘 학교에 나오지 않았다고 했다. 어제 일이 떠올랐다. 술을 너무 많이 마셔 아저씨가 아픈지도 모르는 일이었다. 아마 간호를 하나 보다. 그렇다면 점심시간 때 올 가능성이 많았다.

기대와 달리 조앤은 오후 수업이 다 끝나도록 오지 않았다. 수업이 끝나고 나는 조앤의 집으로 향했다. 내 이름을 부르는 춘장의 목소리가 들렸지만 모른 체했다. 학원에 가야 할지 망설여지긴 했지만 어젯밤 일이 자꾸 아른거렸다. 무슨 일이 있는 게 분명했다.

"아, 안녕하세요."

이번에도 문을 열어 준 사람은 안녕해 보이지 않는 아저씨였다. 오후 네 시경이었지만 방금 잠에서 깬 듯 부스스한 모습이었다. 나는 주뼛거리며 조앤이 집에 있는지를 물었다.

"학교에서 아직 안 왔어."

가래 섞인 거친 목소리였다. 조앤이 결석한 것을 모르고 있다니 정말 이번에도 가관이었다. 알려 드려야 하는 건지 갈등이 됐지만 저녁까지 기다려 보는 편이 좋을 것 같았다.

"그러면…… 제가 찾아왔었다고 전해 주세요."

"그래, 누구라고 할까?"

"민희요. 하민희. 조앤이랑 초등학교 때부터 친구였는데……."

"그래, 민희. 어쩐지 낯이 익더라. 알았다."

아저씨 목에서 고양이처럼 그릉그릉 하는 소리가 났다. 어쩐지 아저씨의 눈이 슬퍼 보였다. 직장을 구하고는 있는 건지 궁금했다. 혹시 조앤의 휴대전화가 안 되는 것이 요금을 못 내서는 아닌지도 걱정됐다.

조앤을 좀 더 찾아봐야 할지, 아니면 학원에 가야 할지를 고민하던 중 춘장에게서 문자가 도착했다.

　—민희야, 나 진동인데 오늘 학원 끝나고 나 좀 잠깐 볼 수 있어?

　전화번호를 가르쳐 준 기억이 없었다. 그렇다고 내 번호를 모를 리도 없었을 거다. 수경이와 춘장은 꽤 친한 사이였기 때문이다. 안 그래도 학원에 가기 싫었는데 잘됐다 싶었다. 요즘 너무 자주 빠졌기 때문에 학원에서 집으로 연락이 갈 게 뻔했지만 별로 걱정되지는 않았다. 며칠 전 집에서 벌어진 심적, 육체적 폭력 사건으로 아직까지 화가 나 있다는 것을 마녀와 아빠에게 보여 주고 싶었다. 될 대로 되라지. 나는 중얼거렸다. 솔직히 춘장이 왜 보자는 건지 그게 더욱 궁금했다. 이렇게 문자까지 보낸 건 처음이다. 나는 비밀 요원들이 접선하듯 답 문자를 보냈다. 되도록 학교에서 먼 곳에서 봐야 했다.

　—오늘 학원 안 가. 학교 앞 큰길에서 오른쪽으로 돌아 이백 미터쯤 가면 백화점 있고 그 옆 골목으로 들어가면 백화점 건물 뒤 패스트푸드점이 있어. 그리로 와. 지금이라도 괜찮으면 말이야.

　패스트푸드점은 꽤 많은 사람들로 북적였다. 조심스레 내부를 둘러봤다. 우리 학교 교복은 보이지 않았다. 나는 후미진 창가 구석 자리로 갔다. 어느새 창밖은 어둑해져 있었다. 네온사인이 켜진 거리를 내다보며 먹통인 조앤의 전화기에 세 번째 음성 메시지를 남겼다.

얼마 후 헐떡거리며 들어오는 춘장의 모습이 보였다. 주위를 두리번거리던 녀석은 나를 발견하고는 헤벌쭉 웃으며 앞에 와 앉았다. 수상쩍은 하얀 가루가 녀석의 옷 여기저기에 묻어 있었고, 손에는 종이가방을 들고 있었다. 춘장은 내 시선에 겸연쩍었는지 옷에 묻은 가루를 황급히 털어 냈다.

"아, 이거 밀가루야. 아빠한테 수업 받고 있었어. 네가 이렇게 시간이 금방 날지 몰라서 옷도 못 갈아입고 왔거든."

"왜 보자고 했어?"

몹시 궁금했지만 짐짓 무표정한 얼굴로 말했다.

"그보다 뭐 먹을래? 아, 덥다. 저녁 먹었어?"

"아니, 난 됐어. 너나 더우면 시원한 거 마셔."

녀석이 활짝 웃으며 카운터로 달려갔다. 그러고는 금세 얼음이 듬뿍 담긴 콜라 두 잔을 들고 왔다.

"용건만 빨리 말해. 나 집에 들어가야 해."

사실 집에 들어가면 안 될 시간이었다. 학원에 있어야 할 시간이었기 때문이다. 녀석이 진짜로 용건만 짧게 말하고 가 버릴까 봐 조금 걱정됐다.

"너 요즘 무슨 일 있니? 잘 웃지도 않고, 고민이 많아 보여."

춘장이 걱정스레 물었다.

"일은 무슨 일. 나 원래 잘 안 웃어. 그게 할 말이었어?"

"아니, 아니. 사실 좀 걱정이 돼서 보자고 한 것도 맞긴 맞아. 하지만 이거 주려고 보자고 한 거야."

녀석이 옆자리에 놓았던 종이가방을 열었다. 그러고는 상자 같은 것을 꺼내 탁자 위에 올려놓았다. 포장을 하지 않은 채여서 나는 그게 뭔지 금방 알아볼 수 있었다. 몇몇 미술부 선배들한테서 보았던 연필 세트였다. 독일제 제품으로 6B부터 4H까지 들어 있는 것이다. 좋은 품질의 브랜드였다.

"미술 공부하는 애들은 이 연필 세트가 필요하다고 해서."

녀석이 뒷머리를 긁적이며 수줍게 웃었다.

"다 쓰면 또 사 줄게. 비싸진 않더라고, 다행히."

"이걸 왜 나한테 주는데……."

묻지 않아도 될 말을 묻고 있었다.

"너 화가 되는 거 꿈이잖아."

나는 연필 세트의 반짝거리는 금박 케이스를 새삼스럽게 들여다봤다. 내 꿈이 화가였어? 당황스러웠다. 나도 모르는 내 꿈을 춘장이 알고 있다니 우스웠다. 하지만 웃지는 않았다. 사실, 전혀 우습지 않았다. 고개를 들어 녀석을 쳐다봤다. 나와는 다르게 여전히 수줍게 웃고 있다. 진심이 담긴 표정이라면 바로 저런 표정일 거야. 너 정말 나를 좋아하는구나. 머릿속이 텅 빈 것처럼 하얘졌다. 그때였다. 휴대전화 문자 수신음이 울렸다.

─나 서울 아니야. 좀 멀리 왔어. 아는 사람이랑 같이 있으니까 걱정하지 마. 나중에 내가 전화할게.

조앤이 나 말고 다른 어떤 사람이랑 서울이 아닌 먼 곳에 같이 있다고 한다. 휴대전화 액정에 분명히 그렇게 적혀 있었다. 한동안 고개를 들지 못했다. 얼마나 걱정했는데, 나쁜 계집애. 서운함인지 질투인지 모를 감정이 날카롭게 가슴을 후벼 팠다.

정우 선배와 같이 있는 거라면 배반감까지 들 것 같았다.

"왜 그래?"

춘장의 물음에 탁자 위에 있는 금박 케이스로 다시 눈을 돌렸다. 눈가가 달아올라 금박 케이스가 희뿌옇게 보였다. 조앤 때문만은 아니었다. 알 수 없는 뜨거운 뭔가가 저 밑에서 올라와 자꾸만 목구멍을 아프게 건드렸다. 결국 눈물 한 방울이 볼을 타고 흘렀다.

"민희야, 너 왜 그래?"

녀석이 어쩔 줄 몰라 하며 자꾸 뭐라고 얘기했지만 귀에는 윙윙거리는 소리만이 가득했다. 뜬금없게도 학원을 빠진 것이 걱정되기 시작했다. 이번에는 다른 쪽 뺨을 맞을지도 모를 일이었다. 그렇게 된다면 마녀는 새벽이 되기를 기다려 목구멍 속으로 음식들을 밀어 넣고 억지로 빼내는 일을 또 저지를지 모른다. 춘장이 어깨를 잡아 흔들었다. 머리가 어지러웠다.

나는 반짝이는 연필 케이스를 열어 그중 가장 옅고 단단한 4H연필을 집어 들었다. 알싸하고 달콤한 나무 냄새가 미세하게 코끝을 찔렀다. 마감이 잘된 연필의 몸매에선 윤기도 흘렀다. 춘장, 넌 나에 대해 아무것도 모르는구나. 나는 꿈이 없어. 되고 싶은 게 없어. 미대는 엄마가 가래서 가는 거야. 조앤처럼 그림을 잘 그리는 것도 아니고, 요리하는 래퍼 같은 독특한 꿈도 없어. 화가 같은 거? 관심도 없어……. 나는 녀석이 보든 말든 두 손으로 얼굴을 가렸다. 그러고는 어린애마냥 어깨를 들썩이며 울었다.

3. 매미 무덤

이틀 후 조앤이 나타났다. 하얀 피부가 햇볕에 많이 그을렸고, 조금은 수척해진 모습이었다. 조앤은 나를 보자 어색하게 웃었다. 미안한 마음이 표정에 잘 나타나 있었다. 우리는 급식을 거르는 대신 운동장 벤치에 앉아 빵과 우유를 먹기로 했다.

"어디 갔었니?"

그러고 싶지 않았지만 나도 모르게 볼멘 목소리가 나왔다.

"엄마한테 갔었어."

뜻밖의 대답이었다.

아줌마에 대한 나의 기억은 우리가 초등학교를 졸업할 무렵에서 끝이 났다. 떠들썩한 스캔들을 남기고 동네에서 사라져 버린 뒤 조앤과 나는 한 번도 아줌마에 대해 얘기를 나눠 본 적이 없었다.

"엄마한테? 어디서 사는지는 알고 있었어?"

"아니. 이번에 알게 됐어. 아빠가 술 마시고 엄마한테 전화하는 걸 들었거든. 아빠 전화에서 엄마 번호를 찾아냈어."

"진짜 만난 거야? 어디 사시는데?"

침이 꼴깍 하고 넘어갔다. 나를 반겨 주던 아줌마의 예쁜 얼굴이 떠올랐다.

"대전."

"대전? 거기까지 찾으러 갔던 거야?"

조앤이 가만히 고개를 끄덕였다. 4년 전 아줌마에 대한 소문은 사실이 무엇인지 모를 정도로 여러 갈래로 퍼져 나갔다. 대체로 아줌마가 바람이 나서 남편과 딸을 내팽개쳤다는 게 주된 소문이었다. 어떤 소문은 조앤의 아빠가 먼저 바람을 피워서 아줌마가 맞바람을 피운 거라고도 했다. 또 어떤 소문은 아줌마가 귀한 집 곱게 자란 딸이었는데 가난한 결혼 생활을 참지 못해 도망친 거라고 했고, 어떤 소문은 원래부터 남자 홀리는 끼가 있었다고도 했다. 한편 조앤의 아빠가 의처증이 있는 데다 폭력까지 휘둘렀다는 소문도 있었다. 당시에 나는 아줌마의 얼굴을 그 모든 소문에 끼워 맞춰 보려 했지만 좀처럼 상상이 되지 않았다.

"생활비 좀 달라고 말했어."

조앤은 그 말을 하기까지 몇 번이나 고민했고, 실제로 자존심이 많이 상했다고 했다.

"아빠를 두고 볼 수가 없어서……. 나는 감당이 안 돼. 아빠는 술만 마시면 아직도 엄마를 찾아. 꼴 보기 싫어. 이제 생활비도 다 떨어져 가고……."

"엄마 보니까 어땠어?"

조앤이 한숨을 쉬며 얘기했다.

"별루⋯⋯. 화만 더 나고."

아줌마는 대전에서 혼자 살고 있었다. 조앤은 엄마가 혼자 사는 이유에 대해서는 묻지 않았다.

"피부도 거칠어지고 주름살도 엄청 늘어서 꼭 할머니 같았어."

한동안 빵을 입안 가득 베어 물고 우물거렸다. 예쁜 아줌마 얼굴에 주름이라니, 역시 상상이 되지 않았다.

"민희야."

가만히 빨대를 입에 물고 있던 조앤이 내 이름을 조용히 불렀다.

"나 빨리 스무 살이 되고 싶어."

"나도."

"그런데 한편으로는 어른이 된다는 게 무섭기도 해."

천천히 고개를 끄덕였다. 조앤이 느끼는 두려움을 나도 알 것 같았다. 어른이 된다는 건 어쩌면 불행한 일일지도 모른다는 생각이 들었다. 그렇다고 어른들의 통제를 받는 지금의 우리도 행복한 건 아니었다.

마녀가 생각났다. 이틀 전 조앤이 없어지고 춘장을 만나 나도 모르게 어깨를 들썩이며 울었던 날, 집에서는 우려하던 일이 벌어졌다. 마녀는 학원에서 온 연락을 받고 나를 기다리고 있었다. 요즘 들어 학원을 너무 자주 빠졌다. 마녀는 화가 많이 난 것처럼 보였지만 꾹 참고 있는 듯했다. 하지만 특유의 나직한 목소리로 하는 기나긴 잔소리는 잊지 않았다. 마녀의 잔소리 레퍼토리는 늘 똑같다.

마녀는 원래 나처럼 별다른 꿈이 없었다. 그런데 고등학교 때 친하게 지내던 친구가 병으로 죽은 후로는 꼭 의사가 되고 싶었다고 했다. 불행하게도 마녀는 의대에 갈 실력이 못 됐다. 코피를 터뜨려 가며 공부했지만 시험은 코앞에 다가와 있었다. 결국 낙방을 한 마녀는 부모님께 재수를 하고 싶다고 말했다. 마녀의 집에서는 씨알도 먹히지 않을 소리였다. 여자를 대학에 보내 주는 것만으로도 감지덕지해야 하는 집안 분위기였다. 어쩔 수 없이 전문대 간호학과에 진학한 마녀는 몰래 의대 편입을 준비했다. 그러던 중 아버지, 그러니까 나의 외할아버지가 돌아가셨다. 마녀는 간호학교를 졸업하고 곧바로 간호사 생활을 했다. 어머니 외에 집안의 생계를 책임질 사람이 없었던 것이다.

여기까지 레퍼토리를 이어 온 마녀는 잠시 쉬었다가 아빠 얘기를 했다. 간호사 일을 하며 의사의 꿈을 놓지 않고 있던 마녀에게 아빠가 나타났다. 마녀가 일하던 병원에 아빠가 교통사고로 입원하게 된 것이다. 아직 한창 젊었던 둘은 간호사와 환자 사이의 감정을 뛰어넘어 사랑을 하게 됐고, 결혼까지 하게 됐다. 마녀는 이 대목에서 항상 땅이 꺼져라 한숨을 쉬었다. 그러고는 언니와 나를 낳은 후로 자기의 꿈이 의사였다는 것을 까맣게 잊게 됐다고 고백했다.

"너희는 나처럼 살면 안 돼. 나는 고등학교 때 왜 그렇게 목적 없이 공부했는지 정말 후회가 돼. 뭔가 목적이 생겼을 때는 이미 늦은 후였어. 엄마 말이 지금은 허투루 들릴지 모르겠지만 후회 안 하고 살려면 똑똑히 들어. 정신 차렸을 땐 이미 너희들이 목표한 건 저 멀리 도망가 버린 후야. 도저히 잡을 수 없는 위치에 있게 돼서 그냥 넋 놓고 바라볼 수밖에 없는 상황이 된단 말이야. 그게 얼마나 비참한지 너희들은 모를 거다."

어렸을 때의 언니와 나는 마녀의 얘기를 감동적으로 들었다. 거기까지는 좋았다. 마녀가 우리들의 꿈을 강제로 정해 주기 전까지는 말이다. 공부를 좀 하는 언니에게는 이름을 날리는 의사가 되기를 강요했고, 공부를 못하는 나한테는 품격 있는 아티스트가 되기를 명령했다. 언니와 나는 처음부터 그 명령이 부담스럽기 그지없었다.

"아빠가 어엿한 직장에 십 년 넘게 다니고 있지만, 너희도 알다시피 사람 일은 모르는 거야. 언제 쫓겨날지도 모르는 거고, 회사가 망할 수도 있는 거야. 그게 우리 가족한테 뭘 뜻하는 건지 아니? 나는 생각만 해도 정말 무섭다. 아빠는 그런 일을 당하지 않기 위해서 회사 일에 모든 걸 다 바칠 수밖에 없어. 너희들은 그게 불만이지? 그건 철없는 애들이나 하는 소리야. 그렇게 고생하는 아빠를 위해서 너희들이 할 수 있는 일은 성적을 올리는 일이야. 그게 엄마 아빠를 제일 기쁘게 하는 일이니까."

아무리 생각해 봐도, 그러니까 결국 언니와 나는 부모님을 위해 공부해야 된다는 것이었다. 마녀의 레퍼토리는 너무나 타당하게 들려서 우리를 저항하지 못하게 만들었다. 그리고 마녀 스스로 너무나 강한 의지를 가지고 말해서 우리를 한껏 의기소침하게 만들었다. 하지만 마녀는 우리들이 스스로 크기도 한다는 사실은 몰랐다. 그리고 스스로 크려는 에너지는 실제로 마녀의 에너지보다 점점 더 커져 갔다.

조앤은 벌써 빵과 우유를 다 먹고 과자 봉지를 뜯고 있었다. 나는 아직 반도 먹지 못했는데 말이다. 먹성 좋은 조앤은 당연히 나보다 발육 상태가 좋다. 그렇다고 나나 수경이처럼 먹는 대로 살로 가는 체질도 아니다. 시쳇말로 쭉쭉빵빵의 표본이다. 부러운 눈으로 조앤을 흘끔거리며 나는 또 춘장 생각을 했다. 아, 부끄럽다. 걔는 내가 왜 좋은 걸까. 나라면 조앤을 좋아할 텐데. 매미들의 울음소리가 유난히 크게 들리는 오후였다. 나는 용기를 내어 조앤에게 춘장의 얘기를 털어놓았다.

"나 점점 좋아져."

"뭐가?"

"……."

"혹시 진동이?"

"응."

"우아, 내가 이럴 줄 알았어. 너네 정말 잘 어울린다니까."

"걔 마음이 진지하다는 걸 알았거든. 글쎄 나한테 연필 세트를 내놓는 거야. 남자애가 세심하기도 하지. 나 그걸로 완전 감동 먹었어."

"정말? 좋겠다! 완전 부러워."

"그런데…… 사귈 자신은 없어."

과자를 입으로 가져가던 조앤이 멈칫하며 물었다.

"왜?"

이유는 확실했다. 마녀랑 아빠가 알면 나를 가만두지 않을 게 뻔했기 때문이다.

"알잖아. 언니까지 그렇게 됐는데 나까지 남자친구 사귀는 걸 알면 이번엔 정말 집에 감금당할지도 몰라."

"몰래 사귀면 되잖아."

조앤이 뜻밖의 의견을 건넸다.

"몰래? 우리 엄마한테 안 들킬 수 있을까? 그리고 나, 엄마가 실망할 거 생각하면 좀 무서워."

"내가 엄마라면 허락할 텐데. 진동이 걔는 듬직한 곳이 있어. 좋은 남자에 대해서는 잘 모르지만 진동이가 나쁜 남자 스타일은 아닌 게 확실해."

"네가 우리 엄마로 태어나지 그랬어. 나보다 한 20년 먼저 태어나서 말이야."

나는 조앤의 말에 실없이 웃었다.

그때였다. 하늘에서 무언가가 어깨 위로 떨어졌다. 지우개만 한 둔중한 것이 툭 소리를 냈다. 나는 화들짝 놀라 벤치에서 벌떡 일어났다. 조앤은 놀라는 기색 없이 발치에 떨어진 무언가를 유심히 바라봤다.

"뭐야? 도대체?"

나는 쳐다보지도 못하고 멀찌감치 떨어져서 물었다.

"매미 같은데?"

조앤은 대답과 함께 땅바닥에서 거무스름한 뭔가를 집어 들었다.

"어머, 애 아직 날개를 떨고 있네. 그런데 죽으려나 봐. 몸에 힘이 없어."

조심히 걸어가 조앤이 들고 있는 매미를 바라봤다. 만지지는 못하지만 매미라면 쳐다보는 것 정도는 괜찮았다.

"벌써 죽을 때가 된 건가."

나무를 올려다봤다. 운이 없는 녀석인가 보다. 쨍쨍한 태양 아래 들리는 소리라곤 매미 소리밖에 없었다.

"매미는 애벌레로 아주 오랫동안 땅속에 있는다며. 그러다가 땅 위로 나와서 여름 한철 울고는 죽어 버린대."

아직 매미의 날개는 파르르 떨리고 있었다. 조앤은 매미의 날개를 조심스레 쓰다듬으며 말했다.

"응, 맞아. 어떤 매미는 17년 동안이나 땅속에서 지낸다고 하더라."

"그럼 우리랑 나이가 같네? 얘 이래 봬도 우리랑 동갑이구나."

조앤이 아기 다루듯 매미를 손바닥 위에 가만히 올려놓았다. 그때였다. 매미의 날갯짓이 순간 멈췄다가 다시 한 번 아주 약하게 파르르거렸다. 그리고 아무 움직임이 없었다. 우리는 한참 동안 그 모습을 바라봤다.

"죽었나 봐."

"응, 그런 것 같아."

조앤은 자리에서 일어나 벤치 뒤 나무로 걸어갔다. 그리고 나무 둥치 부근의 흙을 조심스레 파내고는 자그마한 구덩이에 매미를 내려놓았다. 나도 주변의 고운 모래를 두 손에 가득 담아 매미의 마른 몸에 뿌려 줬다. 매미 무덤은 금세 봉긋이 올라왔다.

"있잖아."

조앤이 조심스럽게 말문을 열었다.

"우리도 저렇게 되는 건 아닐까?"

"응? 뭐가?"

"저렇게 한철 울고 가려고 땅속에서 17년을 견디는 것처럼 우리도 이렇게 학교에 갇혀 공부만 하는 거 아닐까?"

나는 잠시 생각에 잠겼다. 그리고 이렇게 말했다.

"그러면 너무 억울하잖아. 열심히 공부만 하다가 끝나 버리면. 놀고 싶고 가고 싶은 곳도 많은데 꾹 참고 있단 말이야. 이렇게 매일 학교, 학원만 오가며 공부해도 대학에 들어갈까 말까인데."

"대학에 가거나 어른이 된다고 해서 크게 달라지는 건 없는 거 같아. 애벌레가 매미가 된 것처럼 그냥 우리도 저절로 성인이 되는 거잖아. 원하지 않아도 말이야. 한철 울다 허무하게 죽어 버리는 매미처럼 우리도 성인이 된다고 꼭 무엇을 이루는 것도 아니고 지금보다 더 행복해지는 것도 아닌 거 같아."

"하긴 우리 집을 봐도 그래. 우울하다, 야. 아아! 어른이 되고 싶다가도, 지금 이대로도 좋은데 공부는 하긴 싫고, 이 일을 어째."

그때 수업 준비종이 울렸고, 우리는 말없이 교실로 향했다. 매미들은 자기 친구가 하늘로 간 것도 모르고 여전히 시끄럽게 울고 있었다. 아니, 노래하고 있었다 하자. 괜히 나까지 처량해지니까……

기말고사가 하루 앞으로 다가왔다. 이번 주말에도 아빠는 회사에 나갔다. 말이 회사 일이지 아빠는 골프를 치거나 산에 오르거나 해외 출장을 가는 일들로 주말을 보내곤 했다. 마녀는 그것도 어쩔 수 없이 해야 하는 회사 일이라고 했다. 생각해 보니 아빠는 원래 이렇게 바쁜 사람이 아니었다. 어린이집이나 유치원에 다닐 무렵에 아빠는 지금과는 다른 사람으로 내 기억 속에 남아 있다. 그 시절의 아빠는 언니와 내 머리를 쓰다듬어 주는 것으로 하루를 시작하고 하루를 끝냈다. 어렴풋하지만 그때의 손길을 지금도 기억해 낼 수 있다. 아빠의 크고 두꺼운 손이 만들어 내는 온기를 느끼기 위해 나는 숨까지 죽여 가며 가만히 있었다. 아빠의 손바닥에서 나오는 따뜻한 열기는 금세 머리를 노곤하게 만들었고, 나는 이내 아빠의 단단한 무릎 위에서 잠이 들곤 했다. 하지만 지금은 그저 기억뿐이다.

매미를 묻어 주었던 날 이후로 가끔 나도 모르게 나오는 눈물이 잦아졌다. 수업 시간 중에도, 헤드폰에서 흘러나오는 댄스 음악의 슬픈 가사에도 눈가가 뜨거워지며 멍해지곤 했다. 수경이는 아무 이유도 없이 청승맞게 우는 내게 '감수성의 제왕'이란 별명을 붙여 줬다. 자기는 이미 중학교 때 사춘기를 끝냈다며 "애가 좀 늦됐다."라고 표현했다.

일요일에도 책상에 앉아 있으려니 답답했다. 그렇다고 공부를 하는 것도 아니었다. 각종 참고서랑 교과서를 펼쳐 놓고 있었지만 시선은 자꾸 창밖에 머물렀다. 본격적으로 장마가 시작되려는지 하루 종일 어둑하고 습하고 무더웠다. 구름 낀 하늘은 금방이라도 비를 퍼부을 것처럼 무겁게 내려앉았다.

자꾸 춘장이 생각났다. 녀석과 패스트푸드점에서 만난 날 나는 연필 세트를 받아오지 않았다. 조앤의 가출 때문에 마음이 안 좋기도 했지만 진지한 춘장에 비해 내 마음은 갈팡질팡했기 때문이다. 그런 마음으로 춘장을 만나면 안 될 것 같았다. 게다가 춘장은 나를 잘못 알고 있었다. 하지만 나는 내 자신이 예쁘지 않다는 것을 안다. 또 성격이 좋은 것도 아니다. 공부도 못하고, 꿈도 없다. 하지만 춘장은 그걸 모른다. 무엇보다 녀석은 내가 꿈을 위해 열심히 노력하는 줄로 알고 있다. 실체가 밝혀진다는 건 두려운 일이다. 마녀의 폭식을 알게 됐을 때 나는 그 어느 때보다 엄마에게 큰 실망을 느꼈다. 완벽하지 않으면서 완벽한 척하는 마녀의 실체는 그렇게 드러났다. 이제는 내가 춘장의 마녀가 될지도 모르는 일이었다.

"점심 먹자."

한참 춘장 생각에 머리를 싸매고 있을 때쯤 덜컥 방문이 열렸다.

"엄마, 노크 좀 해 주세요. 그리고 저 밥 생각 없어요."

마녀의 인상이 금세 일그러졌다.

"내 딸 방문 여는데 노크가 왜 필요해? 뭐 또 숨기는 거 있어? 그리고 너 밥하고 원수를 졌니? 자꾸 말라 가는 거 넌 못 느껴?"

마녀도 내가 마르고 있다는 것을 눈치 채고 있었다. 다행인지 불행인지 모르겠다.

"입맛이 없어요."

"없어도 억지로 먹어. 토마토 곁들여서 두부로 스테이크 좀 만들어 봤어. 골고루 균형 잡힌 영양가 있는 식단이야."

"이것 봐요. 엄마는 우리 집이 무슨 유기농 레스토랑인 줄 아세요? 다른 집 애들은 그런 거 좋아할지 몰라도 전 싫어요. 엄만 내가 뭘 좋아하는지도 모르죠?"

"……뭘 좋아하는데?"

사실 생각나는 게 별로 없었다. 요즘 들어 거식증 놀이가 점점 현실이 돼 가고 있었다. 그래도 나의 그런 상상을 엄마에게 들키고 싶진 않았다. 폭식증에 걸린 엄마가 거식증에 걸린 딸에게 뭘 해 줄 수 있을까.

"자장면이요!"

나도 모르게 얼버무린 음식이 자장면이었다. 이건 다 춘장 생각에 열중했기 때문이다. 말해 놓고도 얼굴이 화끈거렸다. 화끈거리는 건 마녀의 얼굴도 마찬가지였다.

"그런 영양가 없는 음식이 뭐가 좋니? 중국집이 얼마나 비위생적인지 알아?"

"그렇게 말하지 마세요. 제 친구네가 중국집 해요. 제 친구는 자기 아버지가 만드는 자장면이 세상에서 제일 맛있다고 얼마나 자랑스러워하는데요."

나도 모르게 춘장 얘기를 엄마에게 하고 있었다. 얼굴이 점점 더 뜨거워졌다.

"사춘기 끝날 때도 되지 않았니? 몇 년 후면 너도 성인이야. 그렇게 떼쓰며 꼬박꼬박 말대꾸할 때는 지났어."

"엄마는 그렇게 생각할지 모르지만 전 안 그래요. 아직 열일곱이라고요. 그리고 그게 엄마의 자장면 비하 발언이랑 무슨 상관이에요."

세상에, 마녀는 나를 어른 취급하고 있었다. 어른은 자기 할 일을 스스로 하는 사람 아닌가? 아이러니했다. 마녀는 나를 그렇게 놓아 둔 적이 없었다. 어쨌든 나는 '비하 발언'이라는 어려운 용어까지 사용하며 조목조목 대들었다.

"몸만 자랐지, 생각하는 건 형편없구나."

마녀는 끔찍한 것을 보는 것처럼 경멸의 눈길을 보내더니 힘껏 방문을 닫고 나가 버렸다. 사실 마녀도 화를 낼 만했다. 나는 요즘 말 한마디 지지 않으려고 나름 애쓰는 중이었다. 스스로 생각해도 좀 심할 정도로. 하지만 치밀어 오르는 짜증은 잘 조절되지 않았다. 자식 보고 형편없다니, 정말 모욕적인 말이었다. 급기야 나는 책상을 두 손으로 내리치며 마녀가 들을 수 있도록 큰소리로 말했다. 짜증 나!

잠시 후 마녀가 노크도 없이 다시 들어왔다. 그러고는 책상 위에 토마토 두부스테이크가 담긴 접시를 내려놓았다.

"먹든 말든 상관 안 해. 나도 이제 지친다. 네 언니도 그렇고 너도 그렇고, 내 속으로 낳은 애들이지만 정말 버릇없고 막돼먹었어. 안 먹으려면 네가 쓰레기통에 버리든지 해."

방문이 또다시 힘껏 닫혔다. 접시 위에선 향긋한 토마토 냄새가 모락모락 피어올랐다. 소금과 후추로 간을 한 두부는 노릇하게 잘도 구워져 있었다. 꿀꺽 하고 침이 저절로 넘어갔다. 포크를 집어 들어 한 입 떼어 먹었다. 부드러운 두부가 입안 가득 고소함을 남겼다. 문득 이런 생각이 들었다. 내가 마녀 입장이라면 어떨까 하는. 아무리 해도 잘 상상이 되지 않았다. 마녀도 내 입장에서 생각해 본 적이 있을까. 마치 평행선 같았다. 영원히 만날 수 없는. 이번에는 토마토소스를 듬뿍 떠서 입으로 가져갔다. 상큼한 맛 때문에 두부의 묵직한 고소함이 사라졌다. 나는 정말 막돼먹은 애일지도 몰랐다. '나도 이제 지친다.'라는 마녀의 말이 자꾸 되뇌어졌다. 엄마도 지치는구나. 기분이 이상했다. 마녀에 대한 날 선 생각들이 조금 무뎌진 기분이었다.

사실 요즘 살이 많이 빠지긴 했다. 하지만 여기서 좀 더 말라야 보기에 좋다. 생각해 보니 이번 달 마법에 걸릴 시기가 지나 있었다. 편두통도 달고 사는 것 같고, 앉았다가 일어나면 기우뚱하며 다시 주저앉을 때가 많았다. 영양이 부족한 것일지도 몰랐다. 생각난 김에 마녀가 챙겨 준 종합영양제 한 알을 집어 들었다. 그동안 손도 대지 않았던 건데 챙겨 먹어야겠다는 생각이 들었다. 그건 식욕이 없어도 먹을 수 있는 거니까.

―공부는 잘 돼? 난 네 생각 하느라 공부가 잘 안 돼. ㅎㅎ 농담이야. 아까 면 뽑는데 네 생각이 나서 말이야. 오늘은 성공적으로 잘 뽑았어. 길고 가늘고 튼튼하게! 너도 내일 시험 잘 봐.

춘장에게서 문자가 왔다. 반가웠다. 또 얼굴이 화끈거렸다. 자장면이 제일 좋다니, 마녀에게까지 춘장에 대한 얘기를 무의식적으로 했다는 게 믿기지 않았다. 미친 게 확실했다. 나는 고개를 절레절레 흔들었다. 토마토 두부스테이크는 다행히 쓰레기통으로 들어가지 않고 위 속으로 모두 골인했다. 양이 적어 다행이었다. 소리 나지 않게 발끝으로 걸어 나가 개수대 위에 접시를 올려놓았다. 거실에도 주방에도 마녀는 보이지 않았다.

아까 현관문 닫히는 소리가 났는데 밖에 나갔나 보다. 왠지 미안해져서 설거지까지 끝내고 방으로 돌아왔다. 그리고 춘장에게 문자를 보냈다.

－나는 공부가 무지 잘 되니까 네 걱정이나 하셔. 면은 그만 뽑고!

좀 쌀쌀맞아 보일지 모르지만 나름 관심의 표현이었다. 춘장이 그 마음을 알아준다면 정말 똑똑한 녀석인 거야 하고 생각할 즈음 문자 수신음이 다시 울렸다.

－답 문자 줘서 영광이야. 알았어. 오늘은 그만 뽑고 공부해야지!

춘장의 문자를 받고 그래도 공부는 해야겠지 싶어 꽤 오랜 시간 책상 위에 앉아 있었다. 자정이 다 돼서야 침대에 들어갔는데 그동안 방문을 열어 본 사람은 아무도 없었다. 잠이 오질 않았다. 배가 고픈 것도 같고, 배가 부른 것도 같았다. 하여튼 정신만은 맑았다.

아빠는 내가 잠이 들 때쯤 술에 취해 들어왔다. 몸도 못 가누는지 마녀랑 실랑이를 하는 소리가 들렸다. 누군가 넘어졌는지 우당탕 하는 소리가 요란했다. 이불에서 빠져 나와 방문에 귀를 가져다 댔다. 싸우는 소리가 나기 시작했다. 웬만해선 소리 내서 싸우지 않기 때문에 더욱 호기심이 생겼다. 마녀가 아빠에게 말했다. 나도 하느라고 한다고, 당신은 내가 얼마나 힘든지 모를 거라고. 아빠가 말했다. 내가 이 정도까지 해 주면 됐지, 뭘 바라냐고. 근근이 입에 풀칠하던 집에서 살다가 이 정도 호강 시켜 줬음 됐지 뭘 얼마까지 바라냐고. 정적이 흘렀다. 잠시 후 마녀의 냉기 어린 목소리가 들려왔다. 꾹꾹 눌러 쓴 볼펜 글씨처럼 마녀의 말들이 집 안에 눌러 박혔다. 당신만 아니었으면, 그때 임신만 하지 않았더라도 당신하고 이렇게 굴욕적으로 살진 않아요. 갑자기 웃음소리가 났다. 아빠였다. 그래? 그럼 지금이라도 도전해 봐. 의사? 그건 아무나 되는 건지 알아? 주제를 알아야지!

나는 눈을 꼭 감았다. 귀를 막아야 했지만 이상하게 눈을 감고 말았다. 아빠는 결정적인 순간에 꼭 엄마의 친정집 얘기를 꺼냈다. 대놓고 무시하기 위해서였다. 나는 마녀가 대대적인 반격에 나설 거라고 생각했다. 그런데 조용했다. 발소리가 났고 문 닫히는 소리가 들렸다. 요즘 고주망태가 되어 들어오는 횟수가 잦더니 아빠는 끝내 괴물이 되려나 보다. 조앤네 아빠가 생각났다. 회사 사정이 안 좋다는 소리를 마녀에게서 들었다. 아빠도 조앤네 아빠처럼 변할까 봐 무서웠다. 아빠도 마녀도 이제 돌이킬 수 없는 걸까. 그래도 한때 두 사람은 사랑이란 걸 했겠지? 그래서 우리가 태어난 거겠지? 결국 사람은 추하게 변하는 걸지도. 나는 좀처럼 잠을 이룰 수 없었다.

꿈을 꿨는데 가족 모두가 소풍을 갔다. 돗자리를 깔고 김밥도 먹었다. 치즈와 햄이 듬뿍 들어간 김밥을 모두들 한입 가득 물고 뭐가 그렇게 재밌는지 배꼽을 잡고 웃었다. 나는 일곱 살이다. 언니도 한참 어리다. 나는 엄마랑 아빠에게 양손을 붙들린 채 폴짝폴짝 뛰었다. 엄마랑 아빠는 내 손을 놓치지 않으려고 안간힘을 썼다. 하지만 모두가 웃는 얼굴이다.

얼마나 잤을까. 이번에는 화장실에서 들려오는 소리에 잠에서 깼다. 오늘은 조금 긴 시간 동안 토하는 것 같았다. 변기 물이 몇 번이나 내려졌고, 샤워기 물소리가 들렸다 말았다 했다. 나는 그 시간 동안 가슴이 점점 졸아드는 걸 느꼈다. 심장이 벌렁벌렁 뛰다가 다시 뭔가 위에서 가슴을 누르는 것처럼 답답해졌다. 솔직히 마녀가 불쌍했다. 처음으로 가엾게 여겨졌다. 마녀가 속에 있는 것을 다 토해 내다가 기절할지도 모른다는 생각이 들었다. 아니 죽을지도 모른다. 아빠는 술기운에 세상모르고 자고 있을 거였다. 나밖에 없었다.

지금 마녀를 구할 수 있는 사람은.

나는 침대에서 일어났다. 그리고 조용히 문을 열고는 화장실로 갔다. 문고리를 돌렸다. 잠겨 있었다. 그때였다. 갑자기 화장실 안이 조용해졌다. 노크를 했다. 똑똑똑. 선명하고 묵직한 노크 소리였다. 화장실 안에서 부산스럽게 움직이는 소리가 났다. 찰칵. 문이 열렸다. 마녀와 눈이 마주쳤다. 흰자위는 온통 발갛게 충혈되어 있었고, 잠옷 윗도리 가슴팍 부분이 땀인지 물인지 모를 것으로 흠뻑 젖어 있었다. 어느새 시큼한 냄새가 화장실 안에서 흘러나왔다. 내가 말했다.

"오, 오줌 누려고요."

마녀는 엉거주춤한 자세로 잠깐 멍하게 쳐다보더니 정신이 들었는지 곧 황급히 밖으로 나왔다.

"으응, 그래. 잠깐 세수하고 있었어. 아까 세수를 못해서. 얼른 들어가."

나는 마지못해 화장실 안으로 들어가 변기 위에 앉았다. "오, 오줌 누려고요."라니. 그렇게 말하려던 게 아니었다. "엄마, 괜찮아요?"라고 물어야 했다. 하지만 아는 체할 수가 없었다. 마녀의 빨간 눈이 너무 당황스러워 보여서 모른 체하는 게 맞는 거라고 무의식이 혼자 결론을 내려 버린 것이다. 나는 마렵지도 않은 오줌을 힘주어 누며 오랫동안 그렇게 앉아 있었다. 마녀가 고요히 잠들길 바라면서.

4. 누구에게나 일어날 수 있는 일

생크림케이크 한 판, 치킨 한 마리, 콜라 1.5리터, 접시 크기로 봐서는 족발 대자, 바닐라 아이스크림 두 통, 초밥 세 팩. 마녀가 먹은 것들이다. 베란다 한구석에 감춰져 있는 포장 용기들과 음식 찌꺼기 그리고 쓰레기통에서 발견한 흔적들로 알아 낸 것들이다. 마녀와 화장실에서 마주친 후 나는 폭식의 흔적들을 찾아 나섰다. 아빠는 당연히 아닐 테고 나도 먹은 적이 없으니 분명 마녀가 먹은 게 틀림없다. 모두 고칼로리 음식들이다. 이걸 그날 한꺼번에 다 먹었는지 여러 날에 걸쳐 나눠 먹었는지는 잘 모르겠다. 아마 이삼 일 내에 먹어 치운 흔적들인 것 같다.

새벽녘 조용히 냉장고를 열어 봤다. 나한테는 결코 권하지 않는 그런 음식들이 냉장고 깊숙이 보일 듯 말 듯 꽉 차 있었다. 요즘 음료를 꺼낼 때 외에는 냉장고를 열어 본 기억이 없어 이런 음식들이 우리 집에 있는지조차 까맣게 몰랐다.

예전에 텔레비전에서 본 적이 있다. 어느 폭식증 여자의 하루를 보여 준 다큐멘터리였다. 여자는 해골처럼 말라 있었는데, 폭식하고 토해 내기를 5년 넘게 하고 있었다. 늘 다이어트를 하고 있다는 여자는 저녁이 되자 그동안 사 놓은 음식들을 하나하나 꺼내 상 위에 먹음직스럽게 차려 놓았다. 나는 내 눈을 의심했다. 불과 15분 만에 라지 사이즈 피자 한 판과 과자 세 봉지, 페트병에 담긴 콜라 하나를 해치웠다. 그러고는 바로 화장실로 달려가 토하기 시작했다. 여자는 인터뷰 내내 울먹였다. 고통스럽다고 했다. 여자의 침대 밑에서는 먹다 남은 음식들과 과자봉지, 음식 포장지들이 한 아름 나왔다. 식구들에게 들키기 싫어 임시방편으로 침대 아래에 숨겨 놓았던 것이다.

　　마녀가 다이어트를 하는 것 같지는 않았다. 워낙 마른 체격이었고, 과식하는 것을 품위가 떨어지는 행위라고 생각했기 때문에 늘 적게 먹는 편이었다. 배가 고파 조금이라도 허겁지겁먹는다 싶으면 마녀는 내 손목을 찰싹 소리 나게 때리곤 했다.

　　아빠 때문일까, 아니면 언니, 그것도 아니면 나 때문일까? 새벽녘, 화장실에서 마주친 이후로 마녀를 향해 새로운 감정이 싹트는 것을 느꼈다. 그동안 답답하고 밉고 부담스러우며 짜증스러운 감정이 앞섰다면, 지금은 실망감과 동시에 죄책감이라는 새로운 감정이 생겨났다. 하지만 그런 느낌이 들 때마다 애써 무시했다. 마녀가 저러는 게 꼭 나 때문인 것 같아서였다. 무엇보다 마녀를 걱정하고 있는 내 자신이 어색하고 싫었다.

　　며칠 늦게 잔 데다가 새벽잠을 설쳐서인지 눈꺼풀이 모래가 낀 듯 뻑뻑했다. 하루만 더 참으면 시험에서 해방될 수 있다. 하지만 오늘은 내가 가장 자신 없어 하는 수학 시험이 있는 날이다. 그나마 국사 시험도 같이 있어서 다행이다. 국사는 좀 자신 있는 편이다. 컨디션이 영 말이 아니다. 사실 몸 상태가 좋건 안 좋건 성적과는 상관없다. 실력이 없는데 컨디션 탓을 한다는 게 스스로도 웃기는 일이었다. 지금 내 성적으로는 서울에 있는 가장 낮은 커트라인의 미대도 갈 수 없을 것이다.

"공부 많이 했냐?"

수경이에게 물으나 마나 한 질문을 던졌다. 수경이는 열심히 국사 교과서를 훑는 중이었다.

"공부는 무슨 공부. 우리들 똑같은 경험담 하나씩 있잖아. 집에 가서 저녁도 안 먹고 의욕에 넘쳐 공부를 한다, 의자에 앉은 지 한 시간도 안 돼 너무 배가 고파 라면을 끓인다, 거기에 밥까지 말아 먹는다, 소화시키느라 텔레비전을 조금만 보기로 한다, 재밌는 게 자꾸 한다, 책상에 간신히 앉는다, 잠이 솔솔 온다, 새벽에 일어나 하기로 결심한다, 알람을 맞춘다, 알람이 울리면 꺼 버리고 그냥 잔다, 공부는커녕 지각까지 한다, 알잖아. 내가 어제 그랬어."

다들 왜 이렇게 똑같은 말들만 하는지 모르겠다. 이런 변명이 반 정도는 진실이라는 건 알고 있지만(나도 경험이 많으니까) 열심히 공부해 놓고 그 사실을 숨기기 위해 이런 식으로 뻥을 치는 애들이 많다는 것도 안다.

"너는?"

수경이가 내게로 질문을 돌렸다. 그래, 네 심정이 이해가 간다. 나에 대한 상황 파악도 해 둬야 떨리는 마음을 진정시킬 수 있을 테니.

"나도 마찬가지야. 깨어 보니 이미 침대에서 자고 있더라고."

거짓말이었다. 사실 새벽 세 시까지 뜬눈으로 있었다. 하지만 공부를 한 건 아니었고 온갖 잡생각으로 공책에 낙서만 한가득했다. 길게 말하기 귀찮아 둘러 댄 것뿐이다. 뭐, 공부를 한 것은 정말 아니니까 양심에 찔리진 않았다.

"그런데 어제 반장이 국사 공책 도둑맞았다는 게 정말이야?"

아침에 얼핏 들은 얘기였다. 반장이 국사 공책을 들고 왔다가 책상 위에 잠깐 올려놨는데 화장실에 갔다 온 사이 감쪽같이 없어졌다는 것이다. 주위 애들한테 물었지만 공책의 행방에 대해서 아는 아이들은 아무도 없었다. 그 유명한 공책 절도 사건이 우리 반에서도 일어난 것이다.

"응, 그런가 봐. 반장 얼굴 좀 봐. 완전 울상이다. 덕배 형한테 말했다는데 찾을 수 있겠어? 상부상조할 것이지 그런 걸 일러바치기는. 공책 하나 가지고."

수경이가 짐짓 통 큰 체하며 말했다.

"그래도 기분 나쁘긴 하겠다."

"야, 더 이상 말 시키지 말아 줘. 반장이건 뭐건, 나 지금 처음 공부하는 거란 말이야."

수경이가 다급하게 말하며 교과서에 얼굴을 파묻었다. 어제 정말로 잠들어 버린 게 맞긴 한가 보다.

반장이 좀 얄미운 캐릭터이긴 했다. 공부밖에 모르는 '범생이'에다가 걸핏하면 담임에게 조르르 달려가 고자질을 했다. 그 고자질에 앙심을 품은 애들이 여럿이었다. 나야 공책 같은 거 도난 당할 일은 절대 없을 거다. 잠깐 동안 반장이 부러운 건지, 불쌍한 건지 헷갈렸다. 그때 누군가 어깨를 두드렸다. 춘장이었다.

"민희야, 국사 공책 필기한 거 공부 다 했으면 나 좀 빌려줘. 금방 복사하고 줄게."

이런 애도 있었다. 나 같은 애 공책을 빌려서 뭐 한다는 건지. 게다가 졸릴 때 필기한 내용은 나도 못 알아먹는다. 잠깐 갈등을 하다가 마지못해 공책을 넘겨줬다.

"공부를 다 해서 빌려 주는 건 아니야. 난 잠깐 교과서를 보고 있으면 되니까. 그런데 필기를 잘한 편은 아닌데……."

멋쩍어하며 공책을 건네자 춘장은 입이 찢어져라 웃으며 덥석 받아들었다.

"배려심도 깊어라. 고마워."

녀석의 뒷모습을 바라보며 혼잣말로 중얼거렸다. 이럴 줄 알았으면 좀 더 열심히 필기해 놓을걸.

덕배 형이 종례를 하기 위해 들어왔다. 얼굴 표정이 굳어 있었다. 아무래도 반장의 고자질 때문에 반 아이들이 고생할 것 같은 분위기였다. 역시나 덕배 형은 종례 끝 무렵 '국사 공책 절도 사건'에 대해 언급했다.

"공책에 발이 달렸나, 날개가 달렸나. 책상 위에 둔 게 뿅 하고 사라질 리는 없잖아? 반장 말이 사실이라면 이거 그냥 넘어

갈 일이 아니다. 도둑이 정말 너무 공부가 하고 싶어서 공책을 가져갔을까? 우리 반에 그렇게라도 공부하고 싶은 열정적인 애는 없는 걸로 알고 있다. 내 보기에 도둑은 골탕 먹이는 게 목적이야. '반장, 얼라 공부 잘하는 너 한번 당해 봐라' 하고 말이야."

여기저기서 키득거리는 소리가 들렸다. 웃음소리에 덕배 형의 얼굴이 한순간 일그러졌다. 쾅 하고 출석부가 교탁에 내리꽂혔다.

"웃지 마라. 지금부터 이빨 보이는 놈이 공책 훔쳐간 걸로 알겠다. 나는 이번 사건 해결 안 할 거다. 왜냐고? 너희들도 공범이기 때문이다."

아이들은 덕배 형의 말에 어리둥절해서 수군거렸다. 나도 수경이의 귀에 대고 속삭였다.

"뭐야? 공범이면 범인이 한 명이 아니라는 거야?"

"몰라, 나도."

수경이도 의아해했다. 아무래도 덕배 형이 내 말을 들은 것 같았다.

"범인이 한 명 이상이라는 뜻이 아니야. 무식하긴! 너희들도 다 그런 마음이 있단 뜻이야. 너희들 대부분이 옆에 있는 친구들을 경쟁자로 생각하고 언젠가 저놈을 밟고 일어서야지, 하고 이를 갈고 있기 때문에 이런 일이 생긴다는 거다. 이 철없는 것들아! 시험이 친구 등짝 밟고 일어서라고 있는 거야? 시험은 그냥 너희들 실력을 점검하는 거야. 그래야 너희들, 어린 것들이 학습 계획을 세우고 앞으로 어떻게 공부해야 할지를 알게 될 거 아니야!"

덕배 형의 목소리가 점점 커졌다.

"그런데 너희들은 시험을 게임으로 생각하고 있어. 너희들이 죽어라 파고드는 그런 게임, 피가 사방으로 튀고 대가리가 댕강 날아다니든 말든 어떻게든 상대를 죽여 이기면 그만인 게임 말이야."

덕배 형이 게임의 캐릭터를 흉내 내듯 주먹을 꽉 쥐고는 칠판을 향해 내리쳤다. 교실은 쥐죽은 듯 고요해졌다.

"내가 공부를 못했다고, 내가 누구보다 성적이 처진다고 해서 일부러 친구의 공부까지 망치는 행위는 정말 치사한 짓이다. 그렇게 해서 등수 몇 칸 올라가면 그게 끝인지 알아? 천만에! 그렇게 된 순간 너희들한테는 그런 일의 반복밖에 없어. 계속 누굴 끌어내리고, 죽이고 해서 올라가야 한단 말이야. 이 썩어 빠진 정신 상태들아!"

생각에 잠긴 듯 잠시 침묵하다가 덕배 형은 말을 이었다.

"공책을 훔쳐간 사람은 반장에게 알아서 돌려줘라. 앞으로 계속해서 그런 식으로 살기 싫다면 말이야. 그리고 이런 일이 또 우리 반에서 일어난다면 그땐 내 육신 하나 오롯이 바쳐 육탄전으로 너흴 상대해 줄 테니 알아서들 해라."

덕배 형은 서부의 사나이 같은 표정을 지으며 교실 밖으로 나갔다. 아이들은 안도의 한숨을 쉬었다. 여기저기서 유난히 길었던 종례에 대해 불만을 터뜨렸다. 덕배 형이 나감과 동시에 기다렸다는 듯이 뒷문을 열고 튀어나가는 애들도 있었다. 길어진 종례 때문에 내일 시험 준비할 시간을 빼앗겼다고 생각하는 거였다. 반장은 "에이, 씨발!"이라고 중얼대더니 쿵쾅거리며 교실 밖으로 사라졌다. 덕배 형이 현실을 모르는 건지, 우리들이 정말 사악한 건지 나는 정말 모르겠다. 종례 후 심각한 표정을 짓는 사람은 춘장밖에 없었다. 녀석은 오장육부까지 감화된 게 분명했다.

방과 후 조앤과 함께 서로에게 문제를 내 주기로 약속했다. 시험 기간이라 학교가 일찍 끝나서 그런지 한낮인데도 패스트푸드점에는 근처 중고등학교에 다니는 학생들로 만원이었다.

"여기 너무 시끄러운가? 난 좀 시끄러워도 괜찮거든. 어차피 문제 내 주는 거니까."

"으응, 그래. 나도 상관없어."

그렇게 말하는 조앤의 표정이 왠지 불안해 보였다. 휴대전화를 자꾸만 만지작거리면서 손에서 놓지를 못했다.

"누가 전화하기로 했어?"

"아, 아니."

조앤은 거짓말을 잘 못했다.

"아니긴 뭐가 아니야. 너 왜 그래?"

잠시 머뭇거리더니 조앤은 마지못해 대답했다.

"정우 선배 말이야."

"응."

"……."

"아, 답답해. 얼른 말해."

"정우 선배가 지난 일요일에 클럽에 갔다가 대학생들이랑 싸움이 났대."

"클럽? 홍대 클럽 그런 곳?"

"응, 그런데 상대방이 이가 부러졌다나 봐."

"결국은 대형 사고를 치는구나."

"또 정학 처분이 내려질 것 같아. 오늘 선배 어머님이 다녀갔다고 하니까 퇴학까진 아닐 거 같고."

"역시 잘사는 집 아들이라 다르구나."

말이 곱게 나오지 않았다. 그래서인지 조앤은 아무 말 없이 교과서를 펴들었다. 기분이 상한 것 같았다. 흥, 그건 나도 마찬가지다. 조앤이 선배 일로 신경 쓰는 게 보기 싫었다.

"너 정우 선배 만나서 아직도 담배 피우고 그래?"

나는 노골적으로 빈정거렸다.

"그런 식으로 나쁘게만 말하지 마. 선배 불쌍한 사람이야."

"도대체 뭐가 불쌍한데? 아빠가 병원 원장이어서? 아니면 외제차 타고 다니는 엄마를 둬서?"

"그래. 부모님도 그렇고, 의사인 큰형이랑 법대 다니는 작은형도 그렇고, 자기보다 너무 잘나서 따라가질 못하겠대. 미대가려는 것도 집에서 반대가 심하고, 하여튼 미운 오리 새끼가따로 없나 봐……. 나처럼 가난한 부모에 형제 없이 혼자 자라는 것보다야 낫겠지만 정우 선배처럼 가족이 너무 잘나도 괴로울 거 같아."

하긴 그건 조앤 말이 맞다. 나는 언니가 있어서 혼자인 외로움이 어떤 건지 잘 모른다. 그리고 언니가 '다행히' 지방대를 들어가 줘서 나는 서울권에만 진입해도 크게 문제 될 건 없을 것 같다. 우리 부모님은 정우 선배네처럼 부담스럽게 잘나가는 사람들도 아니고 조앤네처럼 무관심으로 일관하지도 않는다. 오히려 관심이 과해서 탈이니까. 그래도 이건 좀 불공평하다. 이런 식의 비교는 억지다. 누군가의 불행과 비교하여 자신의 처지를 나름 행복하다고 생각하는 건 자기를 속이는 일이다. 나는 결코 행복하지 않았다. 뭔가 억울한 감정이 솟구쳤다.

"조앤, 나도 고백할 게 있어."

"고백?"

"응, 우리 가족에 대한 거."

조앤에게 우리 집 얘기를 좀 더 깊게 할 필요가 있었다.

"우리 집 말이야, 언니랑 나는 아빠 엄마에게 반말을 해 본 적이 없어. 어려서부터 존댓말을 쓰게 해서 오히려 반말이 더 어색해. 그렇다고 해서 존댓말 쓰는 기분이 좋은 건 아니야. 꼭 옆집 아저씨나 아줌마, 아니면 선생님한테 말하는 기분이야. 그리고…… 이건 정말 누구한테도 말한 적이 없는데, 너한테는 말해야겠어."

조앤이 금세 걱정스러운 표정을 지었다. 말을 해야 할지 잠시 고민이 됐지만 용기를 내기로 했다.

"우리 엄마, 폭식증 환자야."

무슨 말인지 도통 모르겠다는 듯 조앤은 속눈썹을 끔벅였다.

"폭식증? 막 많이 먹었다가 일부러 토하는 거?"

"응."

"그럼 병원에 가야 되지 않아?"

"엄마는 내가 알고 있다는 거 몰라. 도저히 아는 척을 못하겠어."

"너네 아빠는?"

"우리 아빠야 더더욱 모르겠지."

"⋯⋯."

우리는 한참 동안 말없이 창밖을 바라봤다. 에어컨 바람이
뒤통수를 서늘하게 건드렸다. 창밖에는 햇빛을 피하기 위해 양
산에, 선글라스에, 모자를 쓴 행인들이 수도 없이 얽혀 지나갔
다. 조앤이 먼저 입을 열었다.

"떠나고 싶어."

챙 넓은 모자에 하늘색 민소매 원피스를 입은 여자가 횡단보
도를 건너고 있었다. 나는 여자를 눈으로 좇으며 입을 열었다.

"그래, 정말로."

조앤은 창밖에서 시선을 거두고 진지한 눈빛으로 내 눈을 바
라봤다.

"우리 여름 방학 보충수업 하기 전에 어디라도 갈까?"

"그럴까?"

"응. 바다나 산이나 어디로든지."

"오케이, 좋았어!"

경쾌한 대답이었다. 그제야 우리는 배시시 웃으며 교과서를
펴들었다. 조금 힘이 나는 것도 같았다.

아빠가 또다시 술을 마시고 들어왔다. 요즘 들어 매일같이
술을 마신다. 지난주 아빠의 일방적인 공격 이후로 계속 잠자코
있던 마녀가 오늘은 심상치 않은 분위기를 풍겼다. 방문 틈으로

훔쳐본 아빠의 모습은 장난이 아니었다. 마치 처음 스케이트를 타는 사람처럼 자꾸 미끄러져 넘어졌다. 마녀가 부축을 해 중심을 잡아 보려 해도 그때뿐이었다.

"당신 요즘 왜 이래요? 왜 안 하던 짓을 하고 그래요?"

마침내 마녀가 소리를 질렀다. 헤엄을 치듯 바닥에서 허우적거리던 아빠는 마녀의 외침에 정신이 든 모양이었다.

"네가 뭘 안다고 그래? 집에서 살림이나 하는 네가 뭘 아냐고!"

혀가 잔뜩 고부라진 아빠는 마녀에게 또 막말을 했다. 마녀는 기가 막혔는지 입을 쩍 벌린 채 아무 말도 못했다. 아빠가 저렇게 마녀를 함부로 대하는 건 흔치 않은 일이었다.

"내가 말이야. 내가!"

아빠는 있는 힘껏 소리를 지르더니 갑자기 꺼억거리기 시작했다.

"이 내가, 지금껏 피땀 흘리고 뼈까지 깎으며 열심히 충성한 회사에서, 꺼억. 그 회사에서 나를 자르겠대! 알겠어? 이 내가 말이야, 회사에서 쫓겨난단 말이야! 꺼억."

아빠는 답답한지 가슴을 치며 얘기했다. 우는 것도 같았는데, 눈물은 보이지 않고 꺼억 소리만 냈다. 아빠는 힘겹게 말을 끝마치고 다시 거실 바닥에 벌러덩 드러누웠다.

"내가 이대로 가만 있나 봐라. 내가 이대로 가만 있나 봐."

아빠는 주문을 외듯 자꾸만 가만 있지 않겠다고 되뇌었다. 마녀는 여전히 눈을 휘둥그레 뜨고 입을 반쯤 벌리고 있었다. 나는 소리 나지 않게 살며시 방문을 닫았다. 텔레비전이나 인터넷 뉴스에서 보던 그런 일이 우리 집에서 일어난 것이다. 그게 어떤 의미인지 감이 잘 잡히지 않았다. 조앤네 아빠처럼 처음부터 능력이 없는 사람도 아니니 다른 직장을 알아볼 수도 있을 텐데 아빠가 지레 괴로워하는 것 같았다. 그건 그렇고, 아빠가 눈물은 보이지 않았어도 어린아이처럼 꺼억대며 목을 놓아 울었다는 게 내게는 더 충격이었다. 슬프기보다는 우스꽝스러운 모습이어서 더 그랬다.

어느새 집 안은 조용해졌다. 역시 공부는 전혀 되지 않았다. 마지막 날 시험도 망치려는 징조였다. 아빠의 괴로움을 이해해 보려 노력했다. 억울한 거다. 나라도 억울했을 것이다. 주말도 없이 젊음을 다 바쳤는데 회사는 전혀 미안해하지 않는 거였다. 그렇지 않고서는 아빠가 저렇게 가만 있지 않겠다고 이를 갈 리가 없었다. 또 다른 방면의 걱정거리가 새록새록 생각났다. 앞으로 나랑 언니는 등록금을 스스로 벌어야 하는 건 아닐까. 언니는 지방대지만 의대를 갔다. 그리고 나는 둘째가라면 서러워할 정도로 등록금이 비싼 미대 지망생이다. 당장 다음 학기부터는 미대 입시 학원에 다녀야 한다. 생각해 보니 아빠가 다른 곳에 바로 취업한다는 건 불가능한 일일지도 모른다. 그런 게 아니라면 드라마에 나오는 중년의 남자들이 그렇게 다들 놀고 있거나 치킨 집만 할 리가 없었다.

삭막한 집 안 분위기 속에서도 다행인 것이 있었다. 마녀의 폭식 횟수가 화장실에서 나를 마주친 이후로 조금씩 잦아드는 것 같았다. 아니다. 생각해 보니 그것도 아닐지 모른다. 증세가 잦아들었다기보다 그저 내 눈치를 보느라 더 용의주도하게 일을 해결하고 있을지도. 책을 덮고 눈을 감았다. 어지러웠다. 그러고 보니 오늘도 저녁을 먹지 않았다. 아직 고등학교 1학년밖에 안 됐는데 사는 게 이렇게 우울하고 지겹다니 놀라울 따름이다.

고민하는 것도 지겨워질 무렵 나는 비극의 주인공이라도 된 것처럼 무거운 몸을 이끌고 침대로 기어들어갔다. 이대로 잠이 든 후 내일이 오지 않았으면 좋겠다는 생각을 했다. 그러다 눈을 뜨면 어느새 어른이 되어 있어도 좋겠다는 생각을 했다. 몇 살이 좋을까. 스무 살만 돼도 좋겠다. 그러면 내 마음대로 뭐든지 할 수 있을 텐데. 갑자기 또 춘장 생각이 났다. 춘장이라면 이런 때 나를 웃게 만들 수 있을 것 같다. 아니다. 나는 다시 고개를 저었다. 단순무식한 춘장은 나같이 민감한 여자애의 마음을 알 리가 없을 것이다. 이런저런 생각을 하며 몸을 뒤척였다. 펑펑 울어야 될 상황 같았지만 이상하게 생각은 새벽이 다가올수록 점점 날카로워지기만 했다.

기말고사 마지막 날이다. 아침부터 머리가 멍하니 찌뿌둥한 것이 아무 생각도 나지 않았다. 흐리멍덩한 눈을 보니 좀비 저리 가라다. 국어는 좋아하는 과목이라 그래도 기본은 푼 것 같다. 그런데 영어는 글씨와 종이가 따로 놀았다. 아무리 봐도 대부분의 문제가 무엇을 물어보는지조차 이해되지 않았다. 시간을 보니 10분밖에 남지 않았다. 아직 반도 채 풀지 못한 상태였다. 최악의 시험이 될 게 뻔했다.

결국 답안지에는 아무것도 표기하지 못했다. 아니, 않았다라고 하는 게 맞는 말일 거다. 그냥 찍기만 하더라도 20점은 나올 것이다. 하지만 지금 내게 20점이나 빵점이 주는 의미는 별 차이가 없었다. 답안지를 걷어가던 애가 내 것을 보더니 놀란 표정을 지었다.

"그냥 가져가."

손사래를 치며 귀찮아 죽겠다는 듯 말했다.

어쨌든 오늘은 시험이 끝나는 마지막 날이다. 교실 안은 놀러갈 계획에 들뜬 아이들과 시험을 망쳐 책상에 엎드려 우는 아이들, 답지를 맞춰 보느라 수선 떠는 아이들로 어느 때보다 소란스러웠다.

"민희야, 연극 보러 가지 않을래?"

수경이가 옆구리를 찔렀다. 백지 답안을 내고선 매우 절망적인 기분이 되어 가방을 챙기는 중이었다.

"그럴 기분 아니야."

애써 심드렁하게 대답했다. 수경이가 다시 한 번 옆구리를 찔렀다. 이번에는 제법 강도가 셌다.

"튕기긴. 나 공짜표 있단 말이야. 다른 약속이라도 있어?"

나는 옆구리를 문지르며 인상을 찌푸렸다.

"무슨 여자애가 이렇게 힘이 세!"

수경이는 사람 좋은 웃음을 지으며 어깨동무를 해 왔다.

"사실은 춘장이 나한테 부탁했어. 연극표가 생겼는데 너하고 자기하고 단 둘이 가는 거면 네가 안 갈 거라면서. 나 이 연극 꼭 보고 싶었단 말이야. 민희야, 날 위해서라도 가 줄 수 없겠냐? 응?"

수경이는 얼굴을 가까이 들이대며 혀 짧은 소리를 했다. 징그럽게 다가오는 수경이를 밀치며 춘장 쪽을 바라봤다. 역시나 바보처럼 속없는 웃음을 지으며 녀석은 내 반응을 살피고 있었다. 춘장이 같이 간다니 싫지는 않았다. 수경이와 단 둘이라면 거절했을 것이다.

"알았어. 그런데 나 시험 망쳐서 별로 기분 안 좋으니까 자꾸 들러붙지만 마."

수경이가 춘장을 향해 오케이 표시를 날렸다.

–갑자기 약속이 생겨 먼저 나갈게. 너도 오늘 시험 스트레스 다 날려 버려.

조앤에게 문자를 보낸 지 얼마 안 돼 곧바로 답장이 왔다.

–담임한테 담배 피우는 거 걸렸어. 아무래도 상담실 행일 거 같아.

수학이 조앤을 예뻐하니 설마 무슨 큰 징계를 내릴까 싶었지만 같이 상담실에 가 줄 수도 없고 뭐라고 답을 해야 할지 난처했다.

–어쩌다가! 어쨌든 대머리는 조심해!

연극을 다 보고 나올 때까지 조앤에게서는 아무 연락도 오지 않았다. 소극장 연극은 처음이었다. 무대도 객석도 너무 작았다. 따닥따닥 붙어 앉아 보는 느낌이 대형 공연장과 영화관에서 볼 때와는 다른 새로운 기분이었다. 뭐랄까, 배우들의 열정이 더욱 실감나게 전해졌다. 저렇게 연기하다가는 마무리도 못하고 중간에 무대에서 쓰러져 버리는 건 아닌지 걱정될 정도였다. 하지만 배우들은 어느 누구도 쓰러지지 않고 끝까지 에너지를 발산했다. 사실 춘장이 바로 옆에 바짝 붙어 앉았기 때문에 연극 감상이 잘 되진 않았다. 자꾸 소곤거리질 않나, 앞에 사람이 뒤를 돌아다볼 정도로 크게 웃질 않나, 춘장은 정말로 촌닭 같은 매너를 보였다. 객석에서 바라보는 것으로 그치지 않고 마치 배우들의 연기에 떠들썩하게 동참하는 것처럼 보였다.

우리는 가까운 피자집에서 점심 겸 저녁을 해결했다. 연극을 보고 제일 감동받은 사람은 수경이 같았다. 배우들한테 완전 반했다느니, 자기도 연극을 해 보고 싶다느니, 하지만 배고픈 길이란 걸 알기 때문에 자기는 결국 못할 거라느니 잘도 떠들어댔다. 춘장은 수경이의 말에도 열심히 반응해 줬다. 의외로 녀석은 공연 마니아였다. 특히 소극장 연극을 자주 보는데, 보고 나면 배우들의 열정적인 기를 받아 힘이 불끈불끈 솟는다고 했다. 요리하는 래퍼가 되려면 공연 보는 것쯤은 기본으로 할 일이라며 우쭐거리기도 했다.

나는 별로 할 말이 없었다. 연극이 생소하기도 했지만 수경이나 춘장처럼 예술에 대한 감수성이 풍부하지 않았다. 게다가 수경이와 춘장은 감정이나 의견을 스스럼없이 표현하는 아이들이었다. 부러웠다. 남 눈치 보지 않는 모습이 자유로워 보인다고 할까. 난 도대체 뭘 잘하는 걸까.

"민희야. 너도 얘기 좀 해. 왜 그렇게 말이 없어?"

춘장이 눈치를 살폈다.

"야, 민희 오늘 백지 답안 냈어."

얼굴이 달아올랐다. 순식간에 일어난 일이라 수경이의 입을 틀어막기에 역부족이었다. 춘장의 눈이 휘둥그레졌다. 내 얼굴이 너무 빨개졌는지 녀석은 다른 얘깃거리를 꺼냈다. 눈치가 아예 없지는 않은 녀석이다.

동네가 다른 수경이가 버스를 타고 먼저 집으로 향했다. 자연스레 춘장과 둘만 남게 됐는데 녀석은 자꾸 눈치를 살피며 주뼛거렸다. 버스를 타고 내릴 때까지 우리는 아무 말이 없었다. 아무래도 내 쪽에서 말을 거는 게 분위기상 나을 것 같았다.

"그 연필 세트 말이야."

"응."

말을 꺼내자마자 춘장은 기다렸다는 듯이 즉각 대답했다.

"그땐 좀 다른 걱정거리가 많아서 어떻게 해야 좋을지 몰랐어. 지금이라도 받아도 될까?"

순간 녀석의 얼굴이 하회탈은 아닌지 의심스러웠다. 할아버지처럼 주름이 자글자글하도록 눈웃음을 짓더니 말까지 더듬었다.

"그, 그럼! 내, 내일 가지고 올게."

흥분도 잠시, 우리는 다시 말 없이 걷기만 했다. 수다에 일가견이 있는 녀석이 아무 말도 하지 않으니까 식은땀이 흘렀다. 원래도 더운 날씨였지만 이마가 더 뜨거워졌다. 이상한 일은 옆에서 춤을 추듯 걷고 있는(자칭 래퍼의 걸음) 녀석의 걸음걸이가 멋져 보이기까지 했다는 것이다. 연필 세트를 받겠다는 말은 남자친구로 인정하겠단 말이나 다름없었다. 내 얼굴이 줄곧 화끈거리고, 녀석의 수다가 사라진 것은 그 이유 때문인지도 모르겠다.

"집에 거의 다 왔어. 저기 저 아파트에 살아."

"벌써? 아, 아쉬워라."

춘장은 손바닥으로 이마를 짚으며 한숨을 쉬었다.

"잘 가. 좀 피곤하다. 조앤도 만나야 하고."

녀석이 집에 가기 싫다고 말한 것도 아닌데 나는 묻지도 않은 말을 하고 있었다.

"그래, 알았어. 푹 쉬어. 그리고 오늘 시험은 잊어버려. 다음에 잘 보면 되잖아."

춘장은 그 어느 때보다 진지한 말투로 작별인사를 했다. 나는 아무 말도 않고 그저 웃어 보였다.

샤워를 하고 좀 쉬고 있으려니 조앤에게서 전화가 왔다. 떨리는 목소리였다. 울고 있는 게 확실했다.

"너, 울어?"

"……."

"왜 그래? 대머리가 때리기라도 했어?"

아까 수학한테 담배 피우는 것을 걸려 상담실에 끌려갈 것 같다고 했다. 무슨 일이 있는 게 분명했다.

"때린 건 아니고……."

답답했다. 조앤은 속 시원히 털어놓지 못했다.

"그럼 정학시킨대? 아니, 이럴 게 아니라 만나서 얘기해."

"아무 데도 가기 싫어."

조앤의 목소리가 싸늘했다.

"내가 너네 집으로 갈게. 조금만 기다려."

나는 그렇게 말하고 일방적으로 전화를 끊었다.

현관에서 문을 열어 주는 조앤의 눈이 발갛게 부어 있었다. 다행인지 아닌지 아저씨는 집에 없었다. 초등학교 이후로 조앤네 집에 들어와 본 건 이번이 처음이었다.

"들어와."

조앤이 주뼛거리며 나를 맞이했다. 집은 생각보다 많이 작았다. 안 그래도 좁은 거실에는 여러 가지 물건들이 널려 있었고, 얼핏 본 베란다에는 빈 소주병들이 즐비했다. 화장실 앞에는 빨랫감이 수북이 쌓여 있었고, 아무렇게나 놓여 있는 신문이며 옷가지들 사이로 힘없이 도는 선풍기가 덜덜거리는 소리를 냈다. 조앤은 내 눈길이 신경 쓰이는 듯 거실에 널브러져 있는 물건들을 서둘러 치웠다.

"시험 기간이라 청소를 좀 못 했더니 이러네."

"괜찮아. 우리 집도 그래. 그냥 놔두고 얘기나 하자."

사실 우리 집은 그렇지 않았다. 마녀는 머리카락 한 올 떨어져 있는 것도 그냥 보아 넘기지 않았다. 나는 거실 바닥에 철퍼덕 앉으며 조앤의 손을 잡아끌었다.

"어쩌다가 담배 피우는 걸 걸렸어?"

"아침에, 시험 시작하기 전에 미술실에서."

"으이구, 쯧쯧쯧."

나는 거봐란 듯이 요란하게 혀를 찼다. 조앤의 말에 의하면 처음 자기를 발견한 사람은 체육 선생님이라고 했다. 체육 물품 보관실이 미술실이 있는 복도 끝에 있었기 때문에 언제든 일어날 수 있는 일이었다. 체육은 곧바로 조앤의 담임인 수학에게 이 사실을 일러바쳤다. 조앤은 시험이 끝나자마자 상담실로 불려 갔다.

"담임이 크게 혼낸 건 아니었어. 그냥 자기가 돌아올 때까지 반성문을 빽빽이 채워 놓고 있으라고 했어. 그러고는 점심 먹으러 나갔어. 약속이 있다면서."

"너는 쫄쫄 굶고 있는데? 너무한다. 영화에서 보면 피의자한테도 밥은 먹이더구만. 그런데?"

눈치 없는 말을 한 것 같아 금방 후회가 됐다. 조앤은 잠시 아무 말도 하지 않았다. 답답했지만 스스로 말할 때까지 잠자코 기다리는 게 좋을 것 같았다. 얼마 후 조앤은 떨리는 목소리로 말을 이었다.

"그런데 오후 네 시 정도가 돼서야 돌아왔어. 술 냄새를 풍기면서……."

"뭐? 술을 마시고 왔다고?"

조앤은 고개를 끄덕였다.

"완전 짜증나는 인간이다. 네가 상담실에서 쫄쫄 굶으며 혼자 반성문 쓰고 있을 동안 자기는 낮부터 술 마시고 있었다는 거네?"

흥분하여 목소리가 높아졌다. 아무리 대머리가 '비호감'이라고 해도 이건 정말 너무한 일 같았다.

"그래서 어떻게 됐는데? 너한테 술주정하고 그런 거 아냐?"

마음을 굳힌 듯 조앤은 고개를 똑바로 들었다. 눈빛이 심하게 흔들리고 있었다.

"술을, 많이 마신 거 같았어. 걸음도 비틀거리고, 혀도 자꾸 꼬였고."

수학은 조앤의 반성문을 죽 훑어보더니 이 정도면 됐다고 칭찬해 줬다고 했다. 그리고 밥을 사 주겠다며 조앤의 손을 억지로 잡아끌었다. 조앤은 지독한 술 냄새 때문에 의자에 앉아 자꾸 뒤로 물러났는데, 수학은 아랑곳하지 않고 끌어안다시피 하여 조앤을 일으켜 세웠다. 조앤은 수학이 자기 몸에 또 손을 댈까 봐 재빨리 문 쪽으로 피했다. 그리고 밥은 집에 가서 먹겠다고 말했다.

"그랬더니, 담임이 문을 막아섰어. 그리고 내 어깨를 붙잡고 놓아 주지 않더니…… 강제로 입을 맞추려고 했어."

순간 머릿속이 하얗게 탈색됐다. 어안이 벙벙했다. 조앤은 흐느껴 울기 시작했다. 무릎에 얼굴을 파묻은 채 어깨를 들썩였다. 나는 조앤의 손을 힘주어 꼭 잡았다. 목울대가 자꾸 치솟아 머리가 아팠다.

5. 쿵쾅거리는 심장

학교에 가 보니 책상 위에 연필 세트가 놓여 있었다. 의자에 앉자마자 수경이가 잔소리를 늘어놓았다.

"춘장처럼 자상하고 센서티브한 남자는 상처도 많이 받는 법이야. 이제 그만 튕기고 잘해 보는 게 어때? 내가 어머니 같은 마음이어서 하는 말인데, 자식 같은 춘장이 저렇게 마음 졸이다 상사병이라도 나면 어떡할 거야? 네가 무슨 황진이도 아니고. 복 받은 줄 알아라, 계집애."

수경이의 얘기를 귓등으로 흘리며 나는 연필 세트만 만지작거렸다. 뚜껑을 열어 보니 쪽지가 들어 있었다. 수경이가 바싹 붙어 앉아 쪽지를 향해 눈알을 굴렸다. 나는 수경이의 눈을 피해 복도로 나갔다. 역시나 랩인지 시인지 모를 유치한 문장들로 가득했다.

요 마이 베이비 언제나 찬바람만 쌩쌩

요 마이 베이비 내게서 멀어지는 것도 쌩쌩

나는 요리하는 래퍼 너와 자장면을 만들 거야

나는 랩 하는 시인 너와 노래를 부를 거야

하지만 너는 언제나 찬바람만 쌩쌩

내게서 멀어지는 것도 전속력으로 쌩쌩

그런데 어젯밤 기적 같은 밤

네가 보여준 기적 같은 웃음

네가 건네준 기적 같은 마음

요 마이 베이비 나는 요리하는 래퍼

요 마이 베이비 나는 랩 하는 시인

네가 슬플 때면 나는 언제나 네게로 쌩쌩

기적 같은 너의 미소를 사로잡으러 쌩쌩

(오늘 저녁 같이 먹지 않을래?)

머리가 간질거렸다. 겨드랑이 밑에서 닭 날개가 돋는 느낌이다. 어쩌면 이렇게 아무렇지도 않게 민망한 멘트를 날리는지 정말 연구해 볼 만한 애였다. 나는 쓴웃음을 웃고 있었다. 솔직히 말하자면 쓴웃음의 끝이 조금은 달콤했다. 그러다 다시 무표정이 됐다. 조앤의 일이 머릿속에서 떠나질 않았기 때문이다. 나를 웃게 만드는 건 이 세상에 단 한 사람, 춘장밖에 없는 것 같았다. 나는 교실로 돌아가 춘장에게 알았다는 문자를 보냈다.

수학의 행동은 분명히 성추행이었다. 조앤이 고개를 돌리고 빠져나오려 했지만 수학은 조앤을 껴안고는 좀처럼 놔주지 않았다. 조앤이 비명을 지르자 수학은 엉겁결에 뒤로 물러났고, 그 틈을 타 조앤은 상담실에서 빠져나올 수 있었다. 그리고 무조건 집으로 달려갔다.

가만히 있어서는 안 될 일이었다. 간혹 여자애들의 부드러운 팔뚝 살을 만지거나, 자기 어깨를 주무르게 하는 등 은근히 스킨십을 시도하는 남자 선생님들이 있었다. 그런 교사들은 하나같이 우리들이 딸들 같아서 편하게 대하는 거라며 변명했다. 우스웠다. 그런 사람들을 아빠처럼 느끼는 애들은 내가 알기론 전혀 없다. 자기들만의 착각에 빠져 사는 것도 분수가 있지. 우리들도 알 건 다 안다. 우리를 제자로서 정말 아끼는 선생님들의 행위와 우리를 '어린 여자'로 생각하는 선생들의 행위는 초등학생도 다 구분할 수 있을 만큼 티가 났다.

머리가 너무 복잡했다. 그렇다고 생각나는 대로 섣불리 행동할 일도 아니었다. 조앤은 오늘 학교에 나오지 않았다. 당분간은 학교에 나가지 못할 것 같다고 말했다. 나 같아도 그럴 것이다. 수학을 학교에서 쫓아내야 한다는 생각이 머리에서 떠나질 않았다. 그러려면 사실을 공개해야 한다. 물론 조앤의 프라이버시는 보장해 주고 말이다. 하지만 혼자서 끙끙대고 있자니 좋은 생각은 떠오르지 않고 온통 감정적인 방법의 복수들만 떠올랐다. 예를 들어 얼마 남지 않은 머리카락을 죄다 뽑아 버릴 방법 같은 것 말이다. 아니면 바바리맨 같은 변태라고 소문을 내버릴까.

결국 저녁까지 아무 해결책도 떠올리지 못한 채 춘장을 만났다. 가까운 분식점에 들어가 저녁을 먹는데 나는 먹는 둥 마는 둥 젓가락으로 냉면 면발을 깨작거리기만 했다.

"냉면이 맛이 없어? 내 거랑 바꿔 먹을래?"

오징어덮밥을 먹던 춘장이 걱정스러운 얼굴로 물었다. 녀석은 아직 내 거식증 놀이를 모른다. 하지만 오늘은 정말 모든 음식이 맛이 없었다. 냉면도 식초 탄 물에 불은 면을 담궈 놓은 것처럼 형편없었다. 냉면 사발에 처박고 있던 고개를 들어 춘장을 바라봤다. 진심으로 걱정하는 눈빛이었다. 그래, 지금 제일 믿을 만한 사람은 춘장밖에 없었다.

"진동아, 나 너한테 할 말 있어."

"뭔데?"

"여기선 좀 그렇고."

우리는 학교에서 조금 떨어진 한적한 공원으로 갔다. 아직 해가 지지 않아 바람 한 점 없이 더웠다. 공원에는 기와를 얹은 팔각지붕 정자가 있었고 그 아래 벤치들에는 그늘이 드리워져 있었다. 그곳에 자리를 잡으니 좀 살 것 같았다. 이따금 바람도 불어와 땀을 식혀 주었다. 조앤 일만 아니었다면 오랜만에 느껴 보는 한가함이다. 아침에 일방적으로 한 달 간 학원을 쉬겠다고 마녀에게 말해 놓은 터라 저녁 시간이 더 홀가분하게 느껴졌다. 설거지를 하던 마녀는 내 말에 화들짝 놀라 뒤를 돌아봤고 뭐라 말하려고 했지만 나는 틈도 주지 않고 집을 박차고 나왔다.

춘장은 착한 학생처럼 내가 자진해 입을 열기만을 조용히 기다렸다.

"진동아, 조앤 말이야. 나랑 제일 친한 친구."

"응, 조앤. 이름이 특이해서 아마 우리 학교 애들은 다 알걸. 게다가 예쁘장하게 생겼잖아. 우리 반 동필이가 걔 좋아해. 너 몰랐지? 아, 물론 너보다는 당연히 못생겼지만."

내 눈빛을 의식했는지 춘장은 서둘러 말을 끝냈다.

"조앤 예쁜 건 나도 알아. 나도 그런 조앤이 좋아. 보고만 있어도 좋거든."

"은근히 질투 나던데, 너희 둘이 다니는 거 보면. 사이가 너무 좋아서."

나는 진지한 표정으로 춘장에게 부탁했다.

"너, 지금부터 내가 하는 얘기 아무한테도 말하지 않겠다고 약속해."

춘장의 다짐을 받아 내고, 조앤에게 벌어진 일을 천천히 설명해 줬다. 춘장은 귀 기울여 듣다가도 어느덧 흥분해 주먹을 불끈 쥐고는 얘기에 끼어들었다. 목청이 너무 커서 주의를 줘야만 할 정도였다. 내 얘기가 다 끝나자 춘장은 목소리를 가다듬고는 애써 침착하게 말했다.

"네 말대로 가만히 있어선 안 돼. 다음에 이런 일이 또 일어날 게 뻔해."

"그럼 어떻게 해야 하는데?"

나는 깊은 한숨을 쉬었다. 춘장은 잠깐 아무 말도 않고 있더니 다시 한 번 목소리를 가다듬었다.

"중학교 때 친군데, 걔가 간 학교에서는 두발 규제가 너무 심해서 마음 맞는 애들끼리 시위를 한 적이 있었대. 두발 규제는 일제 잔재다, 청소년 인권을 무시하지 말라, 이런 문구들을 적어서 종이비행기도 날리고, 운동장에 나가 수업 거부도 하고 말이야."

귀가 쫑긋 서는 것 같았다. 대학생도 아닌 고등학생이 시위를 한다니 조금 겁도 났지만 멋지게 들렸다.

"그래서?"

"그래서 결국 두발 규제가 완화됐다고 들었어. 우리도 이렇게 시위를 해 보면 어떨까? 수학이 알아서 학교를 그만두라고 말이야. 아니면 공개 사과라도 받아 내야지."

"하지만 피해자가 밖으로 드러나게 되면 어떡해. 조앤은 이 일을 숨기고 싶어 할 거야. 그래서 학교도 못 나온 거고. 이런 말도 했어. 담임이 진심으로 사과할 마음이 있다면 자기는 용서해 줄 마음이 있다고 말이야. 그래도 그렇지, 수학 같은 사람은 교사가 되어선 안 된다고 생각해. 어떻게 그런 사람이 학생을 가르칠 수가 있어! 학교에서 쫓아내는 게 맞아."

솔직히 어제는 조앤이 겪은 일이 진짜 현실인지조차 의심이 갈 정도로 충격이 컸다. 그런데 오늘은 좀 달랐다. 시간이 갈수록 더 많이 화가 났다. 내가 느끼는 분노가 주먹을 불끈 쥐게 할 만큼 선명하다는 것이 한편으로는 신기했다. 춘장은 그런 나를 물끄러미 바라봤다.

"나한테 맡겨. 조앤한테 피해 안 가게 내가 시작해 볼게."

이제껏 한 번도 본 적 없는 춘장의 단호한 눈빛이 걱정할 것 없다고 말하고 있었다.

다음 날 아침 조앤의 집에 들러 보았다. 다행히 조앤도 등교 준비를 하고 있었다. 그 일을 잊으려고 노력하는 중이라고 했다. 수학을 쫓아내기 위해 춘장이 뭔가를 준비 중이라고 하자 조앤은 불안해하며 망설였다. 설득이 필요했다.

"네가 이번에 가만히 있으면 수학이 또 어떻게 나올지 몰라. 너뿐만이 아니야. 우리를 다 만만하게 보고 그런 짓을 또 저지를 수 있어. 네가 잘못한 건 담배 피운 일밖에 없었어. 약점을 잡았다 생각하고 너한테 그런 짓을 한 게 분명해. 진동이가 그러는데 너를 앞에 내세우거나 너한테 피해가 가는 일은 없게 한다고 했어. 그러니까 우리 진동이를 믿어 보자."

잠시 생각에 빠진 조앤은 뜻밖의 말을 건넸다.

"아니, 내가 드러나도 돼. 네 말처럼 난 담배 피운 잘못밖에 없어. 그것에 대한 벌이라면 얼마든지 더 받을 수 있어. 하지만 이건 아니야. 쉽게 잊히지가 않아. 사과를 받아 낸다 해도 용서할 수 있을지 지금은 잘 모르겠어. 너희들이 도와준다면…… 좀 더 용기를 내 볼게."

조앤의 말 한마디 한마디에 가슴은 뜨거운 무언가로 가득 채워졌다. 눈시울도 뜨거워지고 몸이 가늘게 떨렸다. 나는 조앤을 꼭 안았다. 그리고 이렇게 속삭였다.

"괜찮을 거야. 어떤 일이 벌어져도 내가 네 옆에 꼭 있을게."

저 멀리 교문이 보였다. 한 무리의 학생들이 교문 앞에 모여 있었다. 무언가를 보려는지 까치발을 들고 있었고, 두셋씩 모여 수군거렸다. 몇몇 선생님들도 교문 앞에 멈춰 서 있었다. 수학도 눈에 띄었다. 조앤을 남겨 두고 교문 앞으로 달려갔다. 사람들 틈을 헤집고 교문 바로 앞에 도달한 나는 커다란 종이에 적힌 낯익은 글씨체를 발견했다. 제목은 〈양심〉이었다.

며칠 전 나는 당신을 목격했습니다.
그와 함께 당신의 양심이 불에 타 재가 돼 버린 것도 목격했습니다.
당신은 선생님입니다. 우리를 가르치는 선생님입니다.
며칠 전 당신은 어떤 여학생에게 몹쓸 짓(성추행!)을 했습니다.
며칠 전 당신의 양심은 낮부터 술에 취해 있었습니다.
당신은 머리숱이 별로 없습니다. 당신은 숫자를 가르칩니다.
당신에게 일말의 양심이 남아 있다면 스스로 학교를 떠나세요.
당신에게 일말의 양심이 남아 있다면 가르치는 것을 포기하세요.
우리를 무시하면 우리도 당신을 무시할 수밖에 없습니다.
명심하세요. 우리는 당신이 학교를 떠날 때까지 싸울 겁니다.

춘장이었다. 심장이 쿵쾅거렸다. 아이들은 곧 수업이 시작된다는 것도 잊었는지 종이에 적힌 내용에 넋이 빠져 있었다. 흘끔 뒤를 돌아다보니 수학은 흘러내리지도 않은 안경을 연신 추켜올리는 중이었다. 그리고 훤한 정수리까지 붉으락푸르락해져서는 황급히 교문 안으로 들어섰다. 수학의 얼굴은 하도 빨개서 금방이라도 활활 타오를 것처럼 보였다.

수학이 자리를 뜬 후 멀찌감치 서서 불안에 떨고 있는 조앤을 교문으로 데려왔다. 조앤도 종이에 적힌 글을 읽기 시작했다. 나는 떨리는 조앤의 손을 꼭 잡아 주었다.

〈양심〉이란 제목의 글은 커다란 종이에 쓰여 학교 여기저기 붙어 있었다. 철봉에 매달려 나부끼기도 했고, 며칠 전 매미를 묻어 준 곳의 나무 기둥에서도 하얗게 빛났다. 또 실내화로 갈아 신는 현관에도, 복도 벽에도 붙어 있었다. 수돗가에도, 심지어 미술실 안에도, 교실 안에도 붙어 있었다.

이뿐만이 아니었다. 운동장 스탠드에는 스프레이 페인트로 이렇게 쓰여 있었다.

"여학생을 추행한 교사는 자진해서 학교를 떠나라!"

복도 유리창에는 누가 봐도 대머리 수학의 캐리커처라는 걸 알 만한 그림들을 역시 스프레이 페인트로 그려 놓았다.

이 정도면 춘장은 어제 한숨도 못 잤을 것이다. 그리고 오늘 새벽같이 학교에 왔을 거다. 갑자기 녀석이 존경스러웠다. 조앤의 이름은 한 번도 언급되지 않았고, 누가 읽어도 수학 이건식 선생이 낮부터 술을 마시고 어떤 여학생을 추행한 것으로 이해하게끔 써 놓았다. 존경스럽다 못해 그동안 녀석을 무시해온 내가 바보처럼 여겨졌다.

간신히 불안함을 참아 내고 있는 조앤은 병자처럼 얼굴이 창백했다. 춘장이 '우리'라는 표현을 쓴 건 다행이었다. 이런 일이 벌어지면 수학이 조앤을 협박할 가능성이 컸다. 하지만 바보가 아니라면 '우리'라는 표현 앞에서 협박 같은 것은 쉽지 않을 것이다. 우리의 규모는 춘장의 시위와 함께 급속도로 불어나는 중이었으니까.

조회 시간이 됐는데 덕배 형이 들어오지 않았다. 교무실에서는 비상회의가 열렸다. 회의가 길어져 우리는 1교시까지 자습을 해야 했다. 짐작대로 춘장은 밤을 꼬박 새운 게 분명했다. 책상에 엎드려 줄기차게 자고 있다. 1교시가 끝나고 춘장을 매점으로 데려갔다. 빵과 우유를 먹는 녀석의 눈이 빨갛게 충혈되어 있었다. 머리는 밥풀이 묻어 있는 수세미처럼 부스스했다. 그래도 어느 때보다 멋있어 보였다.

수경이가 나를 미심쩍은 눈초리로 쳐다보기는 했다. 지난번에 수학에 대해 물어봤기 때문에 이번 사건에 대해 뭔가 아는 게 있을 거라고 생각한 모양이었다.

"그 대자보, 너 뭐 아는 거 없어? 머리숱 없고 숫자를 가르친다면 이건식밖에 없잖아. 네가 저번에 뭐 이상한 소문 없냐고 물어본."

수경이의 예리한 물음에 시치미를 잡아뗐다.

"그래, 이건식 맞지? 대머리 수학? 내가 뭘 알아. 그 이상한 소문들이 진짜로 드러난 것뿐이지 뭐."

예감이 틀려서인지 수경이는 실망스러운 표정을 지었다.

"야, 이게 무슨 일이냐. 성추행이라니! 그럼 굉장한 사건이잖아. 도대체 대자보는 누가 썼지? 스프레이 페인트도 말이야. 꽤 용감해 보이던데."

나는 어깨를 으쓱했다. 전혀 모른다는 뜻이었다.

"뭐, 어쨌든 대자보 내용이 사실이라면 수학이 학교를 그만둬야 하는 건 맞는 말이라고 봐. 어떻게 그런 사람이 교사를 할 수가 있어. 소름 끼친다 야."

수경이도 어깨를 으쓱해 보이고는 더 이상 할 말이 없다는 듯 귀에 이어폰을 꽂았다.

수업 시간표대로라면 3교시가 수학 과목이었다. 대머리 이건식이 어떤 모습으로 들어올지 가슴을 졸이며 기다렸다. 드디어 드르륵 앞문이 열렸다. 아이들이 수군거리는 소리가 여기저기서 들렸다. 나만큼이나 반 아이들도 수학이 어떤 모습으로 들어올지 기대하고 있었던 모양이다. 늘 땀을 뻘뻘 흘리는 수학은 오늘따라 땀에 더 축축이 젖어 있었다. 비틀거리며 교실로 걸어 들어온 수학은 손수건으로 이마를 훔치고는 교탁 앞에 섰다. 눈은 앞을 바라보지 못하고 탁자를 내려다본 채였다. 잠시 머뭇거리던 수학은 기말고사 시험지를 펼쳤다. 그러고는 칠판에 답안 풀이를 하기 시작했다.

수경이가 속삭였다.

"야, 진짜 뻔뻔하다."

수학은 우리들과 한 번도 눈을 마주치지 않았다. 목소리에도 힘이 없었고 중간중간 한숨을 쉬면서 설명을 해 나갔다. 이윽고 수학은 수업이 끝나려면 10분 정도가 더 남았는데도 서둘러 교실 문을 빠져 나갔다. 일부러 불쌍한 모습을 보이는 것 같아 나는 더 괘씸하고 얄미웠다.

예상은 했지만 이번 일로 학교는 그야말로 발칵 뒤집혔다. 교사 비상회의가 오후에 한 차례 더 있어서 우리는 점심시간 이후에도 자습을 해야 했다. 대자보는 아침 비상회의 이후 모두 떼어져 나갔다. 하지만 아침에 이미 많은 아이들이 휴대전화 카메라로 찍어 놓은 후였다. 점심시간 때 보니 스프레이 페인트 낙서는 아직 남아 있었다. 웬만해서는 잘 지워지지 않을 것 같았다. 아이들은 집에 가면 오늘 있었던 사건을 인터넷에 떠벌릴

게 분명했다. 블로그든 미니홈피든 트위터든 이번 사건이 퍼져 나가는 건 시간문제다.

덕배 형이 종례를 하기 위해 들어왔다. 나는 잔뜩 긴장됐다. 교사 비상회의 때 결정된 사항이 덕배 형의 입을 통해서 나올 게 틀림없었다. 하지만 담임은 별일 없는 것처럼 여름 방학 보충수업 얘기부터 꺼냈다.

"보충수업이 자율 선택이라는 건 알지? 너희들은 담임 잘 만난 줄 알아. 우리 반은 진짜 자율에 맡길 거야. 그렇다고 어중이떠중이 다 빠질 생각하지 말고, 혼자 공부할 자신이 없으면 꼭 들어라."

덕배 형은 보충수업 참여에 대한 의향을 묻는 가정통신문을 나눠 줬다. 역시 덕배 형은 양심적이다. 다른 반 선생님들은 강제적으로 보충수업을 강요했을 게 분명하다. 언니도 늘 보충수업 때문에 불만이 많았다. 선택권을 주는 것처럼 묻지 말고 차라리 처음부터 의무니까 다 해야 한다고 말하는 편이 기분이 덜 나쁠 것 같다고 했다. 덕배 형이라면 분명히 이번 사건에 대해서도 우리들 편일 것이다. 덕배 형이 어떤 이야기를 할지 내심 기대가 됐다. 그리고 학교에서는 어떻게 나올지 무척 궁금했다. 하지만 덕배 형은 아침 사건에 대해 아무 말도 하지 않았다. 대신 낯익은 이름을 불렀다. 나와 춘장의 이름을.

"오늘 종례는 끝. 그리고 김진동이랑 하민희는 지금 나 따라와."

순간 몸이 얼어붙더니 소름이 돋았다. 너무 뜻밖이었다. 춘장과 나란히 이름을 불린 것도 그렇고, 아침 사건에 대해 한마디 말도 없이 나가는 것도 그랬다.

춘장을 바라봤다. 녀석도 의외라는 듯 미간을 찌푸리고 있었다. 아이들이 여기저기서 덕배 형도 알 만큼 공식적으로 사귀는 거냐며 놀려 대기 시작했다. 반 애들은 이번 대자보 사건과 우리들을 연결 짓지 못하는 눈치였다.

"너네 나 모르는 사고 친 거 있어? 너 좀 수상해…….."

수경이만이 의심에 찬 눈초리로 바라봤다.

"내가 뭘…….."

얼버무리며 자리에서 일어섰다. 춘장이 벌써 교실 문을 나서고 있었기 때문이다. 덕배 형은 복도에서 우리를 기다리고 있다가 힐끔 노려보더니 턱을 까딱거렸다. 자기를 따라오라는 뜻이다. 나는 춘장과 되도록 멀리 떨어져서 걸었다. 왠지 그래야 할 것 같았다. 다리가 후들거리고 조금 어지러웠다. 춘장도 이전에 보여 주던 껄렁한 걸음이 아니었다. 어깨는 쭉 펴진 상태였지만 걸음걸이에서 긴장감이 느껴졌다.

덕배 형은 우리를 건물 뒤 등나무 벤치로 데려갔다. 학교에서 가장 한적한 곳이다.

"앉지 않고 뭐 해."

덕배 형은 멀뚱히 서 있는 우리들을 보며 말했다. 나는 춘장과는 조금 거리를 두고 앉았다.

"내가 왜 따라오라고 했는지 알겠지?"

"……."

"대자보 쓴 애들이 너희들이라는 거 알고 있어. 물론 증거는 없고 짐작이지만 말이야."

"······."

"아까 수학 선생님이 교감 선생님과 면담을 했는데, 범인을 찾아내는 과정에서 민희 네 이름이 나왔어. 피해 여학생과 네가 가장 친하다고. 물론 너희들이 가해자라고 한 수학 선생님은 뭔가 오해가 있다고 사건을 부인했어. 술을 마신 건 인정했지만 말이야."

수학이 사실을 부인했다. 예상한 일이었다. 자칫하면 춘장과 내가 없던 일을 만들어 낸 게 될 수도 있었다.

"그리고 진동이 이놈아, 대자보 네 글씨라는 거 티가 확 난다. 네가 사회 비평적인 랩 하나 지었다고 저번에 나한테 보여 준 거 기억나? 어찌나 글씨를 특이하게 쓰던지 내가 똑똑하게 기억하고 있거든. 그때 그 글씨체랑 가사 내용이랑 생각해 보니 아무리 봐도 이런 일할 사람은 네 놈밖에 없더라. 네가 민희를 졸졸 따라다닌다는 거 나도 다 알고 있고 말이야. 어때, 할 말 있어?"

할 말이 없었다. 수학이 내 이름을 말한 후니까 덕배 형이 춘장까지 연결 지어 생각할 수 있는 건 당연한 일이었다. 나는 춘장을 힐긋 바라봤다. 두 손을 비비적거리다가도 연신 콧대를 훑고 있었다. 춘장이 불안할 때 보이는 행동이었다.

"그런데 대자보 내용이 정말 사실이니? 추행이라면 어느 수준이었는지 나한테 사실대로 말해 줄 수 있어?"

그때 나도 모르게 욱하는 마음이 불끈 일어났다. 대자보가 은유적이었다면 이제는 낱낱이 사건을 밝혀야 할 때가 온 거라고 생각됐다. 나는 조앤에게 들은 그대로를 덕배 형에게 자세히 고했다. 이야기를 듣는 덕배 형의 얼굴이 점점 일그러져 갔다. 나는 용기를 내어 이렇게 덧붙이고 말을 끝냈다.

"선생님, 저는 수학 선생님이 학교를 그만두셔야 한다고 생각해요. 그리고 춘장, 아니 진동이는 아무 잘못이 없어요. 그냥 저를 도와주려 한 것뿐이에요. 물론 이번 사건에 대해 저랑 같은 생각이긴 하지만요."

덕배 형이 허공을 올려다보며 긴 한숨을 내쉬었다.

"선생님, 죄송하지만…… 이런 식으로 알릴 수밖에 없었어요."

춘장이 드디어 입을 열었다.

"그래도 나한테 먼저 말해야 했어."

덕배 형도 지지 않았다.

"제가 말씀 드린다 해도 선생님이 어떻게 해결하실 수 있는 일은 아닌 것 같았어요. 죄송하지만, 선생님도 어쩔 수 없이 선생님이니까요. 동료의 잘못을 공론화시킬 만큼 선생님 개인이 관련된 일도 아니고요. 공론화하지 못한다면 결국 학교는 조사해 보지도 않고 수학 선생님 편을 들 테고, 조앤은 거짓말쟁이가 될지도 모르는 상황이었어요. 그리고 무엇보다 피해자가 학생인 만큼 학생들이 의견을 내세우는 게 맞는 상황이라고 생각했어요."

춘장의 눈은 초롱초롱 빛났고, 말은 일사천리였다. 정말 완전 멋있었다. 나는 속으로 감탄사를 부르짖었다. 덕배 형도 할 말이 없는지 면도를 못해 까칠해진 턱을 연신 쓰다듬었다.

"어쨌든 수학 선생님은 사실을 부인하고 있어. 하지만 수학 선생님과 함께 낮술을 마신 다른 선생님도 계셔서 술을 마시고 상담실에 간 것까지는 부인을 못 하고 있지만……. 내가 너희를 부른 이유는, 내 짐작이 맞는지 확인하기 위해서였고, 너희가 한 짓이 맞다면 너희들 입장에서 진짜 사실이 무엇인지 듣고 싶었기 때문이야."

덕배 형은 잠깐 침묵하다가 정리가 된 듯 이렇게 말했다.

"나는 너희가 한 일에 대해서는 비밀을 지키고 있을 거다. 너희 말이 사실이라면 수학 선생님이 피해 학생에게 진심 어린 사과를 해야겠지. 하지만 일을 더 벌이진 말았음 해. 나도 어떻게든 수학 선생님과 만나 이 일에 대해 잘 마무리 지을 수 있도록 얘기해 볼게. 특히 그 여학생이 상처 입지 않도록 말이야."

덕배 형이 동의를 구하듯 우리를 빤히 쳐다봤다. 나는 아무 말도 하지 않았다. 우리가 한 일에 대한 비밀을 지켜 준다는 것에는 기뻤지만 사과하는 것만으로 일을 마무리 지으려 하는 것에는 동의할 수가 없었다. 하지만 춘장은 다른 모양이었다. 꾸벅 인사를 하더니 장난기 있는 목소리로 이렇게 말하며 헤헤거렸다.

"감사합니다, 선생님! 다음에는 꼭 의논 드리도록 할게요."

"참, 하민희. 너 이번 영어 시험처럼 또 백지 답안 냈다가는 나한테 아주 끝일 줄 알아. 그땐 어떻게 해서든 재시험 치르게 만들 거니까. 나한테는 군대 또 가는 꿈이 고문이었지만 너희들은 본 시험 또 보는 게 고문이겠지?"

덕배 형이 능구렁이 같은 미소를 지으며 자리에서 일어섰다. 영어 선생님과 담임이 친하다는 사실을 깜빡하고 있었다.

그날 수학은 조앤에게 아는 체도 하지 않았다. 수학이 자기를 따로 부르지는 않을까 불안해하기도 했지만 조앤은 그런 일이 생긴다 해도 절대 기죽은 모습을 보이진 않을 거라고 약속했다. 한편으론 수학이 자기를 모른 척하는 게 억울하고 괘씸하다고 말하기도 했다.

그런데 그날 저녁 우려하던 일이 벌어졌다. 수학이 조앤에게 전화를 건 것이다.

"민희야, 수학이 또 술을 마신 거 같았어. 혀가 하도 꼬여서 뭐라고 그러는지 잘 알아듣지도 못했어. 그래도 알아들은 말이 있는데, 막 욕을 하더라고. 나쁜 년이라고. 자기가 언제 그랬냐며. 그날 자기가 술은 마셨지만 그런 실수는 하지 않았다고. 그냥 잘하라고 격려의 의미로 어깨를 건드린 것뿐이라고. 나 아무 말도 못했어. 겁도 나고, 그날 일 생각하기도 싫어서……. 선생님이 나한테 그런 짓을 하지 않았냐고 대들지 못했어. 그냥 멍청이같이 듣고 있었다고! 나 어떡하지? 가슴이 답답해 죽겠어. 억울해서 머리가 터질 것 같아. 저절로 욕이 나와. 선생님이 확 죽어 버렸으면 좋겠어……."

조앤은 자기 자신이 너무 싫다는 말과 함께 전화를 끊었다. 다시 걸어 보니 전원이 꺼져 있었다.

세상에는 형편없는 어른들이 생각보다 훨씬 더 많았다. 속에서 불이 나는 것 같아 찬물로 샤워를 했다. 갑자기, 정말 갑자기 손목을 그어 버리고 싶다는 생각이 들었다. 며칠 전 뉴스도 생각났다. 자기가 사는 아파트 옥상에서 떨어져 자살한 한 초등학생 남자아이에 대한 뉴스였다. 그리고 이런 생각을 했다. 아마도 그 애가 그런 선택을 한 건 어른이 되지 않으려는 가장 처절한 몸부림이었을 거라고…….

6. 내 남자친구의 행색

조앤이 술에 취한 수학의 욕지거리를 듣고 있었을 때, 가슴이 답답해 죽을 것 같다고 느꼈을 때, 당신이 그러지 않았냐고 그 한마디를 못하고 있었을 때, 춘장과 걷고 있던 나는 아파트 단지 입구에서 아빠를 맞닥뜨렸다. 모두 나 때문이었다.

밤을 꼬박 새워 진실을 밝혀 준 춘장의 노고를 치하할 겸 서쪽 하늘에 노을이 질 때쯤 녀석을 집 근처로 불러냈다. 그리고 가까운 꽃집에서 해바라기 몇 송이를 샀다. 춘장의 아버지가 운영하는 호호반점 카운터에 꽂아 두면 정말 예쁠 것 같았다.

춘장은 역시나 헐렁한 반바지 차림에 밀가루를 군데군데 묻히고는 어울리지 않게 커다란 헤드폰을 끼고 나타났다. 전날 밤 한숨도 못 자서인지 낮에 봤을 때보다 눈 밑 다크서클이 더 내려와 있는 상태였다. 건들거리는 걸음걸이는 더욱 건들거려 보였다.

"집에 가서 좀 안 쉬었어?"

"아빠 좀 도와드렸어. 나 이제 면 잘 뽑거든. 여기 나오는데도 간신히 나왔다."

"괜히 불러냈나 보다."

"아니야, 여자친구가 부른다니까 아빠가 얼른 가라고 등까지 떠밀어 주셨는데."

잠시 머뭇거리다가 등 뒤에 감춘 해바라기를 춘장에게 내밀었다.

"이, 이거 나한테 주는 거야?"

"응, 도와줘서 고마워. 내가 해도 될 일을 너한테 떠민 것 같아."

"그렇게 말하면 섭섭하지. 하나밖에 없는 여자친군데 내가 안 도우면 누가 돕겠어."

"호호반점 카운터에 꽂아 놔. 가게가 환해질 거야."

"우아, 그런 생각까지 다 해 주고 나 눈물 날 거 같아!"

춘장이 해바라기보다 더 환하게 웃었다.

정신을 못 차리고 헤벌쭉 서 있는 녀석의 등을 떠밀었다. 빨리 가서 쉬게 해 줘야 될 것 같아서였다. 하지만 녀석은 집까지 데려다 줘야 한다며 막무가내였다. 하는 수 없이 우리는 노을 지는 하늘을 바라보며 천천히 걷기 시작했다. 그리고 얼마 되지 않아 금세 아파트 단지가 눈앞에 보였다.

"이제 그만 가. 여기서부터는 나 혼자 갈게."

"아냐, 너 들어가는 것까지 지켜보다 갈게."

"그럴 필요 없어. 그리고 엄마 눈에 띄면 좋을 게 없단 말이야."

나는 마지못해 털어놓았다.

"아, 그래? 그럼 알았어. 오늘은 여기까지."

그때였다. 저 멀리서 아빠가 걸어오고 있는 것이 보였다. 나는 화들짝 놀라 춘장을 재촉했다.

"진동아, 우리 아빠 온다. 얼른 가."

"응? 정말? 어디?"

"저기, 저기 양복 입으신 분."

황급히 손가락으로 아빠를 가리켰을 때 아빠는 이미 나를 보고 있었다.

"아, 알았어. 그, 그럼 내, 내일 봐."

춘장은 갑자기 닥친 상황에 말까지 더듬었다. 그러고는 아빠가 오시는 길 반대 방향으로 서둘러 걸어갔다. 나도 재빨리 발길을 돌렸다.

"하민희!"

아빠였다. 더 이상 도망칠 수 없었다. 돌이 된 것처럼 우뚝 서 있을 수밖에. 아빠는 차가운 눈빛으로 내 손을 잡아끌었다. 엘리베이터 안에서도 아무 말이 없더니 아빠는 소파에 서류가방을 내려놓자마자 추궁을 시작했다.

"누구니?"

"네? 누, 누구요?"

먹히지도 않을 변명을 할 생각이었다. 잡아떼는 수밖에 없었다.

"다 봤다. 어떤 남자애랑 같이 있는 거."

변명이 통할 때가 아닌 것 같았다. 아빠가 이렇게 일찍 퇴근할지는 정말 몰랐다. 벌써 회사에서 잘린 건 아닌지 의심이 들 정도였다.

"아, 그, 그냥 친구예요."

"그냥 친구? 넌 남자랑 그냥 친구가 될 수 있다고 생각해?"

아무 말도 하지 않았다. 될 수 있다고 말하면 어떤 소리를 듣게 될지 뻔하기 때문이다. 상황을 모두 지켜보던 마녀가 가만 있을 리가 없었다. 곧이어 마녀도 추궁에 끼어들었다.

"민희가 남자랑 있었다고요? 너 그때 그 편지 준 애랑 같이 있었던 거니?"

아빠는 마녀의 부채질에 더 힘을 얻었다.

"네가 지금 고1밖에 안 됐다고 놀 생각에 빠졌나 본데, 네 나이에 연애하면 그건 대학을 포기하겠다는 거랑 마찬가지야. 언니 얘기를 또 해야겠어? 비교 당하는 거 싫어하면서 네 언니랑 똑같이 행동하고 다녀?"

"……."

"입이 있으면 말해 봐. 그놈 행색을 보니 공부에 공 자도 모르는 놈 같던데 뭐하는 놈이냐? 학교는 다니는 놈이야?"

나는 입술을 깨물었다. 참을 만큼 참아 보자. 속으로 중얼거렸다.

"당장 그놈 전화번호 대. 안 그러면 학교에 전화 걸어 그놈이 뭐하는 놈인지 알아낼 거다."

입술을 너무 세게 깨물어서인지, 아님 아빠의 말 하나하나가 너무 창피해서인지 눈물이 나오려고 했다. 이대로 참고 있다가는 울어 버릴 것 같았다. 나는 울지 않기 위해 어금니를 꽉 깨물었다. 바보처럼 말고 똑똑해 보일 필요가 있었다.

"아빠, 솔직히 말씀드릴게요. 그 애, 제 남자친구 맞아요. 지난번 편지 때는 그런 사이가 아니었어요. 하지만 정말 좋은 애라는 걸 알게 됐고, 사귀기로 했어요. 아빠나 엄마보다, 그 어떤 형편없는 선생님들보다 바르고 용감한 애예요."

"뭐, 뭐라고?"

"끝까지 들어주세요. 행색이 왜 그러냐고요? 자기 아빠 일을 거들다 와서 그래요. 걔는 저처럼 꿈이 없는 애가 아니에요. 공부를 잘하는 건 아니지만 아버지 가게를 잇겠다고 지금부터 계획을 세워 놓고 열심히 노력하고 있어요."

아빠는 할 말을 잃었는지 눈만 부릅뜨고 있었다. 마녀가 또 한 번 아빠의 구원자로 나섰다.

"네가 왜 꿈이 없어? 넌 엄연히 미대에 들어갈 거잖아! 아버지 가게를 잇는다면 대학은 안 간다는 거야? 그 애 안 가는 게 아니라 벌써 포기한 거 아니야? 그런 애랑 사귀면 너만 손해야!"

그제야 참고 있던 울음이 비어져 나왔다.

"미대요? 그게 왜 제 꿈이에요? 그건 엄마 꿈이에요. 정말 모르시겠어요? 지금 제가 얼마나 힘든지? 이참에 다 말해 버릴래요. 제 친구는요, 술 취한 선생님한테 성추행을 당했어요. 그리고 아빠, 아빠는 엄마가 폭식증이 있다는 거 모르시죠? 우리 집에서 그 사실을 아는 사람은 나밖에 없어요. 폭식증이 뭔지는 아세요? 한밤중에 일어나 피자 한 판, 아이스크림 한 통을 다 먹어 치우고는 다시 손가락을 집어 넣어 토해 내는 병이에요. 자기 식욕도 조절 못하는 그런 엄마가 언니랑 저한테는 뭐든지 자기 마음대로 하려고 해요. 아무렇지도 않은 듯 고상한 척하면서요."

마녀를 쳐다봤다. 마녀의 안경이 형광등 불빛에 반사되어 번쩍거렸다. 안경 알 너머로 어떤 표정을 짓고 있는지는 알아볼 수가 없었다. 다만 마녀는 주먹을 쥔 채 미동도 않고 서 있을 뿐이었다.

"이게 다 아빠 때문일지도 몰라요. 아빠가 목숨까지도 바칠 태세로 다니던 회사 때문에 우리 집이 이렇게 된 걸지도 모른다고요. 고작 잘릴 거면서 왜 그렇게 우리한테는 무관심하셨어요. 제가 다 억울하다고요. 우리 집은 겉만 멀쩡했지 안은 다 썩었어요. 썩어 뭉그러졌다고요!"

이번에도 거실 바닥에 내동댕이쳐질 게 틀림없었다. 아빠가 한쪽 팔을 높이 들어올렸기 때문이다. 하지만 예상과 달리 아빠는 팔을 부들부들 떨고 있기만 했다. 지켜보던 마녀가 아빠의 팔을 붙잡았다. 아빠의 팔이 천천히 내려졌다.

한동안 누구도 움직이지를 못했다. 우리 셋은 우두커니 선 채로 각자의 허공만 바라봤다.

조앤의 전화는 아빠와 마녀한테 한바탕 악다구니를 쓴 뒤 내 방에 혼자 있을 때 걸려 왔다. 자기 감정을 표현하지 않는 조앤이 누군가가 죽기를 바랄 정도로 괴로워하는 건 처음 봤다. 다음 날 아침, 어젯밤을 잘 버텼기를 바라면서 조앤네 집 벨을 눌렀다. 잠시 후 조앤이 얼굴을 내밀었다.

"오늘 학교 못 갈 것 같아."

잠에서 금방 깬 듯한 조앤의 눈은 퉁퉁 부어 있었다. 예상한 대로였다. 나라도 학교 갈 마음이 생기지 않았을 것이다.

"그래, 알았어. 아침 꼭 챙겨 먹어."

조앤은 말없이 고개를 끄덕였다.

"어제 우리 담임이 도와주겠다고 했어. 나랑 진동이랑 담임이랑 면담했었거든. 그러니까 너무 걱정 마."

조앤은 여전히 아무 말이 없었다.

"아빠는 집에 계셔?"

"어제 안 들어왔어."

"너 말 못했지?"

"응."

아저씨가 원망스러웠다. 모든 일을 조앤 혼자 감당하고 있었다.

교실에 들어서니 춘장이 기다렸다는 듯이 내 손을 잡아끌고 복도로 나갔다. 수심이 가득한 얼굴이었다.

"어제 괜찮았어?"

"안괜찮았어."

"……이 혼났니? 미안해. 내가 그때 그렇게 가 버리는 게 아닌데."

"아니야, 아. 언젠가는 아빠 엄마도 알아야 하는 일인데 뭐."

"남자친구 사지 반대하신다며?"

"나, 네가 내 남자친구라고 당당히 말했어."

"저, 정말?"

얼굴이 새빨개진 나와 달리 춘장의 얼굴은 샹들리에처럼 반짝반짝 환해졌다. 좋아 죽을 것 같은 얼굴을 하고 있는 녀석을 보니 어제 집에서 벌어진 일이 잘된 일이란 생각이 들었다. 사실 속이 시원하긴 했다. 십 년 묵은 체증이 내려간 것처럼.

5교시에 수학 수업이 있었다. 대머리가 오늘은 어떤 모습으로 등장할지 기다려졌었다. 나는 매시간에 들어오는 선생님들을 수학이라고 생각해 봤다. 그러고는 나 혼자 벌떡 일어나 뚜벅뚜벅 교실 밖으로 나가 버린다거나, 수학의 뺨을 있는 힘껏 때리는 모습을 상상해 봤다. 아니면 칠판에 커다랗게 "당신 같은 사람한테서 배우고 싶지 않습니다."라고 써 놓을까도 생각해 봤다. 하지만 그것뿐이었다. 수학이 수업 시간에 나타나지 않았기 때문이다. 수업이 시작된 지 20분쯤 지나자 음악 선생님이 교실 문을 열고 들어왔다.

"오늘 이건식 선생님이 몸이 편찮으셔서 결근하셨어. 그러니까 다들 각자 공부하고 싶은 것을 꺼내 자습하도록 해."

이것은 예상 외의 상황이었다. 수학이 결근을 하다니 믿을 수가 없었다. 술병이 난 걸까, 아니면 어제의 예기치 못한 시위에 놀라 학교를 못 나온 걸까, 아니면 일말의 가책을 느껴 못 나온 걸까. 어쨌든 수학은 상황을 피하고 보려는 게 확실했다. 이렇게 몇 날 며칠을 결근할지도 모르는 일이었다. 이틀 후면 여름 방학이 시작되니까 아마도 수학은 그것을 노리고 있을 것이다. 모든 사람의 머릿속에서 이번 사건이 잊히기만을 바라는 거다. 그것이 사실이라면 수학이 그렇게 피해 나가도록 나둬서는 안 됐다.

만일의 경우에 대비해 휴대전화에 저장해 놓은 수학의 번호를 뚫어져라 쳐다봤다. 뭐든 해야 했다.

―결근했더군요. 오늘은 수학 시간에 학생들이 수업 거부를 준비하고 있었어요. 용감한 학생들의 모습을 못 봐서 어떡하나요. 내일은 꼭 나와서 한번 보세요.

집에 와서는 방문을 걸어 잠갔다. 그리고 수학에게 '보내는 이' 번호를 아무렇게나 바꿔서 문자를 전송했다. 그리고 단체문자를 이용해 다음과 같은 내용을 반 아이들에게 보냈다.

―내일 2교시 수학 수업 거부 시위 예정! 성추행 가해자 이건식을 다 같이 보이콧 하자! 아는 사람에게 이 문자 전달 요청.

성공할 수 있을지는 모르겠지만 분명히 몇몇은 도와줄 거라고 믿었다. 적어도 수경이와 춘장은 도와줄 거다. 나는 매시간마다 수학에게 다음과 같은 문자들을 계속해서 보냈다.

―벌써 인터넷 블로그나 미니홈피에 어제 대자보 내용이 떴다고 하네요. 언론사 귀에 들어가는 것도 순식간이겠죠.

―아니 직접 언론사에 제보하려고 해요. 술 취한 교사가 상담실에서

여제자를 성추행하다!

—사건을 인정할 생각이 전혀 없는 뻔뻔한 사람이군요. 게다가 피해 여학생에게 협박 전화까지 했다죠. 이 내용도 언론사 제보에 추가해야 겠군요.

—알아봤더니 단순히 학교를 그만두는 문제로 끝날 일이 아니네요. 형사 문제로 가야 하는 사건이더군요. 형사 고발이 뭔지는 알죠?

—양심이 있다면 피해 여학생에게 진심 어린 사과를 하고 학교를 그 만두세요. 그렇다면 형사 고발까지는 안 갈 거예요.

그리고 다음 문자들은 갈등을 많이 했지만 결국 보내 버렸다.

—이 말까지 안 하려고 했지만 당신한테 초등학생 아들이 있더군요. 아들에게 부끄럽지 않게 행동하세요.

—당신 아들이 아빠가 여학생이나 성추행하고 다니는 사람이란 걸 알게 된다면 어떨까요? 생각해 본 적은 있어요? 빨리 해결하지 않으 면 당신 아들부터 찾아가 이 사실을 알릴 거예요.

스토커가 된 기분이었다. 문자를 보낼 때마다 손이 바들바들 떨렸다. 당장이라도 누군가 집으로 쫓아올 것 같았다. 스토커로 신고 되면 잡혀 들어가는 건 시간문제였다. 눈을 꼭 감았다. 무서웠지만 이를 꽉 물었다. 하도 긴장해서 나중에는 문자를 누르는 손가락 관절 마디마디가 아파 왔다. 그동안 내 휴대전화로는 아까 보낸 단체 문자가 다섯 개나 전달됐다.

솔직히 아들한테 알린다는 건 순전히 협박용이었다. 언론사에 알리는 일은 할 수 있겠지만, 일부러 그 애한테 찾아가 아빠 일을 알리는 건 못할 짓이라는 걸 잘 알고 있었다. 형사 고발도 많은 용기가 필요한 일이다. 어쨌든 수학이 하루빨리 사건을 스스로 매듭지었으면 하는 바람밖에 없었다.

침대에 들어가기 전 마지막이라 생각하고 문자 하나를 더 보냈다.

—제발 양심 있게 행동하세요. 그러면 모든 일이 눈 녹듯 사라질 거예요.

다음 날 학교에 오니 어제 보낸 단체 문자 내용이 큰 이슈 거리가 되어 있었다. 방학 하루 전날이어서 그런지 수업 거부에 대한 부담감이 없어서 대체로 반응들이 좋았다. 그렇다고 현실화될 수 있을지 장담할 수는 없지만 수학이 들어오기 전 내가 먼저 일어나 교실 밖으로 나갈 생각이다. 그러면 아이들이 하나둘 따라 나올 게 분명했다. 긴장이 돼서 입이 바짝 말랐지만 이미 엎질러 놓은 물이다. 단지 계획을 실현시키는 일만 남았다.

아침에 일부러 조앤에게 들르지 않았다. 사건이 해결될 때까지 학교에 나오지 않는 편이 낫겠다는 생각에서다. 내일이 방학

식이니 이틀 정도만 더 결석하면 되는 거다.

이런 걸 맥 빠지는 느낌이라고 하나. 수학은 오늘도 나타나지 않았다. 만반의 준비를 하고 있었는데 말이다. 수업 거부라는 새로운 시도를 잔뜩 기대하고 있던 아이들은 아쉬운지 삼삼오오 모여 웅성거렸다.

"야, 이게 뭐야. 나 멋있게 밖으로 걸어 나가려고 했는데, 오늘도 안 나오다니 수학 정말 무슨 병난 거 아냐? 꾀병인지, 정말 양심에 가책을 느껴 못 나오는 건지 알 수가 있어야지."

머리에 빨간 끈이라도 묶어야 되는 거 아니냐며 수선을 떨던 수경이도 김샌다며 투덜거렸다. 속이 탔다. 가해자가 보이질 않으니 시위를 할 수가 없었다. 그렇다고 학교에서 어떤 특별한 조치를 취하고 있는 것 같지도 않았다. 온몸에 힘이 빠졌다. 춘장도 하루 종일 시무룩한 얼굴이었다.

수학이 이틀이나 결근한 일을 조앤에게 어떻게 알려야 할지 걱정이 됐다. 망설이다가 하는 수 없이 조앤네 집 초인종을 눌렀다. 그런데 얼굴을 내민 사람은 조앤이 아니라 푸석한 얼굴의 아저씨였다.

"안녕하세요. 조앤 집에 있어요?"

"없는데……. 새벽에 일어나 보니 없더라고. 전화도 안 되고……."

아저씨는 하품을 하며 뒷머리를 긁적였다.

"곧 돌아오겠지. 찜질방이라도 간 건가?"

"……."

조앤이 또다시 사라졌다. 하품을 하는 아저씨의 입속처럼 머릿속이 까맣게 변해 갔다. 조앤의 두 번째 가출이다. 나는 자격만 된다면 아저씨도 수학과 함께 감옥에 쳐 넣고 싶었다. 딸의 실종을 알고도 쩍 벌어지게 하품을 한 죄로 말이다.

전화기는 꺼져 있었다. 대신 음성 메시지를 남겨 놓았다. 아무래도 느낌이 심상치 않았다. 조앤은 한밤중이 되어서야 연락을 해 왔다.

"민희야, 나 오늘 밤 너네 집에서 자도 돼?"

"무슨 일이야? 너 어딘데?"

"할 말이 있어……."

조앤은 추리닝에 티셔츠 차림으로 나타났다. 평소엔 집 앞 슈퍼에 갈 때도 단정하고 예쁜 옷으로 갈아입는 애였다. 이렇게 후줄근한 차림으로 집을 나갔다니 조금 놀랐다.

마녀는 조앤의 방문을 말없이 지켜봤다. 침묵이 며칠째 이어지고 있었다. 아빠도 마찬가지였다. 마치 없는 사람들처럼 자기 할 일만 했다. 나도 입을 굳게 닫았지만 조앤 일로 어느 때보다 몸과 마음이 바빴다. 아빠에게 폭식증을 폭로해 버린 이후 마녀는 결국 앓아 누웠던 것 같다. 어제 저녁인가 식탁을 보니 마녀 이름으로 약봉지가 한가득 놓여 있었다. 좀 미안했다. 하지만 엄마도 아빠도 누구 하나 여전히 나를 진심으로 이해하고 알려고 하지 않는다. 여전히 나에게 엄마는 마녀고 아빠는 괴물이다. 이상하게도 미안한 생각이 드니까 마음이 더 불편했다. 차라리 계속 미워하는 편이 조앤 일에 집중하는 데 편할 것 같았다. 침묵하고 서로를 미워하는 마음이 평화를 가져올 수도 있구나 생각하니 씁쓸했다. 그런데 과연, 아빠랑 엄마도 그렇게 생각하는 걸까? 이 침묵이 계속해서 영원토록 이어지면 어떻게 하지? 마음이 좋지 않았다. 편한데 왜 슬픈 생각이 드는지 모르겠다. 나는 고개를 가로저었다. 어쨌든 조금이라도 미안해하지 않기로 했다. 감정이 복잡해지는 건 딱 질색이다.

조앤이 인사를 하자 마녀는 잠깐 동안 물끄러미 조앤을 쳐다봤다.

"혹시……."

나는 얼른 조앤의 손목을 잡아끌었다. 성추행 사건에 대해 엄마에게 얘기한 걸 안다면 조앤이 싫어할지도 몰랐다. 하필 이럴 때 말문을 열 게 뭐야. 짜증이 솟구쳤다.

"조 짜서 숙제 하는 게 있어서 그러는데 오늘 같이 밤새울지도 몰라요."

마녀가 뭐라 말하려고 했지만 나는 듣지도 않고 방으로 들어와 문을 잠갔다. 엄마 말을 자르고 들어가서는 급기야 방문까지 잠그는 나를 조앤은 어색하게 바라봤다. 빨리 화제를 바꿀 필요가 있었다.

"너네 아빠가 너 어젯밤에 나간 거 같다고 그러던데?"

"……."

조앤도 침묵이 편하다는 걸 아는가 보다.

"또 무슨 일이 있었던 거야?"

조앤은 결심한 듯 입을 열었다.

"민희야, 우리 담임 이제 그냥 놔둬."

뜻밖의 말이었다.

"그게 무슨 말이야? 이제 시작일지도 모르는데."

"어제 왔었어, 집 앞에."

"왜? 왜 온 건데? 또 협박하러?"

조앤이 고개를 가로저었다.

"아니, 그 반대……. 사과하러."

조앤의 말에 의하면 수학은 술도 마시지 않았고, 조앤과 만나는 내내 고개를 잘 들지 못했다고 했다.

"정말로 미안하대. 자기 잘못한 거 다 시인하겠다고 그러더라. 술 마신 것도 맞고, 나한테 나쁜 짓 한 것도 인정한다고. 우발적인 거였대. 다시는 이런 일 없을 거래. 그런데…… 자기는 공개적으로 사과하거나 학교를 그만두는 건 못하겠대. 자기 아들한테 그런 아빠인 걸 알리고 싶지 않다고. 염치없는 말이라는 것도 안대."

나는 안달이 나서 벌떡 일어나 방 안을 서성였다.

"야, 그 말을 어떻게 믿어? 학교 그만두는 것까지는 아니더라도 공개적으로 사과는 해야 해. 그래야 다시는 그런 짓을 못하지."

"민희야……. 나 그냥 담임 용서할래."

조앤이 내 눈을 애원하듯 바라봤다.

수학이 불쌍해 보였다고 했다. 평소와 다르게 핼쑥한 얼굴로 나타나 자신 앞에서 절절맸다고 했다. 아들한테 떳떳한 아버지로 남고 싶다고 거의 울먹이며 애원했다고 했다. 학교를 떠나서는 자기가 할 수 있는 일도 없다고 했다.

"있잖아……. 이런 일을 당하는 내가 참 억울하고 불쌍하다고 생각했는데, 어제는 나보다 선생님이 더 불쌍해 보였어. 축 처진 모습이 비 맞은 강아지 같다고 할까. 꼭 어린애처럼 벌벌 떨었으니까."

조앤은 그렇게 말하며 조그맣게 웃기까지 했다. 피해 당사자가 이렇게 나오는데 제삼자가 더 나설 수는 없는 일이었다. 조앤은 피해자라기보다 성모 마리아 같은 얼굴을 하고 있었다. 조앤이 내 친구라는 게 속 터질 정도로 답답했다. 착한 게 죄라면 조앤에게 무기징역이라는 벌을 내리고 싶을 정도였다.

"으이구, 답답이. 근데 집은 왜 나온 거야?"

조앤은 이번에는 쓸쓸한 미소를 지었다.

"아빠랑 같이 살 수가 없어서……."

"그게 무슨 말이야?"

조앤 말에 의하면 수학이 돌아가고 나서 아저씨는 또 술에 취해 집에 왔다. 거실에서 대자로 뻗은 아저씨를 방으로 끌고 들어가려고 하자 아저씨는 조앤을 밀치며 이렇게 말했다.

"너를 보면 네 엄마가 생각 나. 커갈수록 점점 반지르르 색기가 흐르는 게 꼭 네 엄마랑 똑같아. 꼴 보기 싫어, 이년아! 네 엄마나 찾아가. 돈 못 벌어 온다고 무시하지 말고!"

아저씨는 퍼질러 앉아 밤새 고래고래 욕을 해댔다고 했다. 밤이 깊을수록 점점 입에 담지 못할 욕들이 아저씨의 입에서 흘러나왔다.

"네년들이 나를 무시해? 이 화냥년들! 너도 나갈 테면 나가 버려. 지 애비를 무시하는 건방진 년, 다 필요 없어!"

조앤은 담담한 표정으로 아저씨의 혀 꼬부라진 소리를 흉내

냈다. 그 모습이 우스꽝스러웠지만 나는 웃을 수도, 울 수도 없었다. 조앤이 다시 아무렇지도 않은 얼굴로 이렇게 말했다.

"민희야, 나 집 나올 거야."

"어디에 있으려고?"

"뭐, 아무 데나……."

"나도 같이 가."

"네가 왜?"

"나도 집 싫어. 며칠 전에 또 한바탕 전쟁을 치렀거든. 진동이 일로 행색이 어떻다느니, 학교도 안 다니는 애 같다느니 말도 안 되는 말을 하잖아. 암튼 자기들 마음에 안 차면 다 바보 천치인 줄 아나 봐."

"……."

조앤이 침묵을 깨고 뜬금없는 질문을 했다.

"우리도 자식들한테 똑같이 할까? 대부분 그렇다던데."

"야, 끔찍한 소리 하지 마. 설마 우리 부모님들보다야 못하겠냐?"

조앤은 힘없이 웃었다.

"어제는 어디 있었어?"

"응, 피시방에서 밤샜어."

"피곤하겠다."

베개 하나를 더 가져와 조앤과 나란히 침대에 누웠다. 조앤에게서 땀 냄새가 폴폴 피어났다.

"야, 자기 전에 샤워부터 해야겠다. 으, 땀 냄새. 얼굴만 예쁘면 다야? 이 사실을 남자애들한테 알려야 하는 건데."

나는 키득거리며 조앤을 침대에서 밀어냈다.

조앤이 샤워를 하는 동안 나는 아저씨가 했다는 말들을 떠올렸다. 색기라고? 그래, 조앤은 예뻤다. 새치름한 표정에 도자기처럼 하얗고 투명한 피부, 커다란 눈망울에 가느다란 턱선, 키도 나보다 한 뼘이나 컸고 몸매는 모델 뺨치는 라인을 갖고 있었다. 앳돼 보이는 볼살만 아니라면 충분히 이십대로 보였다. 예쁜 걸 왜 색기라고 하는지는 잘 모르겠지만 남자들이 좋아할 만하다는 건 인정할 수 있었다. 조앤이 욕실에서 돌아와 선풍기 바람에 머리를 말렸다. 나는 조앤을 꼼꼼히 뜯어봤다. 역시 예뻤다. 하지만 예쁜 게 죄는 아니다. 너무 착한 건 죄여도, 예쁜 건 죄가 아니다. 적어도 나는 그렇게 생각한다. 나도 곧 예뻐질 테니까.

"너, 앞으로 세상 살아가려면 좀 안 예쁘게 하고 다녀야 할 팔자일지도 모르겠다."

조앤이 어이없어하며 반문했다.

"내가?"

"그럼! 너 벌써 이십대처럼 보여. 아가씨 같다고, 아가씨."

나는 짐짓 정색하고 말했다. 사실 그냥 놀리는 거였는데 조앤은 깊게 한숨을 내쉬었다.

"그냥 이랬음 좋겠어. 어린이는 어린이 몸 하나, 청소년은 청소년 몸 하나, 어른은 어른 몸 하나, 이렇게 규격 같은 게 있으면 좋겠어. 몸은 자랄 데로 다 자라 성인이 되어 버렸는데 아직 청소년이라고 한계를 지으니까 억울한 게 한두 가지가 아니야. 몸이 점점 내 뜻과 다르게 쑥쑥 자라 버리는 것도 싫고 말이야."

"칫, 배부른 소리 한다. 짧은 몸으로 태어나 초딩 얼굴로 사는 사람 앞에서."

"아냐, 너 예뻐. 얼마나 귀여운데. 그리고 진동이 눈에는 아마 네가 세상에서 제일 예쁘게 보일걸."

"어머, 닭살이다. 그런 멘트."

우리는 동시에 키득키득 웃었다. 이야기가 나온 김에 춘장에게 문자를 보냈다. 수학이 조앤에게 용서를 빌었다는 사실을 알려 줘야 했다. 그리고 내일 방학식을 빼먹고 조앤과 단 둘이서 여행을 갈 거라고 적어 보냈다. 가출이라고 말할 수는 없었다. 실제로 기회가 된다면 조앤과 단 둘이서 여행을 해 보고 싶었다. 집이야 돌아오고 싶을 때 오면 되는 거다. 아마 요즘 같아서는 우리가 없어진 걸 알고 양쪽 집에서 오히려 기뻐할지도 모를 일이다. 잠시 후 춘장에게서 답 문자가 왔다.

–둘이서만 간다고? 안 돼! 대신 내일모레 아빠랑 여름 방학 기념으로 지리산 갈 건데 너희도 같이 갈래? 여행이라고 생각하고 말이야.

춘장에게서 온 문자를 조앤에게 보여 줬다.

"정말? 재밌을 거 같아. 그런데 진동이네 아빠도 같이 가는 게 좀……."

"춘장한테 우리 가출하는 거 모르게 할 거야. 다 허락받은 것처럼 말하면 되는데 뭘. 게다가 우리는 돈 하나도 안 써도 될 거 같고."

"그래, 난 좋아. 네가 시아버지 보는 거 부담 안 된다면 내가 무슨 상관이겠어."

조앤이 음흉하게 웃으며 내 옆구리를 찔렀다.

"시아버지는 무슨 시아버지? 앞으로 어떻게 될지도 모르는데."

나도 조앤의 옆구리를 찌르며 반격했다.

"칫, 속으로는 좋으면서. 그런데 너 정말 집에 말 안 하려고?"

"응, 나 그동안 스트레스 정말 심했어. 나 없어지면 골칫거리가 사라졌다고 오히려 좋아할 거야……. 괜찮아. 너도 다시 들어가긴 할 거잖아. 보충수업도 있고. 며칠만 없어져 주는 건데 뭐 별일이야 있겠어?"

"민희야, 나는 잘 모르겠어. 집에 들어가고 싶은 마음이 생길지…….."

조앤의 얼굴이 다시 시무룩해졌다. 나는 한결 가벼운 마음이 되어 조앤에게 말했다.

"너랑 뭐든지 함께할 거야. 너도 그럴 거잖아. 그러니까 우리 힘내자. 우선은 춘장 따라서 산에 가자. 아무 생각도 하지 말고 말이야. 집은 다 잊고서!"

호쾌한 기분으로 조앤을 바라봤다. 조앤도 한결 밝은 표정으로 고개를 끄덕였다.

─진동! 네가 졸라서 어쩔 수 없이 같이 가는 거야. 그러니까 다 책임지도록! 아빠가 무섭거나 구두쇠이거나 그러진 않으시겠지?

딩동. 문자 수신음이 금세 울렸다.

―걱정하지 마, 우리 아빠랑 나는 완전 판박이니까. 얼마나 멋지고
재밌는데.

녀석의 문자를 보자마자 나는 씹고 있던 과자를 분수처럼 뿜
었다. 아빠와 아들의 왕자병 징후가 상당히 농후했다. 조앤이
데굴데굴 구르는 내게서 휴대전화를 빼앗았다. 문자를 본 조앤
도 킥킥대며 말했다.

"자기 아빠를 이렇게 표현할 수 있다니, 진동이는 정말 행복
한 집에서 사나 봐."

그래, 춘장은 그랬다. 내가 녀석을 좋아하는 이유는 그 점
때문일지도 모른다. 행복한 집, 파랑새가 살고 있는 그런 집.
……나는 잘 상상이 되지 않았다.

7. 나비문신 님의 과거

　내일 아침에 몰래 떠나려면 오늘까지는 정상적으로 학교에 가 방학식에도 참석하고 곧바로 집에 와 조용히 있는 편이 좋을 것 같았다. 생각해 보니 챙겨야 할 짐도 꽤 많았다. 조앤은 저녁에 보자며 다시 피시방으로 향했다. 아침에 같이 일어나 서로 다른 방향으로 가려니 발길이 잘 떨어지지 않았다.

　이틀 내리 결근하던 수학은 오늘 학교에 출근했다. 잠을 못 잤는지 굉장히 까칠한 얼굴을 하고 있었다. 하지만 며칠 전보다는 한결 편안해 보이는 얼굴이었다. 나는 조앤이 너무도 쉽게 수학의 사과를 받아들인 것 같아 여전히 불만이었다. 그런데 오늘 수학의 핼쑥한 얼굴을 보니 안됐다는 생각이 잠시 들었다. 그날 일을 생각하면 절대 들어서는 안 되는 감정이었다. 한편으로는 미꾸라지처럼 상황을 잘 빠져나간 것 같아 더 얄밉고 괘씸했다. 이상했다. 한 사람을 두고 두 가지 상반된 감정을 동시에 느낄 수 있다는 게 낯설고 어색했다.

오늘 피시방으로 향하던 조앤의 처량한 뒷모습이 생각났다. 갑자기 나만의 소심한 복수를 하고 싶었다. 수학에게 인사 같은 것은 절대 하지 않을 거라는 약간은 유치한 결심이 그것이다. 기회는 바로 왔다. 수학은 복도를 지나다니는 아이들을 애써 외면하며 창밖으로만 눈길을 준 채 나를 향해 걸어오고 있었다. 나는 일부러 헛기침을 했다. 수학이 반사적으로 내 쪽으로 얼굴을 돌렸지만 나는 결심대로 못 본 척 딴청을 부렸다. 그때였다. 수학이 조심스럽게 다가오더니 쉰 목소리로 내게 말을 걸었다.

"네 친구…… 일, 정말 미안하다."

뜻밖이었다. 당황한 나는 볼멘 얼굴을 한 채 복도 바닥을 발끝으로 툭툭 건드렸다. 내가 아무 반응이 없자 수학은 잠시 머뭇거리더니 이내 지나쳐 갔다. 수학의 뒷모습을 돌아다봤다. 이런 느낌, 처음은 아닌 게 확실했다. 엄마와 아빠에게서도 상반된 감정을 느꼈었다. 미움과 애틋함, 무관심과 관심, 짜증과 안타까움……. 하지만 애틋함이나 관심, 안타까움보다는 미움과 무관심, 짜증처럼 부정적인 감정이 더 강하게 느껴지는 건 어쩔 수 없었다.

조앤이 수학의 사과를 받아들이기로 했다는 사실을 덕배 형도 알게 됐다. 덕배 형은 춘장에게 '잘된 일'이라고 말했다.

"너 돼지가 실수하는 거 봤어? 사람이니까 실수하는 거야. 또 이렇게 얘기하면 아직 솜털밖에 안 난 너희들이 선생님은 어떻게 그렇게 말할 수 있어요, 하면서 달려들겠지? 내 말은 말이야, 실수에 대해 책임을 지지 않아도 된다는 말은 절대 아니야.

실수로 사람이 다치고 죽기도 하니까 실수라 해도 받을 벌은 받아야지. 하지만 너 돼지가 실수로 뒤에 있는 돼지를 뒷발로 찼다고 머리 숙여 사과하는 거 봤어? 못 봤지? 사람이니까 반성하고 참회할 수 있는 거야. 무슨 뜻인지 알겠냐? 알아듣는다고? 똑똑하군. 너 그리고 돼지가 자기를 뒷발로 찬 돼지 용서하는 거 봤어? 처음 들어보지? 아마 그럴 거다. 그게 다 사람이니까 용서도 할 수 있는 거야."

춘장이 전해 준 덕배 형의 훈화 말씀이었다. 조금 아니꼬웠다.

"덕배 형이 무슨 부처님이야? 원수를 사랑하는 예수님이야? 잘났어, 정말."

"나는 덕배 형 말이 맞는 거 같아."

나밖에 없다는 춘장이 덕배 형 편을 들었다. 은근히 부아가 났다. 녀석은 그런 것도 모르고 진지하게 이야기를 이어나갔다.

"너한테 처음 말하는 건데, 우리 아빠 소년원에 간 적이 있었대. 지금 내 나이 때 친구들이랑 패싸움하고 돌아다니다 어떤 애를 때리게 됐는데, 맞은 애가 정신을 잃고 쓰러져 한동안 깨어나지 않았대. 병원에서는 의식 불명이라 그러고. 그런데 우리 아빠를 용서했대. 맞은 애 부모님들이……."

처음 듣는 얘기였다. 자기 아들을 때려 의식 불명에 빠뜨린 사람을 왜 용서했을까. 나는 속으로 중얼거렸다.

"이런 얘기까지 너한테 하네. 나머지 얘긴 아빠한테 말해도 되는지 허락받고 해 줄게. 혹시 우리 아빠가 숨기고 싶은 일일 수도 있으니까."

정말 궁금했는데 김샜다. 예의 바른 녀석. 자기 아빠한테까지 예의를 차릴 건 없는데 말이다.

"여름이어도 산에서는 긴팔 셔츠랑 긴 바지가 필요해. 그것만 준비해 와. 나머지는 아빠랑 내가 알아서 다 준비해 갈게."

"그런데 정말 우리까지 가도 되는 거야? 아버지랑 단 둘이만 가는 여름휴가 아니야?"

"원래 계획은 그랬지만 말씀 드리니까 아빠가 더 좋아했어. 남자들 둘이 산에 오르는 것보다 훨씬 재밌겠다고. 물론 나야 너랑 가는데 최고지."

춘장이 또 헤벌쭉 웃었다. 내심 가출의 첫 단계로 산에 오른다는 것이 낭만적이란 생각이 들었다.

조앤은 피시방에서 우리가 오를 산에 대해 검색해 봤다고 했다.

"정말 멋있었어. 산 아래로 구름이 쫙 보이는데 정말 장관이야. 실제로 그곳에 있으면 구름을 타는 기분일 거 같아."

"신선된 기분이겠다."

"이왕이면 신선보다 선녀가 낫겠다. 아, 떨린다, 떨려. 등산은 처음인데."

가출한 소녀답지 않게 조앤은 발간 볼을 하고 눈을 반짝였다. 나도 옛 기억이 자연스럽게 떠올랐다.

"예전에, 아주 어렸을 적에, 그러니까 초등학교 3학년 땐가 아빠 따라서 설악산에 간 적 있었어. 겨울이었는데 갑자기 눈이 오는 거야. 산길에 내리는 눈이 얼마나 멋있었는지 몰라. 황홀

할 정도로. 꼭 동화 속 한 장면 같았어. 그때 아빠가 위험하다며 내 운동화에 아이젠을 달아 줬는데……. 그때 기억이 아직도 생생해."

"아빠랑 그런 데도 다녔어?"

"응, 그때는."

내 말에 조앤은 잠시 생각에 잠기는 듯했다.

"나도 어렴풋이 기억나는 게 있긴 있어. 엄마랑 아빠랑 바닷가에서 수영하던 기억. 생생하진 않고, 그냥 그런 기억이 있구나 하는 정도로."

"좋았을 거야. 분명히."

"아까 낮에 휴대전화를 잠깐 켜 봤는데, 아빠가 음성 녹음을 했더라."

"뭐라서?"

"잘 기억이 안 난대. 술 마시고 실수한 거 있어도 나 보고 이해하래. 그래서 나도 아빠 전화에 음성 남겼어. 언제 집으로 돌아갈지 모르겠다고. 아빠 잘못만은 아니라고 했어. 그냥 집에 있으면 숨이 막힌다고 그랬어."

그때 마녀가 방문을 두드렸다. 이틀이나 친구가 찾아와 신세를 지는 것에 대해 변명거리를 내세워야 했다. 마녀의 손에는 예쁜 딸기 타르트와 우유가 담긴 쟁반이 들려 있었다. 이상했다. 마녀가 밀가루 음식을 권하는 건 흔치 않은 일이었다.

"엄마, 조앤 오늘도 우리 집에서 자면 안 될까요?"

매도 먼저 맞는 게 나을 거 같아 주뼛거리며 말을 꺼냈다.

"오늘도? 왜? 아버지는 알고 계셔?"

마녀는 당황했는지 하이 톤의 목소리로 물었다. 조앤의 얼굴이 새빨개졌다.

"오늘은 아빠가 지방 출장 가셔서 안 오신대요. 조앤 혼자 자기 무섭다고 그래서요."

나는 전처럼 생각나는 대로 얼버무렸다. 마녀는 아저씨가 실직 상태라는 걸 모를 게 분명했다. 그나저나 거짓말도 느끼는가 보다. 내가 생각해도 그럴 듯한 변명이었다.

"그럼 그렇게 해. 대신 걱정 안 하시게 전화 다시 드려라."

탐탁지 않은 얼굴이었지만 마녀는 별다른 의심 없이 선뜻 허락해 줬다. 그리고 우리 앞에 쟁반을 내려놓고는 이렇게 말했다.

"아버지랑 둘만 살아 네가 신경 쓸 게 많겠구나. 자주 놀러 와. 아줌마가 맛있는 거 많이 만들어 줄게."

마녀는 나와는 눈을 마주치지 않으려는지 조앤만을 쳐다보며 얘기했다. 나는 미심쩍은 눈초리로 마녀가 나가는 것을 지켜봤다.

"이상해."

"뭐가?"

타르트를 집어 들며 조앤이 물었다.

"우리 엄마. 왠지 나한테 잘 보이려고 하는 것 같아."

한 입 가득 타르트를 베어 물고는 조앤이 순진한 얼굴로 물었다.

"이거 정말 맛있다. 그런데 왜 너한테 잘 보이려고 하시는데?"

"이제 아빠까지 알게 됐어. 엄마 폭식증 말이야. 내가 말해 버렸어. 갑자기 벌어진 일이야. 아빠랑 엄마한테 짜증이 폭발해 버려서 나도 어쩔 수가 없었어. 이런 타르트 만들어 준 적도 없어. 밀가루로 만든 거잖아."

조앤은 조용히 듣고만 있었다.

"엄마가 저러는 거 적응 안 돼. 난 내일 아침이면 이 집에서 사라질 몸이라고. 차라리 평소처럼 엄격하게 대했으면 좋겠어. 헨젤과 그레텔의 설탕으로 만든 집의 마녀가 우리 엄마야. 저 모습은 아니라고. 언니는 다행히 잡아먹히지 않고 탈출에 성공했고, 나는 내일 드디어 탈출하는 거란 말이야."

목이 막히는지 우유 한 모금을 들이켜고는 조앤이 조심스레 입을 열었다.

"우리 엄마보다는 나아."

뒤통수를 한 대 얻어맞은 느낌이었다. 하지만 곧 정신을 차렸다. 그런 비교는 부당했다.

"서로 겪어 보기 전에는 모르지 않겠어? 우리 엄마 딸로 산다면 누구나 도망치고 싶을 거야."

냉랭한 공기가 방 안을 채웠다. 조앤이 먼저 입을 열었다.

"내가 보기에 너의 엄만 널 많이 사랑하셔. 이런 맛있는 과자를 손수 만들어 준다는 게 그 증거야."

"야, 그건 너무 단순한 판단이잖아. 요리하는 건 그냥 엄마 취미야. 자기 품격을 높여 주는 그런 고상한 취미 같은 거라고. 나는 취미의 결과물을 억지로 먹어야 하는 마루타 같은 거고."

"있잖아. 우리가 엄마들을 오해하고 있는 건지도 몰라."

"뭘?"

"전에 말하지 않은 게 있어. 나도 엄마에 대해 새로운 사실을 알게 됐어. 대전에 갔을 때 엄마가 그랬어. 자기는 너무 힘들었다고. 아빠가 의처증 환자처럼 굴었대. 나중에는 손찌검도 했고, 자기를 사사건건 의심했대. 그리고 우리 할머니 때문에도 많이 힘들었대. 동네방네 바람 난 며느리라고 소문 낸 건 할머니라고 하더라. 할머니는 결혼 전부터 엄마를 별로 좋아하지 않았는데, 아빠가 하는 의심을 그대로 믿어 버렸대. 우리 아빠 굉장한 마마보이였거든. 할머니도 아빠라면 끔찍하게 생각했고. 아주 많이 견디기 힘들었대."

눈이 휘둥그레졌다. 이것이 사실이라면 충격적인 반전이었다.

"그럼 바람피워 도망간 게 아니……."

나도 모르게 '바람'이란 말이 튀어나왔다. 재빨리 입을 막아 봤지만 소용없었다. 조앤은 별로 개의치 않는지 이렇게 말했다.

"모르겠어. 어떤 말이 진짜인지는……. 확실한 건 엄마가 나와 아빠를 버리고 도망쳤다는 사실이야. 그건 엄마도 인정했으니까."

그건 그랬다. 무엇이 진실이건 남편과 자식을 내팽개치고 갑자기 사라져 버렸으니 도망친 거랑 다를 게 없었다. 뭐가 이렇게 복잡한 걸까. 아까 학교에서 춘장이 해 준 얘기도 생각났다. 아빠가 소년원에 간 적이 있었다는 얘기…….

어른이 된다는 건 어쩔 수 없이 기구한 사연 한두 개씩을 마련해 가는 여정일지도 모른다. 그래도 그건 '자신'들의 사연이지

'자식'들의 사연은 아니다. 뭔가 끈적끈적하고 질척질척하다. 이런 관계는 정말 질색이다. 생각해 보니 조앤의 할머니야말로 마녀처럼 늘 미간에 한가득 주름을 안고 있었다.

우리는 밤이 깊어지기를 기다려 짐을 싸기 시작했다. 배낭에 갈아입을 옷들과 엠피스리, 칫솔, 수건, 헤어드라이어를 쑤셔 넣었다. 조앤은 겨우 삼만 원 정도의 현금을 가지고 있었고, 나는 통장에 십만 원 정도를 가지고 있었다. 조앤은 옷이 너무 무겁다며 한 벌씩 빼자고 말했지만 내가 반대했다. 헤어드라이어도 빼자고 했지만 그것도 '절대 반대'였다. 텔레비전에 나오는 가출 청소년들이랑 수준이 다른 가출을 하고 싶었다. 그러려면 외모는 아주아주 중요했다. 어쨌든 돈이 부족해지기 전에는 말이다. 잘하면 아르바이트 자리를 구할 수 있을지도 모르니까 그것도 별 걱정은 되지 않았다. 나는 마지막으로 선크림을 챙겼다. 조앤과 나의 하얀 피부는 무슨 일이 있어도 꼭 지켜져야 하니까.

기차역으로 가기 위해 걷는 새벽길 어스름은 꽤 운치 있었다. 나는 조앤의 손을 다부지게 잡고 팔을 앞뒤로 내두르며 힘차게 걸었다. 상쾌했다. 정말 떠나는구나 싶었다. 집에는 메모지 하나를 식탁 위에 남겼다. 조앤이 자기 아빠에게 음성 녹음으로 남긴 말을 빌려 비슷하게 적었다.

저 가출해요. 언제 돌아올지 모르겠어요. 잘 있을 테니 걱정하지 마세요. 엄마나 아빠 잘못은 아니에요. 그냥 집이 싫어요. 찾지 마세요.

'찾지 마세요.'라는 말은 쓰지 말까 고민했다. 왠지 그 말을 쓰기가 무서웠다. 정말 찾지 않으면 어떡하나 하는 생각이 들었다. 하지만 결국 '찾지 마세요.'라는 말을 덧붙였다. 그러자 쪽지 내용이 뭔가 있어 보이고 당당한 느낌을 줬다.

기차역에 도착하자 춘장과 녀석의 아버지로 보이는 사람이 플랫폼에서 우리를 향해 손을 흔들고 있었다. 그것도 아주 열심히. 그 모습이 마치 누군가를 멀리 떠나보내는 사람들 같았다. 조앤과 나는 우스꽝스러운 둘의 모습에 서로 마주보며 피식거렸다.

"안녕하세요."

우리는 허리를 숙여 합창하듯 인사했다.

"아빠, 이쪽이 민희고, 이쪽은 민희 베스트 프렌드 조앤."

춘장의 소개가 끝나자 아버지께서 갑자기 구십도 각도로 허리를 굽혔다.

"아이고, 우리 진동이 같은 놈이랑 친구해 줘서 고맙습니다."

"내 참, 아빠, 나 이래 봬도 인기 많아."

얼굴이 벌게진 춘장이 서둘러 아버지의 어깨를 잡아 일으켰다. 참아 보려 했지만 자꾸만 웃음이 입가로 배어 나와 혼났다. 나는 독특한 분위기의 춘장 아버지를 힐끔거리며 살펴보았다. 구릿빛 피부에 가느다란 눈, 덥수룩한 콧수염과 턱수염, 떡 벌어진 어깨, 그리고 반팔 소매로 보이는 팔뚝의 문신……? 언뜻언뜻 보여서 자세히 보진 못했지만 무슨 문양 같은 거였다. 설마 조폭은 아니시겠지. 아닐 거다. 분명 좋을 호 자가 두 개나 연달은 호호반점의 사장님이자 주방장님이니까. 하지만 춘장의 말대로 한때 쓸데없는 일에 힘 좀 썼다거나, 어둠의 바닥을 헤집고 다녔다거나 했던 게 맞는 것 같다. 한 번 보면 절대 잊을 수 없을 것 같은 인상이랄까. 게다가 춘장보다 잘생겼다. 녀석은 살짝 속 쌍꺼풀이 있는 초롱초롱한 눈이라면 아버지의 눈은 쌍꺼풀 없이 쫙 찢어진 일자 눈이다. 요즘 여자들에게 통하는 '폭풍 눈빛'이 가능한 눈이다.

기차에 올라 틈틈이 춘장과 아버지가 어떤 점이 닮았는지를 관찰했다. 아버지의 코는 우뚝 솟아 날카로웠는데 춘장의 코는 우뚝 솟긴 했지만 코끝이 둥그스름했다. 입은 비교가 불가능했다. 춘장 아버지의 입 주위에는 털들이 너무 많았다.(유일하게 마음에 안 드는 부분이다.) 그런데 둘이 정말 닮은 게 있었다. 그건 처음 만나자마자 느꼈는데, 바로 목소리였다. 중저음의 목소리라고 하나, 목욕탕 목소리라고 하나. 하여튼 낮고 굵게 깔리는 목소리는 눈을 감고 듣는다면 분간할 수 없을 정도로 비슷했다. 그래도 좀 아쉬웠다. 춘장이 아버지의 샤프한 눈매와 코를 닮았더라면 얼마나 좋았을까 하고.

처음 보는 어른, 그것도 친구의 아빠와 동행하니 말수가 없어지는 게 당연했다. 나와 조앤은 주로 묵묵히 춘장과 춘장 아버지의 이야기를 듣는 편이었다. 유머 감각은 한참 떨어졌지만 춘장 아버지가 우리를 즐겁게 해 주기 위해 애쓰는 티가 역력했다. 주로 텔레비전 코미디 프로그램에 나오는 유행어를 따라 한다거나, 춘장의 흉을 본다거나(씻는 걸 무지 싫어한다는 등),

요리는 불 맛이라거나 하는 얘기들을 했는데 분위기를 썰렁하게 하지 않으면 춘장을 발끈하게 했고, 까다로운 레시피로 요리는 참 많이 귀찮구나 하는 선입견을 갖게 만들었다. 게다가 춘장 아버지는 말할 때마다 팔을 쭉 뻗는다거나 양손을 들었다 놨다 했고, 고개를 이리저리 돌리면서 동의를 구했다. 그럴 때마다 팔뚝의 힘줄이 불끈거렸고 언뜻 보이던 문신이 활짝 정체를 드러냈다가 없어지곤 했다. 그러지 않으려고 해도 춘장 아버지의 팔뚝에 눈길이 자연스레 멈출 수밖에 없었다.

"민희는 이게 뭔지 궁금한가 보구나?"

너무 뚫어지게 쳐다봤나 보다. 춘장 아버지가 민망한 표정을 지었다.

"아, 아뇨."

거짓말이다. 정말로 궁금했다.

"너희들 나이 때쯤이야. 내가 좀 엇나갔거든. 이건 나비야."

춘장 아버지는 그렇게 말하며 반팔 소매를 거침없이 들어올렸다. 나는 깜짝 놀라 몸이 움츠러들었다. 생각보다 커다랬다. 게다가 문신은 처음 보는 거였다. 조앤도 얼어붙은 듯 아무 말이 없었다.

"아빠, 애들이 놀라잖아."

춘장도 당황했는지 손바닥으로 아버지의 팔뚝을 가렸다.

"놀랄 필요 없어. 나쁜 사람들이 문신을 많이 해서 그렇지, 옛날 그러니까 원시 시대, 아니 그렇게까지 올라갈 필요도 없어. 그러니까 문신이란 건 그냥 사람들이 어떤 걸 자기 몸에 표현하는 것뿐이야. 뭐, 나야 엇나가서 얼떨결에 한 거긴 해도 이

문신이 창피하고 그렇진 않아."

맞다. 창피할 만큼 흉측한 문신은 아니었다. 아름답다는 생각까지 들게 했으니까. 커다란 나비, 정확히 말하자면 뭔가 패턴이 있는 날개를 가진 나비였다. 그리고 그 커다란 나비 옆에 작은 나비들이 몇 마리 더 있었다. 나비들은 하나같이 아주 긴 대롱을 가지고 있었다. 회오리무늬 막대사탕처럼. 마치 백 년은 더 산 듯 우아하고 신령스러운 자태를 갖춘 나비들이었다.

나비문신 님('미래' 아버님의 별명으로 결정했다.) 말이 맞는 것 같다. 아프리카나 아마존에서는 코도 뚫고 입도 뚫는데 문신이야 뚝딱 해치울 거라는 생각이 들었다. 원시 부족뿐만 아니라 요즘 연예인들도 자기를 표현하거나 멋내기용으로 흔하게 하고 있으니까, 조폭 아저씨들 등짝의 용 그림 때문에 생긴 문신에 대한 안 좋은 이미지도 곧 사라질 게 분명했다.

"그렇다고 너희들도 해도 좋다는 말은 아니다. 아주 나중에 후회 안 할 자신이 있을 때 그때까지 기다려야지. 너희들이 소중히 생각하는 무언가를 글이나 그림으로 몸에 새겨 두는 것도 썩 나쁘진 않아. 아트지 아트. 일종의 예술. 요리가 예술이듯이."

나비문신 님은 독특한 첫 인상만큼이나 역시 뭔가가 달랐다. 우리가 늘 보는 어른이 아니었다. 남들이 하지 말라고 여기는 금기사항을 이렇게 다르게 해석하다니 놀랍고 존경스럽기까지 했다.

"역시 우리 아빠야. 꿈보다 해석. 그냥 양아치였으면서."

알고 보니 춘장은 꽤 버릇없는 녀석인가 보다.

"뭐? 이놈 봐라. 아빠 그냥 양아치가 아니었어. 방황하는 고독한 양아치였지. 그땐 다 그런 거야. 너희들은 안 그러니? 막별일 아닌 거에 반항심이 생기고, 외롭고, 세상이 뭣 같고 그런거야. 이 나비문신만 해도 의미가 있는 거거든. 번데기에서 나비가 탄생하는 모습 본 적 있니? 흉측한 번데기 안에 나약해 보이는 애벌레가 있는 거야. 그 애벌레가 인고의 세월을 견뎌 번데기에서 나올 때는 날개가 돋고 화려한 무늬가 생기잖아. 또꽃을 찾아 어디든지 날아다닐 수 있는 그런 힘이 생기고. 나비는 그런 의미야. 훨훨 자유롭게 날아가자는 뜻."

춘장 말이 맞았다. 꿈보다 해석. 방황하는 고독한 양아치라니 나비문신 님의 입담이 장난이 아니다. 그래도 그럴듯하다. 나비문신 님은 왠지 간직하고 있는 사연이 두세 개 정도가 아니라 열댓 개는 될 것 같다. 그때였다. 내내 침묵하고 있던 조앤이 입을 열었다.

"전 매미요."

우리는 일제히 조앤을 바라봤다.

"그냥…… 매미를 보면 여러 생각이 들어요. 애벌레가 번데기에서 견디는 시간은 매미가 땅속에서 견디는 시간에 비하면 아무것도 아니에요. 매미는 날개를 갖기 위해 너무 오래 기다려야 하는 거 같아요. 좀 억울하지 않을까요?"

나는 조앤의 뜬금없는 얘기에 춘장과 나비문신 님의 눈치를 살폈다. 누가 부자지간 아니랄까 봐 둘 다 소처럼 눈을 끔벅끔벅하고 있었다. 조앤이 잠이 모자란 게 틀림없다. 아니면 더위를 제대로 먹었거나.

"날개는 이미 매미 안에 있는걸. 아예 없는 게 생기는 게 아니라 이미 유충의 디엔에이에 내재되어 있는 거야. 그걸 생각하면 견디는 게 좀 수월하지 않을까?"

별난 질문에도 친절히 대답해 주는 나비문신 님이다.

"내재되어 있다라……. 그럼 나도 요리하는 래퍼의 영혼을 이미 가지고 있겠네. 별로 걱정 안 해도 되겠는데? 그렇지 아빠?"

"넌 요리는 아직 멀었어. 그리고 네 안에 그런 영혼 나부랭이가 있는지는 잘 모르겠는데, 있다면 그게 그렇게 쉽사리 밖으로 나오진 않을 거야. 나비도 매미도 다 인고의 세월을 견디는데 넌 그냥 거저먹으려고?"

나비문신 님이 춘장에게 꿀밤을 먹였다. 알 수 없는 대화다. 우스꽝스런 광경인데 웃음이 나오질 않았다. 내 안에는 뭐가 내재되어 있을까. 그걸 어떻게 밖으로 끄집어낸다는 거지. 뭔가 매우 복잡하다.

젠장, 속은 것 같다. 이건 정말 아니다. 기차에서 내려 걸음을 뗀 지 얼마 안 돼 후회가 물밀듯 밀려왔다. 오르막이 시작되자마자 숨이 턱에 받혔다. 풍광은 눈에 들어오지도 않았다. 발걸음 하나 떼어 놓는 것도 벅찬데 경치 감상은 무슨. 춘장이 대신 배낭을 매 준다고 했지만 초반부터 떠맡기긴 싫었다. 이미 춘장의 짐에 내 짐 반을 덜은 상태다. 그래도 이건 너무했다. 오랜만에 산에 올라 경치나 즐기고 물놀이나 할 줄 알았는데 이건 지옥훈련도 아니고, 쇠고랑을 찬 것처럼 발걸음이 무거웠다.

"민희는 운동을 전혀 안 하나 봐? 그림 공부 한다며? 운동도 좀 하고 그래야지 붓 잡을 힘도 생기지."

안 그래도 속상한 마음에 나비문신 님이 불을 지폈다. 대답할 기운도 없어 그저 멍청히 웃기만 했다. 두 시간쯤 지났을까, 잠시 쉬기 위해 바위 언저리에 자리를 잡았다. 춘장이 건넨 초콜릿을 먹으니 조금은 힘이 났다. 그제야 풍광도 보이기 시작했다. 주위를 둘러보니 나무가 빽빽이 들어찬 숲 한가운데 우리가 있었다. 나무들 틈으로 내다보이는 산맥들은 마치 아마존 밀림처럼 깊고 풍성하며 짙푸르렀다. 산 중턱의 시원한 바람이 이마를 쓸고 지나가자 좀 살 것 같았다. 나는 크게 숨을 쉬었다. 가슴이 확 트였다.

조앤도 산 아래를 내려다보며 숨을 고르고 있었다. 땀이 식어서인지 얼굴이 환하고 더욱 하얘 보였다. 조앤의 그런 밝은 얼굴을 보니 이곳에 온 게 꼭 잘못된 선택만은 아닌 듯싶었다.

"자, 어서 가자. 이런 속도라면 해지기 전에 산장 도착하는 건 어림도 없겠다."

얼마 지나지 않아 나비문신 님이 걸음을 재촉하며 일어났다. 어두운 산길을 걷는다는 건 상상만 해도 끔찍했다. 젖 먹던 힘까지 내어, 아니 초인적인 힘을 내어 걷고 또 걸었다. 우리 집 마녀가 이 장면을 지켜봤다면 아마 이렇게 말했을 것이다.

"공부를 그렇게 해 봐라. 전교 일등은 따 놓은 당상이다."

안 봐도 뻔했다. 나도 그렇게 생각하니까. 생존이 걸린 문젠데 산중에서 퍼져 버릴 순 없었다. 이래 봬도 남에게 민폐 끼치는 일 없이 깔끔하게 열일곱 해를 살아왔다. 나는 이를 악물었다.

산을 오른 지 열 시간쯤 지났을까. 우리는 드디어 첫날을 묶게 될 산장에 도착했다. 하늘이 어둑어둑한 것이 곧 비가 쏟아질 것 같았다. 조금 더 늑장을 부렸다면 우리는 어둠 속에서 비까지 맞고 걸었을지도 모른다. 그러면 아마 나는 지금 이 세상 사람이 아니겠지. 빗속에서 춘장과 조앤이 내 차가운 주검을 앞에 놓고 울부짖는 모습이 눈에 선하다. 어쨌든 살아서 도착했으니 내 자신이 좀 자랑스럽다.

저녁은 나비문신 님이 손수 요리해 줬다. 따뜻한 하얀 쌀밥에 돼지고기를 숭덩숭덩 썰어 넣은 김치찌개였다. 숟가락 들 힘도 없었지만 자장면이나 짬뽕을 해 주지 않은 것에 감사하며 죽지 않기 위해 꾸역꾸역 먹었다. 나는 너무 힘이 들어 입맛도 없는데 조앤과 춘장은 입가에 발간 돼지기름을 묻히며 우걱우걱 잘도 먹는다. 아니나 다를까 나비문신 님이 나의 성의 없는 숟가락질을 보고 한 마디 했다.

"산에 와서 입맛 없어 하는 사람도 다 보네. 우리 집 며느리 되려면 대식가여야 하는데……."

너털웃음을 지으며 하는 말이었지만 듣기에 좋진 않았다. 아, 또 이곳에 온 게 후회되기 시작한다. 아무래도 나비문신 님, 미래의 아버님에게 밉보이기 좋은 상황이다. 속이 상하니 입안이 더 껄끄럽다. 원래부터 먹는 데 취미가 없는, 거식증 놀이에 빠져 있는 애라는 걸 알면 나비문신 님도 우리 아빠처럼 교제 결사반대를 외치실지 모른다.

땀에 젖은 옷을 갈아입고 아픈 다리를 쉬려니 후두둑 비가 떨어졌다. 제법 굵은 빗방울이다. 한기까지 느껴질 정도의 차가운 바람이 산장을 휘감았다. 나비문신 님은 저녁을 먹은 지 얼마 되지도 않아 옆자리에서 벌인 조촐한 술자리에 끼어들었다. 덕분에 우리에겐 우리들만의 '고딩'다운 대화가 허락됐다.

"별이 한 개도 안 보이잖아."

미간에 잔뜩 주름을 잡고 투덜거리는 사람은 나밖에 없었다.

"진짜 큰일이다. 비가 더 오면 우리는 꼼짝 못하고 고립될지도 몰라."

춘장이 수상쩍은 목소리로 속삭였다.

"야야, 그런 말 하지 마. 안 그래도 힘들어 죽겠는데."

녀석은 미안한지 뒷머리를 긁적였다.

"지나가는 비일 거야. 일기예보에 비 온다는 말은 없었거든."

"나는 비 오는 거 좋아. 산에서 비 오는 소리를 언제 들어 보겠어."

누가 『빨간 머리 앤』의 앤 아니랄까 봐 낭만적인 소리를 지껄이는 조앤이다. 순간 흰빛이 번뜩이더니 우르릉 꽈쾅 하고 천둥이 쳤다. 그 소리에 산장 안의 사람들이 모두 입을 닫았다. 아까보다 더욱 거세진 빗소리만이 산장 안을 감쌌다.

빗소리에 익숙해지자 옆자리 사람들은 천둥이 칠 때마다 종이컵을 들며 건배를 했다. 희한한 풍경이었다. 겁에 질려 있는 건 춘장과 나, 조앤뿐인 것 같았다. 아직 아홉 시밖에 안 됐으니 잠자리에 들기에도 이른 시간이었다. 우리는 창문 아래 벽에 기대어 앉아 어른들 노는 모습을 어이없는 표정으로 지켜봤다.

"춘장, 저번에 네가 한 말, 아버지한테 허락 받았어?"

"응? 뭐?"

"바보야, 패싸움, 의식 불명, 그래도 모르겠어?"

"아아, 그 얘기!"

춘장이 무릎을 탁 치더니 나비문신 님에게 다가가 귀엣말을 했다. 나비문신 님은 잠시 생각에 잠긴 듯하더니 고개를 끄덕였다. 숨기고 싶은 일은 아닌가 보다.

"무슨 얘긴데?"

조앤이 관심을 보였다. 춘장은 처음부터 다시 이야기를 해 나갔다.

"울 아빠가 소싯적에 치기가 넘쳐나 나비를 팔뚝에 새기며 돌아다닐 때였지. 싸움 좀 하셨거든. 짱까지는 아니어도 뭐 인천에서는 좀 알아줬다고나 할까."

춘장은 마치 자기가 그랬던 양 어깨에 힘을 줬다.

"할아버지는 아빠 다섯 살 때 돌아가시고 할머니 혼자 아빠를 키웠는데 정말 가난했나 봐. 보릿고개란 말을 직접 체험하며 사셨다니까."

춘장의 기나긴 이야기를 옮기면 대충 이랬다.

어린 나비문신은 커 가면서 점점 좌절감 같은 걸 느끼기 시작했다. 어머니가 아무리 고생해 일해도 입에 풀칠하기 바빴고 생활이 나아질 기미는 전혀 보이지 않았다. 중학생이 된 나비문신은 학교를 그만두고 돈을 벌려 했지만 어머니의 강경한 반대에 부딪혔다. 하지만 공부에는 취미가 없었다. 돈을 벌기에도 아직 어린 나이였다. 단 하나, 혈기는 왕성해 천지를 뒤엎을 만했다. 고등학생이 된 나비문신은 갑갑하다는 이유로 자주 싸움질을 해 댔다. 그건 상대가 싫어서라기보다는 아무것도 할 수 없는 식충이 같은 자신에 대한 분노의 표출이었다.

어느 날 나비문신은 이웃 학교에서 싸움 좀 한다는 '고딩'들과의 패싸움에 섞여 있었다. 그는 그날도 자신의 무기력함에 화가 나 각목을 마구 휘둘러 댔다. 그러다 누군가의 머리가 자신이 휘두른 각목에 맞아 퍽 하고 터졌다. 순간 그도 누군가의 쇠파이프에 어깨를 가격 당하고는 땅에 푹 하고 고꾸라졌다. 머리가 터진 이웃 학교의 고딩과 나비문신은 땅바닥에 쓰러진 채 서로 눈빛이 마주쳤다. 얼굴이 피범벅이 된 고딩은 동공이 서서히 풀리더니 그만 의식을 잃었는데, 나비문신은 그때서야 무기력한 자신을 용서할 수 있을 것 같았다.

그는 소년원에 들어갔다. 날마다 반성했고 날마다 깊은 생각에 빠졌다. 그리고 소년원에서 나오자마자 피해 학생을 찾아 갔다. 머리가 터진 학생은 그날 이후 사흘간 의식 불명에 빠졌다가 간신히 깨어났다고 했다. 언어 장애와 함께 왼쪽 팔다리에 힘을 주지 못하는 장애가 생겼지만 재활 치료로 극복해 보려고 노력하는 중이었다. 나비문신은 눈이 오건 비가 오건 피해 학생을 찾아가서 재활을 도왔다. 학생의 부모들은 처음에 나비문신을 욕하고 외면했지만 곧 그의 진심을 받아들였다. 그들은 나비문신에게 이렇게 말했다.

"네가 우리 아이와 좋은 친구가 될 자신이 있다면 너를 용서하마."

피해 학생도 나비문신처럼 엇나가기만 하는 고딩이었는데

이번 사건을 겪고 생각을 달리하게 됐다고 했다. 둘은 우연처럼 일어난 사건을 계기로 필연적인 친구가 됐다. 역시 필연적으로 피해 학생은 점차 장애를 극복할 수 있었고 다시 공부를 시작해 대학에 들어가게 되었다. 나비문신은 공부엔 자신이 없어서 인천에 있는 중국집에 취직해 주방 일을 배우기 시작했다. 둘은 방황의 시절을 함께 이겨 낸 '절친'으로 지금도 그 우정을 과시하고 있다.

"아빠를 용서하고 받아 주신 그쪽 부모님들이 정말 대단한 거 같아. 하마터면 자기 아들을 죽일 뻔했는데 말이야."

춘장이 어제 아침에 내게 무슨 말을 하려 했는지 조금은 알 수 있을 것 같았다. 하지만 나에겐 그런 넓은 마음이 없다. 부끄러웠다. 춘장보다도 조앤보다도 나는 한참 모자라다. 아마 나도 어린 나비문신이 그랬던 것처럼 내 자신에게 화가 나 있는지도 모르겠다. 답답하고, 갑갑하고, 내 속에 무언가가 항상 끓고 있는 느낌이니까. 그래서 예전보다 더 화를 많이 내고 부정적으로 생각하는 걸지도 모른다.

밤이 깊을수록 빗소리는 점점 잦아들었다. 내일은 맑게 개려나 보다. 팔다리가 욱신대는데 이상하게 머리는 맑았다. 코 고는 소리가 여기저기서 들렸다. 조앤도 옆에서 쌕쌕거리며 잠을 자고 있다. 나는 잠든 조앤의 손을 가만히 잡았다. 내내 귀를 쫑긋 세우고 춘장의 이야기를 듣던 조앤은 아무 말도 하지 않았다. 아마도 조앤은 수학의 성추행 사건을 이미 마음에서 쫓아냈을지도 모른다. 비워 버린 마음에 그보다 더 큰 상처가 들어앉아 있지만 말이다. 나는 눈을 말똥말똥 뜬 채 여러 가지 생각에 잠겼다. 아주 운치 있는 밤이었다.

다음 날도 열 시간 넘게 산행을 했지만 첫날보다는 수월했
다. 고도가 높아질수록 산중은 깊어졌고 더욱 조용해졌다. 지나
가다 마주치는 사람들은 우리들에게 "힘내라.", "장하다."란 말
을 자주 해 줬다. 산을 오르는 동안 고등학생으로 보이는 사람
들은 우리밖에 없었다. 모두들 부러운 눈으로 쳐다봤고, 배낭에
서 치즈나 사탕 같은 것을 꺼내 손에 쥐어 줬다. 나비문신 님은
우리 중에 제일 힘이 넘쳐났다. 춘장은 그런 아빠를 정말 자랑
스러워하는 것 같았다. 아니 존경하는 것 같았다. 조앤과 나는
춘장의 그런 모습을 보며 씁쓸하게 서로를 바라봤다. 아빠를 자
랑스러워한다는 건 어떤 느낌일지 정말 궁금했다.

부드러운 검은 공단에 우윳빛 하얀 강이 흐른다는 게 적당한
표현일까? 별들은 정말로 그렇게 흐르고 있었다. 어제에 비하
면 정말 환상적인 날씨다. 밤하늘이 이처럼 맑을 수 있다는 것
도 처음 알았다. 쏟아질 것처럼 크고 환하게 빛나는 별들 때문
에 잠드는 게 아까울 정도였다. 우리는 산장 난간에 기대어 눈
이 시릴 정도로 별들을 보고 또 보았다.

"그런데 산에 간다고 집에서 뭐라 안 그래? 물론 나랑 간다
고는 말 안 했겠지?"

춘장의 말에 별들이 갑자기 빛을 잃었다.

"무, 물론 안 했지. 그냥 반 친구라고 했어. 부모님도 같이
간다고 했더니 별말 없으셨어."

나는 아무렇게나 둘러댔다. 집 나온 지 이틀째다. 휴대전화

는 당연히 꺼 놓았다. 지금쯤 아빠와 마녀는 쪽지를 진즉에 발견하고 나를 찾기 위해 사방팔방에 연락을 했을 것이다. 아니다. 창피해서라도 딸년이 가출한 걸 그렇게 동네방네 알리진 못할 사람들이다. 하여튼 걱정은 하겠지. 점점 자신이 없어졌다. 워낙 차가운 이성의 소유자들이라 가출 같은 것으로는 꿈쩍도 안 할지도. 그때 조앤이 춘장에게 이렇게 말했다.

"우리 집은 신경 쓰지 마. 우리 아빠 내가 하루 정도 없어져도 눈치도 못 챌걸."

"설마, 그럼 엄마는?"

아차, 춘장에게 조앤의 엄마 얘기를 해 준 적이 없었다. 녀석에게 속눈썹을 깜박거리며 신호를 보냈다. 녀석은 휘둥그레 뜬 눈으로 왜 그러느냐는 눈빛만 다시 돌려보냈다. 눈치로 엿 팔아먹은 녀석이다.

"나 엄마랑 같이 안 살아."

조앤이 덤덤한 목소리로 말했다. 나는 춘장의 발을 살짝 지르밟아 줬다. 그제야 물어볼 질문이 아니라는 걸 깨달은 춘장은 정말로 조앤을 위로하기 위해 꺼낸 말인지, 아니면 조앤의 염장을 더 지르기 위해 꺼낸 말인지 몰라도 이렇게 얘기했다.

"나도 엄마 없어. 워낙 어렸을 때 돌아가셔서 사진으로만 엄마를 기억해."

조앤이 씁쓸한 표정을 지었다. 나는 눈을 부라리며 춘장을 노려봤다. 녀석은 아랑곳하지 않고 중얼거렸다.

"난 엄마랑 같이 안 살아도 좋으니까 우리 엄마가 살아만 있었으면 좋겠다."

그리고 다시 이렇게 말했다.

"우리 엄만 날 낳고 갑자기 몸이 허약해지셨대. 그 말 듣고부터는 엄마한테 너무 미안해. 나 때문인 거 같아서."

이런 아름답고 황홀한 별밤에 할 말들이 아니었다. 우리들은 잠시 침묵 속에 휩싸였다. 우리 엄마는 사람이 아니고 마녀야, 하고 나도 외치고 싶었지만 사태를 더 악화시킬 것 같아 참기로 했다.

산중의 날씨는 정말 변덕스러웠다. 아침에 정상에 올라 일출을 보려 했지만 새벽부터 또다시 비가 추적추적 내리더니 하산할 때가 돼서야 얄밉게 그쳤다. 하산은 첫날만큼 힘들었다. 아무리 내려와도 평지가 보일 것 같지 않았다. 하지만 땅이 어디로 달아나지는 않았나 보다. 우리는 저녁때가 다 돼서야 마침내 평지에 다다랐다. 산 아래 벤치에 앉아 춘장은 내 다리를, 나비 문신 님은 조앤의 다리를 주물러 줬다. 우리만 안마를 받는 게 좀 미안했지만 조앤과 나는 누구를 주무를 만한 기운이 남아 있지 않았다.

"수고했다, 애들아. 올 여름에 아주 좋은 추억을 남겼구나."

나비문신 님이 인자한 미소로 우리들을 격려했다. 뻐근한 다리가 서서히 풀리면서 기분이 상쾌해졌다. 무엇보다 종아리를 주무르는 춘장의 손길이 정말 따뜻하고 편안했다. 누군가에게 사랑받고 있다는 느낌이란 이렇게 편안하고 아늑한 것이구나 하고 은근히 감탄했다.

벤치에서 일어나 산을 떠나면서 나는 마지막으로 뒤를 돌아다봤다. 거대하고 웅장한 산이 그곳에 있었다. 사흘간이나 저 속에 있었다는 생각을 하니 뿌듯하고 기뻤다. 모두 첫날보다 가무잡잡하게 그을린 얼굴이었다. 하지만 조앤도, 춘장도, 나비문신 님도 얼굴에서 정체 모를 빛이 나는 것 같았다. 뭔가 달라진 느낌이었다.

8. 스무 살만 돼 봐라

"너 마음 안 변했지?"

조앤은 가만히 고개를 끄덕였다. 차창 밖에는 어둠이 밀려 들고 있었다. 서울에 도착하면 늦은 저녁 시간이 될 것이다. 조금 걱정이 됐다. 오늘 잠깐 켜 본 휴대전화엔 마녀의 음성이 여러 차례 녹음되어 있었다. 잘 있으니 걱정 말라는 문자를 보내고 다시 휴대전화의 전원을 껐다. 마녀의 목소리는 냉랭했지만 자주 떨렸다. 자꾸 고개가 숙여졌다. 나쁜 일을 저지르고 있다는 생각에 금세 소심해지다가도 왠지 모를 오기가 불끈 솟아올랐다. 나는 조앤의 귀에 대고 다시 한 번 속삭였다. 춘장과 나비문신 님은 세상모르게 자고 있었다.

"오늘 어디에서 잘 생각이야?"

귀가 간지러운지 조앤이 웃음을 참으며 몸을 움츠렸다.

"찜질방 가자."

조앤도 귓엣말을 했다. 간지러운 소리에 나도 몸을 움츠렸다.

"어떻게 들어가? 서울 도착하면 열 시 정도 될 텐데."

"저번에 그냥 들여보내 준 곳 알아. 사복 입고 좀 어른스럽게 하고 가면 확인 잘 안 하더라고. 너는 사촌 동생이라고 하자. 난 대학생이고."

"그래, 그런데 자존심 되게 상하네."

저절로 입이 삐쭉거려졌다. 갑작스러운 고된 산행 때문에 몸이 여기저기 삐걱댔고 다리도 퉁퉁 부었다. 이런 날은 피시방보다야 역시 뜨끈뜨끈하게 몸을 지질 수 있는 찜질방이 낫다. 조앤처럼 성숙한 얼굴이라면 옷만 조금 어른스럽게 입어도 어디든 통과될 수 있을 거다. 게다가 조앤은 앞머리도 길게 길러서 뱅 스타일의 내 머리 모양과는 다르게 이십대 초반의 청순한 분위기가 풀풀 풍겼다. 이럴 때를 대비해서 나이 들어 보일 만한 옷을 준비하긴 했다. 오늘밤은 조앤에게 맡기자. 나는 불안한 마음을 다독이며 잠을 청했다.

기차가 서울에 도착했을 때 우리는 모두 녹초가 되어 있었다. 하지만 이상하게도 서울에 도착하자마자 다시 산이 그리워졌다. 마치 산을 떠나온 지 한참이나 된 듯한 기분이다. 오늘 아침의 일이 벌써 추억이 되어 아련하게 떠올랐다. 정신 차려, 하민희. 머리를 절레절레 흔들었다. 이럴 때가 아니다. 춘장을 따돌려야 했기 때문이다. 나비문신 님이 명령한 것도 있었지만 춘장도 걱정이 되는지 우리들을 바래다주겠다고 적극적으로 나섰다. 나는 조앤과 잠깐 들를 곳이 있다며 춘장의 배려를 사양

했다.

"지금 이 시간에?"

"응, 조앤네 사촌 언니가 대학생인데 독립해서 이 근처에 혼자 살아. 우리 거기 놀러 가기로 했어."

"그럼 거기까지 데려다 줄게. 지금 너무 늦었어."

춘장에게는 가끔 완력이 필요했다. 나는 아주 가까운 거리라며 억지로 녀석의 등을 떠밀었다. 결국 춘장과 나비문신 님은 미심쩍은 표정을 버리지 못한 채 집으로 향했다.

배낭은 지하철 보관함에 맡기고 필요한 물품만 빼낸 우리들은 화장실로 갔다. 블라우스와 에이치라인 스커트로 갈아입은 조앤은 회사에 갓 입사한 신입사원 같았다. 나는 조앤을 끌고 가까운 화장품 숍에 들어가 옅은 화장을 해 줬다. 조앤은 또다시 변신하여 이제 신입사원이라기보다는 드라마에 갓 출연하는 신인 배우처럼 풋풋하고 아름다워졌다.

"사촌 동생이에요."

거짓말을 잘 못하는 조앤의 어색한 말투에도 불구하고 데스크에 있는 아저씨는 나를 향한 의심의 눈초리를 금세 거두었다. 이런 식이라면 여관이나 모텔도 무사통과될 게 뻔했다.

밖은 무더운 여름밤이었지만 우리들은 뜨거운 욕탕에 몸을 담갔다. 딱딱하게 굳은 다리 근육과 배낭을 짊어졌던 어깨 근육이 노곤노곤하게 풀렸다. 할머니들이 내는 신음 소리가 저절로 입에서 흘러나왔다.

"에구구, 시원해라. 뜨거운 물속에서 시원하다는 말을 하게 될 줄 누가 알았겠냐."

"할머니 같아. 그러지 마."

조앤이 키득거리며 물을 튀겼다.

"이제 진짜 시작이네, 우리."

"응, 뭐? 아, 그래. 그러네."

"좋다! 집에 안 가니까."

"우리끼리 평생 이렇게 여행하면서 살았으면 좋겠다."

냉탕으로 옮겨 몸을 담그자 살갗이 오돌오돌해지는 것이 정신이 번쩍 들었다. 조앤이 물속으로 잠수했다가 요란한 소리를 내며 밖으로 나왔다. 차가운 물방울을 매단, 화장이 다 지워진 조앤의 얼굴은 내 또래다운 앳된 모습이었다.

어른들 눈에 띄지 않는 구석진 곳에 잠자리를 마련했다. 수경이는 이런 식으로 이틀간이나 찜질방에 머문 적도 있다고 했다. 아침과 저녁에 청소하는 종업원들 눈만 피하면(화장실에 들어가 있거나 안마 의자에 앉아 수건으로 얼굴을 가리고 있거나) 새로 온 손님으로 가장해 또 하루를 보낼 수 있다는 것이다. 물론 길게 하면 꼬리가 잡히겠지만.

수면실 한구석에 자리를 잡은 우리들은 가열차게 코를 고는 한 아줌마의 방해에도 불구하고 꿀 같은 잠을 잘 수 있었다. 산장에서는 깊은 잠을 잘 수가 없었다. 아무래도 잘 씻지도 못하고 누워 있으려니 팔다리가 천근만근인데도 잠이 들기까지는 시간이 오래 걸렸다. 이틀 동안 그렇게 잤으니 오늘은 천둥이 쳐도 상관없을 것 같았다. 코 고는 소리야 산장에서 아저씨들이 고는 소리에 비하면 말할 것도 없었다.

한참 자고 있는데 윙윙거리는 청소기 소리가 들렸다. 마녀가 오늘 아침에는 새벽부터 일어나 청소를 하는구나, 하고 짜증스럽게 몸을 웅숭그릴 무렵 누군가가 어깨를 흔들었다.

"민희야, 일어나. 우리 얼른 숨어야 해."

속삭이는 소리에 마지못해 눈꺼풀을 들어올렸다. 황토벽에 기대어 앉은 조앤이 초조하게 내려다보고 있었다. 그제야 내가 있는 곳이 내 방이 아니라 찜질방 수면실임을 깨달았다. 우리는 주섬주섬 수건이며 소지품을 주워 들고 청소기를 돌리는 아줌마의 눈을 피해 화장실로 도망쳤다.

"야, 이거 꽤 불편하고 짜증난다."

나는 잠에서 덜 깬 목소리로 투덜거렸다. 눈을 비비며 눈곱을 떼어 내던 조앤이 나를 보고는 키득거렸다.

"야, 네 얼굴 봐. 좀비다, 좀비."

"칫, 네 얼굴은 어떻고. 네 얼굴은 호빵이다."

화장실 한켠에 붙어 있는 조그마한 세면대 거울에 얼굴을 비춰 봤다. 피곤에 쩐 모습이 이런 모습이려니 생각됐다.

아줌마들이 커다란 텔레비전이 있는 중앙 홀의 매트와 베개들을 정리하고 있을 때 우리는 청소가 끝난 수면실로 재빨리 돌아갔다. 그러고는 또 잠이 들었다.

점심때가 되니 배가 고파 잠을 이룰 수가 없었다. 시계를 보니 열두 시가 다 되어 있었다. 뭐라도 먹어야 했다. 우리는 라면 두 그릇을 주문한 후 앞으로의 거처에 대해 의논했다.

"아무래도 오늘도 여기 있어야겠지?"

"응, 피곤도 안 풀리고……. 특별한 계획도 없이 돌아다니기엔 너무 더울 거 같아."

"내일은 어디 지방으로 떠 버릴까?"

"어디?"

"나도 몰라. 그냥 여행 같은 가출이 우리 목적이니까."

"그러려면 돈이 더 필요해."

"한 일주일 정도만 하는 알바 구하자."

"그런 게 있을까?"

"구해 봐야지 뭐."

"오늘은 여기서 더 쉬고 내일 나가서 알아보자."

떡라면과 치즈라면이 모락모락 김을 피우며 나왔다. 나는 라면 가락을 입에 넣고 우물거리다 살짝 조앤의 마음을 떠봤다.

"너 방학 끝나기 전엔 돌아갈 거지?"

"……."

창피했다. 호기롭게 나올 때는 언제고 자꾸 걱정이 됐다. 보충수업이 보름쯤 후부터 시작된다. 그 전에는 들어가겠지 하고 생각했는데 조앤은 그럴 것 같지 않다. 가출에 대한 내 계획은 어떻게든 경비를 마련해 여행을 떠나는 거였다. 그것도 길지 않게 잠깐 콧바람을 쐬는 거였는데, 집 나온 첫날부터 지리산 종주를 하고 나니 원대했던 계획이 좀 시들해지는 느낌이다. 그런데 조앤은 정말 영원히 집에 안 들어갈 기세다. 내게 가출이 일종의 시위 정도라면 조앤에게 가출은 오히려 살기 위한 방편처럼 보였다. 하지만 너무 위험했다. 어떻게 하든 개학 전에 조앤을 데리고 집으로 돌아가야 한다. 그러기 위해선 집을 나와 있는 동안만이라도 조앤이 스트레스를 맘껏 풀어야 할 텐데.

"조앤! 우리 별로 돌아가자."

"응?"

"안드로메다로 돌아가자고. 지구는 잊어버리고."

"웬 실없는 소리야."

조앤은 심드렁한 표정을 지으며 그릇째 들고 라면 국물을 마셨다.

"농담이고, 알바해서 우리의 아름다운 별, 제주도에 가자고."

"정말?"

"응!"

"대찬성!"

조앤이 오른팔을 번쩍 들어올렸다. 유쾌하게 하이파이브에 응한 나는 라면 한 젓가락을 크게 떠서 조앤의 그릇에 놓았다. 여전히 입안이 껄끄러웠다. 그래도 적당히 허기만 채우면 되는 내 짧은 입맛이 가출에는 제격이다. 적어도 돈은 덜 들 테니까. 정어리 통조림을 바닥까지 맛있게 핥는 고양이처럼 조앤은 후루룩대며 라면을 남김없이 먹었다. 씩씩해 보여 좋았다. 조앤과 함께라면 밀항선이라도 탈 수 있을 것처럼 나는 다시 기분이 좋아졌다.

다음 날 우리는 전혀 다른 사람들인 것처럼 옷을 바꿔 입고 머리 모양도 다르게 하여 찜질방 밖으로 빠져나왔다. 복날도 아니었지만 삼계탕 집에서 아침 겸 점심을 먹었다. 더운 날씨에 돌아다니며 아르바이트를 구하려면 우선 기운이 있어야 했다. 나는 반 마리로 깨작거렸고 조앤은 살진 닭 한 마리로 온전하게 보양했다. 조앤이 대식가라는 것은 가출하고 나서야 깨달은 점이다. 저렇게 먹고 살도 안 찌니 신이 내려 주신 몸이다.

아르바이트는 편의점이나 피시방이 좋을 것 같았다. 에어컨이 하루 종일 시원한 냉기를 내뿜어 주고, 유통기한이 몇 시간밖에 지나지 않은 김밥이나 우유로 끼니를 때울 수도 있으니까 말이다. 최대한 집에서 멀리 떨어진 곳으로 가기 위해 우리는 무작정 지하철을 탔다. 목적지는 대학가 주변이다. 번잡한 곳이라면 우리를 위한 일자리도 분명 있을 것 같았다. 지하철에서 내리니 거리는 뙤약볕 때문에 우리가 방금 탈출해 나온 찜질방과 다름없었다. 날씨 때문에 잠시 맥이 빠졌지만 곧 힘을 내어역 주변 편의점이나 피시방을 둘러봤다.

일자리를 구하는 것은 쉽지 않았다. 아니 생각보다 훨씬 어려웠다. 편의점에서는 술, 담배를 판매하기 때문에 미성년자를 뽑지 않는 곳이 대부분이었고, 생각해 보니 잠자리도 문제였다. 사천 원 조금 넘는 시급을 받아 매일 여관이나 찜질방에서 잘수도 없는 일이었다. 게다가 피시방은 들어가는 곳마다 보호자동의서를 요구했다. 가출한 사람한테 별걸 다 요구한다. 물론우리가 집 나온 사정을 모르겠지만, 설마 정말로 가출한 학생들처럼 후줄근해 보이거나 비행청소년처럼 보이는 건 아닐 거라며 조앤과 나는 서로를 위로했다.

한 시간도 안 돼 다리가 아파 왔다. 이글거리는 태양은 여전히 머리 위에 있었다. 선크림을 챙기길 잘했다는 생각이 저절로 들었다. 안 그랬다면 해변도 아닌 길거리에서 흉측하게 '선탠 되는' 일이 발생했을 것이다. 시간이 지날수록 '주방 아줌마구합니다. 숙식 제공'이란 글이 부러워지기 시작했다. 아줌마가 아닌 게 억울할 정도였다.

저녁때가 다 돼서는 거의 포기 상태에 이르렀다. 북적대는 거리를 지나 어딘지도 모를 주택가에 다다랐을 때였다.

"저기 치킨 집에 물어볼까?"

"치킨 집? 튀김 기름 때문에 더울 텐데."

내 말에 조앤이 걱정스러운 얼굴을 했다.

"그럴까? 그래도 일자리는 구해야 하잖아. 에어컨 나오겠지. 내가 물어볼게."

급기야 나는 용기를 내어 그 치킨 집에 들어갔다. 동네 치킨 집 치고는 꽤 넓은 홀이 있어서 장사가 잘될 것처럼 보였다. 아직 이른 저녁이어서 그런지 홀에는 아무도 없었다.

"저기요, 혹시 아르바이트생 안 구하시나요?"

헤어밴드를 하고 머리를 묶은 한 남자가 땀범벅이 된 얼굴을 하고서는 주방에서 고개를 내밀었다. 그러더니 우리를 위아래로 훑어보았다. 주인인 듯한 남자는 쭈뼛거리는 우리를 보고는 단번에 왜 이곳에 와 일자리를 구하는지 알겠다는 표정을 지었다.

"알바 구한다는 광고도 안 붙였는데……."

"아, 그냥 혹시나 해서요. 안 구하나요?"

지푸라기라도 있으면 잡고 싶은 심정으로 나는 물러서지 않았다. 그때 부릉거리며 오토바이가 가게 앞에서 멈춰 서더니 배달하는 사람으로 보이는 남자가 성큼성큼 걸어 들어왔다.

"씨발, 늦게 왔다고 어찌나 지랄하던지."

카운터 위에 헬멧을 벗어 던지며 남자는 느닷없이 욕을 내뱉었다. 순간 머리가 쭈뼛 서는 것이 이곳을 나가야 할지 주인의 대답을 들어 봐야 할지 판단이 서지 않았다. 게다가 오토바이 남자가 호기심이 가득한 눈빛으로 우리를 훑어보기 시작했다.

"서빙할 사람이 필요하긴 한데, 대학생 아니지? 학생증 있어?"

주인 남자가 남색 앞치마에 손을 문지르며 다가왔다.

"대학생 맞아요. 학생증은 집에 놓고 왔는데……."

나도 모르게 말끝을 흐렸다.

"대학생 아니면 어때서? 안 그래요?"

오토바이 남자가 희번덕거리는 눈으로 관심을 보였다.

"네, 근데 정말 대학생 맞아요……."

또 말끝이 꼬리를 내렸다. 조앤은 내 손을 꼭 잡더니 나가자는 신호를 보냈다.

"아직 고등학생 같은데 뭘. 넌 가만 있어. 가출이라도 한 애들 쓰면 청소년 보호법 위반인 거 몰라? 괜히 골치 아파진다고."

오토바이 남자가 우리 곁으로 다가서려 하자 주인 남자가 막아섰다.

"아이고, 스무 살 아가씨라 해도 믿겠구만. 그땐 운이 없어서 걸린 거였지. 이 아가씨들은 조숙하게 생겼는데."

오토바이 남자가 코웃음을 치며, 막아 선 주인 남자를 밀어냈다. 그러고는 팔을 뻗어 손끝으로 조앤의 볼을 톡 하고 건드렸다. 더 이상 있을 곳이 아니었다. 조앤이 팔목을 강하게 잡아

171

끌었다.

"됐어요. 그냥 갈게요. 가자, 민희야."

치킨 집을 나와서도 마음을 놓을 수가 없었다. 오토바이 남자가 쫓아 나와서는 자꾸만 불러 댔기 때문이다.

"어이, 아가씨들! 우리 알바 필요하다니까!"

우리는 무작정 달리기 시작했다. 백 미터 이상은 뛰어왔는데도 조앤은 멈추려고 하지 않았다. 나는 앞서 달리고 있는 조앤의 셔츠 끝을 가까스로 잡아챘다.

"야, 됐어. 이제, 그놈, 안 보여."

숨이 차서 헐떡거리느라 말도 제대로 안 나왔다.

"재수, 없는, 새끼."

조앤도 숨을 헐떡였다. '새끼'라니, 조앤한테서 처음 듣는 욕인 것 같다. 아무튼 내가 하고 싶은 욕을 대신 해 줘서 속은 시원했다.

근처 패스트푸드점에서 간단히 저녁을 먹고 우리는 다시 길을 나섰다. 야간 아르바이트를 구하는 피시방은 꽤 됐는데 하나같이 우리를 위아래로 훑고는 퇴짜를 놓았다. 아무래도 조앤 혼자면 모르겠지만 내가 옆에 있는 한은 가출한 티가 단단히 나는 것 같았다. 게다가 잠자리를 해결하기 위해 야간 아르바이트를 구한다는 것을 사장들은 다 알고 있었다. 여자애들이 뭐 하러 집을 나왔냐며 퉁을 놓는 사람들도 많았다. 그럴 때마다 나는 기분 나쁜 무기력에 빠져들었다. 하고 싶은데, 할 수 있는데, 의지만으로는 어느 것 하나 마음대로 되는 것이 없었다. 미성년자인 것이 억울해 죽을 지경이다. 어른 같은 거 되기 싫다고 생각했는데, 하루빨리 성인이 되고 싶다.

"스무 살만 돼 봐라. 보란 듯이 복수해 버릴 거야!"

나는 악에 받쳐 소리를 질렀다.

"어떻게?"

조앤이 배꼽을 잡으며 웃었다.

"찜질방이건 피시방이건 저녁 열 시 땡 치면 신분증 당당히 들고 들어갈 거고, 술집이든 카페든 하고 싶은 아르바이트도 다 해 볼 거고, 우리처럼 방황하는 영혼들 보면 돈도 쥐어 주고 맛있는 것도 사 주고 그럴 거야!"

"난 또 뭐라고. 별거 아니잖아."

"왜 별게 아니야. 우리가 이렇게 힘든 이유가 뭔데. 다 우리가 미성년자여서 그런 거잖아. 이렇게 채용도 안 해 주고 거리로 내몰면 청소년 보호가 돼? 가출한 애들이 돈 벌고 잘 곳은 있어야 할 거 아냐!"

정말로 분한 기분이 들었다. 새는 새장에만 살지 않는다. 엄연히 산이며 바다며 세상을 날아다닐 자유가 있다. 학생이라고 집과 학교만 오가라는 법 있나. 우리도 새장을 탈출해 혼자 힘으로 세상을 살아갈 의지도 능력도 있단 말이다.

"민희야, 정우 선배가 오늘 휴대전화에 음성 녹음 해 놨는데…… 갈 데 없으면 자기 아지트에 오라고."

"아지트? 무슨 아지트?"

난데없이 조앤이 송정우 선배 이야기를 꺼냈다.

"미대 다니는 선배들이 공동으로 얻은 작업실인데, 정우 선배가 친구들이랑 자주 가서 편하게 지내는 곳인가 봐."

"너 우리 가출한 거 얘기했어?"

조앤이 무표정한 얼굴로 고개를 끄덕였다. 별로 탐탁지 않았다. 분명 술 마시고 담배 피우고 난장판일 게 뻔했다. 그냥 조앤과 단 둘이 제주도에 다녀오는 것으로 가출을 일단락하고 싶었다. 나는 싫은 내색을 드러내 놓고 했다.

"나는 좀 그렇다. 남자들도 많을 것 같고. 나 그 선배 별로 안 좋아하는 거 너도 잘 알잖아."

"……."

"그냥 우리끼리 지내자. 내일은 알바 자리가 분명히 있을 거야."

조금 냉정하게 말한 것 같아서 일부러 밝은 목소리로 애원했다. 조앤은 어쩔 수 없다는 듯 고개를 끄덕였다.

"그래, 네가 싫다는데 얘기 끝난 거지 뭐."

하지만 다음 날도 또 다음 날도 일자리를 찾지 못할 줄은 정말 몰랐다. 우리는 점점 더 지쳐 갔다. 가진 돈도 바닥을 드러냈다. 밥값을 절약하기 위해 백화점이나 대형마트 시식 코너를 몇 바퀴째 도는 굴욕도 겪어야 했다.

닷새째 되는 날에는 불시에 이루어진 미성년자 검문에 걸려 새벽 한 시에 찜질방에서 쫓겨났다. 최악의 상황이었다. 경찰서로 보내겠다는 주인의 으름장에 우리는 집이 근처라면서 꼭 들어가겠다고 약속하고 허겁지겁 찜질방을 나왔다. 하지만 갈 곳을 정하지 못해 찜질방이 있는 골목 어귀에서 한참이나 우두커니 서 있어야 했다. 주머니에서 만져지는 거라곤 짤랑거리는 동전뿐이었다. 그나마 여름이어서 다행이었다. 겨울에 집을 나오지 않은 것에 감사하며, 우리는 사람들이 많이 지나다니는 쇼핑몰 근처 공원에서 밤을 지새우기로 결정했다. 공원으로 향하는 발걸음이 저절로 털썩거렸다.

새벽녘인데도 다행히 공원에는 사람들이 있었다. 커피를 마시며 얘기를 나누고 있는 젊은 커플 한 쌍과 위태롭게 앉아 고개를 기역자로 주억거리고 있는 취객 한 명이 보였다. 그리고 우리처럼 집을 나온 건지 모르겠지만 집에 들어갈 생각이 없어 보이는 대여섯 명의 남자애들이 화단에 둘러앉아서 담배를 피우고 있었다. 차가 다니는 도로 근처인데도 정작 공원의 조명은 그리 밝지 않았다.

"나 화장실 좀 다녀올게."

조앤이 일어나더니 공원 화장실로 향했다.

"나도 따라갈게."

"……사실 정우 선배랑 할 얘기가 좀 있어서. 금방 올게."

무슨 얘긴지 궁금했지만 상대가 정우 선배라면 따라가고 싶지 않았다.

삼십 미터쯤 앞에서 조앤이 화장실로 들어가는 것이 어렴풋이 보였다. 나는 무심코 주위를 둘러봤다. 커플 한 쌍은 어디론가 가고 보이지 않았다. 그때였다. 화단에 앉아 있던 남자애들 중 두 명이 일어나더니 조심스럽게 취객에게 다가갔다. 한 명은 주위를 두리번거리며 망을 봤고 다른 한 명은 취객 옆에 앉았다. 무슨 일인가 싶어 지켜보던 나는 황급히 고개를 돌렸다. 분명 남자애의 손이 취객의 양복 주머니로 들어갔다. 게다가 망을 보던 아이와 눈이 마주쳐 버렸다. 무서운 마음에 황급히 자리에서 일어나려고 하는데 화단에 앉아 있던 나머지 애들이 모두 나를 보고 있었다. 설상가상이었다. 심장이 요동쳤다. 볼 것 없이 무조건 도망치는 게 좋겠다는 판단이 0.1초 안에 내려졌다. 그렇게 막 달음질치려는 찰나였다. 나는 운이 좋은 편이 아닌가 보다.

"어딜 가려고?"

한 아이가 쏜살같이 달려와 내 앞을 막아섰다. 얼굴은 어려 보였지만 하는 행동으로 보아 좀처럼 나이를 짐작할 수 없었다. 나랑 비슷한 나이인 것도 같고 나보다 어린 것도 같았다.

"지, 집에 가려고요."

막아선 애를 피해 비켜서자 이번에는 또 다른 애가 팔을 붙들고는 놓아주지 않았다.

"아까 한 명 더 있던데 걘 어딨어?"

"모, 몰라요."

"모르긴 뭘 몰라. 맞고 말할래?"

뒤에서 구경만 하던 애가 주먹을 쳐들었다. 그러자 내 팔을 붙잡고 있는 애가 달래듯 말했다.

"그냥 같이 놀자는 것뿐이야. 집 나온 거 맞지? 그럼 잘 데도 없겠네."

"그런 거 아니에요. 집에 갈래요."

나는 둘러싸고 있는 남자애들 사이를 비집고 나가기 위해 몸을 비틀었다. 하지만 아무 소용이 없었다. 우악스런 힘이 팔을 놓아주지 않았다.

"어딜 가려고? 넌 애랑 같이 있던 여자애 찾아봐."

주먹을 쳐들던 애가 내 얼굴로 바싹 다가서며 말했다. 그러자 팔을 잡고 있던 남자애가 그제야 내게서 물러났다. 갑작스럽게 남자애들에게 둘러싸인 나는 고개를 푹 숙인 채 거의 실신지경의 상태가 되었다.

"돈 가진 거 있어?"

바싹 다가선 애가 양손으로 어깨를 잡고는 억지로 날 벤치에 앉혔다.

"없어요. 아무것도."

"너 집 나온 거 맞구나. 야, 이 가방 뒤져 봐."

그 말에 또 다른 남자애가 가방을 뒤지기 시작했다. 그때였다. 깨어날 기미가 보이지 않던 취객이 혀 꼬부라진 소리로 외쳤다.

"네가 뉘구야? 잇봐라, 어라, 어딜 만쥐는 거어야!"

그러자 취객의 양옆에 앉아 주머니를 뒤지던 남자애 둘이 황급히 일어났다. 그러고는 자기들도 당황했는지 취객을 화단 쪽으로 세게 떠밀었다. 술에 취한 아저씨는 벌러덩 뒤로 나자빠지며 "아이쿠." 하고 비명을 질렀다.

"야, 건졌어. 어서 튀자."

남자애 둘이 황급히 뛰어오며 소리쳤다. 조앤과 내 가방을 뒤지던 애는 지갑에서 천 원짜리 몇 장을 빼들고는 가방을 멀리 집어던졌다.

"이년 정말 아무것도 없는데. 에이, 재수 없어."

그 말과 동시에 나는 벤치 뒤로 고꾸라졌다. 누군가에게 가슴을 걷어차였기 때문이다. 고통 때문에 저절로 몸이 웅크려졌다. 너무 아파서 비명조차 나오지 않았다. 반면 지갑을 털린 아저씨는 여전히 술이 덜 깬 어눌한 혀로 "뒈, 뒈둑이야!" 하고 소리쳤다.

"얘, 집 나온 거 같은데 데려가자."

"저기 사람들 와. 그냥 가자."

뒤로 물러선 남자애들은 자기네들끼리 몇 차례 더 욕을 해 대더니 어디론가 재빨리 사라졌다. 나는 일어나려고 몇 번이나 움찔거려 보았다. 입술을 달싹거렸지만 목소리도 나오지 않았다. 얼마 후 조앤이 나를 발견하고는 안아 일으켰다.

"무슨 일이야? 너 어디 다친 거야? 저 아저씨가 소리치는 거 들었는데, 아까 옆에 있던 남자애들이 무슨 짓 했어?"

조앤이 계속해서 질문을 해 댔지만 대답할 수가 없었다. 취객 아저씨는 휘청거리며 일어나더니 방금 전 상황이 믿기지 않는지 자꾸만 주위를 두리번거렸다. 그러고는 비틀거리며 대로로 나가서는 택시를 잡으려는 듯 손을 치켜들었다. 칼로 베는 듯한 통증이 잦아들고 숨을 제대로 쉴 수 있게 되자 나는 조금씩 정신이 차려졌다. 자초지종을 알게 된 조앤은 병원에 가야 한다며 나를 부축하려 했다.

"지금 시간엔 병원에 가도 응급실 가야 해. 그 정도로 아프진 않아. 걸을 수도 있고."

울먹이며 허둥거리는 조앤을 진정시켜야 했다. 응급실이든 어디든 몸을 누이고 싶었지만, 그렇다고 새벽 시간에 집에 갈 수도 없는 일이었다.

"안 되겠어. 진동이한테 전화하는 수밖에."

조앤이 결연한 표정으로 말했다.

"안 돼. 쪽팔린단 말이야. 이제껏 연락 한 번 안 했는데……."

하지만 나는 조앤이 휴대전화의 전원을 켜고 춘장에게 전화하는 것을 결국 막을 수 없었다. 딱히 좋은 생각이 떠오르지 않았기 때문이기도 하지만, 지금만큼 춘장이 보고 싶은 적도 없었기 때문이기도 했다.

새벽 세 시쯤, 우리는 춘장에 의해 호호반점으로 끌려왔다. 자기 집으로 끌고 가려는 것을 간신히 말려서 온 거다. 차마 나비문신 님에게 이런 모습을 보여 드릴 수는 없었다. 호호반점의 문을 열고 춘장은 벽을 더듬어 전등을 켰다. 오렌지빛으로 환해진 홀에서 알싸한 양파 냄새가 배어 나왔다.

춘장은 무척 화가 나 있었다. 우리가 산에 오르기 전부터 가출을 결심했던 것과 그동안 지내온 이야기 그리고 조금 전에 일어났던 불미스러운 사건을 다 들은 뒤, 춘장은 이곳까지 오는 동안 아무 말도 하지 않았다. 특히 나와는 눈도 마주치지 않았다. 그동안의 상황을 거짓말로 둘러대려 했는데, 내겐 말할 틈도 주지 않고 조앤을 심문한 결과였다.

호호반점은 그리 큰 음식점은 아니었지만 꽤 고풍스럽고 아늑한 분위기였다. 원탁 테이블마다 가장자리 올이 멋스럽게 풀린 빨간 식탁보가 깔려 있었는데 실크처럼 매끄러워 보였다. 자세히 보니 금색과 파란색 실로 수(繡)가 놓여 있었다. 그 수는 한자로 보이기도 했고, 복잡한 문양처럼 보이기도 했다. 벽지는 짙은 녹색이었고, 각종 중국식 복장을 한 인물들이 액자에 담겨 녹색 벽에 성글게 걸려 있었다.

춘장은 기대어 쉴 수 있게 우리를 벽 쪽 자리로 안내했다. 그러고는 에어컨을 켜고 주방으로 들어갔다. 나는 춘장의 꽉 다문 입이 못내 불편했다. 저지른 일이 있으니 어쩔 수 없었다. 얼마 후 춘장은 김이 모락모락 나는 물만두와 차가운 재스민 차를 우리 앞에 내려놓았다.

"진동아, 다 나 때문이야. 우리 집이 좀 그렇거든……. 민희는 나 때문에 나온 거야."

"너 그렇게 말하지 마. 내가 말했잖아. 우리 집도 만만치 않다고."

조앤을 향해 눈을 흘겼다. 안 그래도 이곳까지 오면서 자꾸 나에게 미안하다는 말을 했다. 화장실에서 정우 선배와 통화할 동안 아무 소리도 들리지 않았다고 했다. 취객의 외침에 그제야 놀라서 뛰쳐나오니 내가 쓰러져 있었다고 했다. 모두 자기 때문이라고 생각하는 게 분명했다. 하지만 조앤이 일찍 발견했더라도 어떻게 할 수 있는 일이 아니었다. 남자애들이 여러 명이었다. 조앤도 나처럼 맞거나 희롱당했을 게 뻔했다.

"너희 둘 다 내일 아침에 집에 들어가."

"……."

"……."

"너희들 정말 겁도 없구나. 한순간이라고, 한순간. 너희들이 어떻게 되는 건!"

춘장이 탁자를 내리치며 이를 악 물었다. 무서웠다. 춘장이

버럭 화를 내는 건 처음이었다. 그 소리에 차를 들이켜던 나는 사래까지 들렸다. 그러자 아까 걷어차인 가슴에서 다시 날카로운 통증이 느껴졌다. 나는 가슴에 손을 대고는 고통스러운 표정을 지었다.

"괜찮아? 어떡하면 좋아. 내일이라도 꼭 병원에 가 봐야 해."

조앤이 춘장의 눈치를 보며 조심스럽게 말했다. 춘장이 잠깐 얼굴을 일그러뜨리더니 주방에 들어가 차를 다시 따뜻하게 데워 내왔다.

"우선 이 차부터 마셔. 그리고 지금이라도 응급실에 가 보자. 갈비뼈에 금이라도 간 거라면 어떻게 할래."

나는 재빨리 손을 내저었다.

"아냐, 괜찮아. 멍든 것뿐이야."

하지만 걱정이 됐다. 젖가슴이 봉긋하게 솟은 이후로는 어떤 것과 부딪히기만 해도 정신이 아찔해질 정도로 아팠다. 숨을 쉴 때마다 아프기는 했지만 뼈가 부러진 것은 아닌 것 같았다.

"너, 정말……."

춘장이 죽 찢어진 매 같은 눈을 하고 노려봤다. 그 모습을 보니 공원에서 나를 둘러싸던 남자애들의 눈빛이 생각났다. 당시엔 미친개에게 쫓기는 병아리 같은 심정이었다. 아까 일이 생각나서인지 손이 미세하게 떨려 왔다. 그리고 집 생각이 났다. 아주 조금씩 그리고 점점 강하게.

"병원은 정말 됐어. 그리고 고마워……."

확실히 주눅이 든 목소리였다. 기 싸움에서 춘장에게 지다니 조금은 억울했다.

"어떻게 할 작정인데?"

"조앤이랑 얘기 좀 해 보고……."

그렇게 말하며 옆자리에 앉아 있는 조앤을 돌아다봤다. 조앤은 처량한 표정으로 탁자 위를 쳐다보고 있었다. 춘장이 하는 수 없다는 듯 자리에서 일어났다.

"내일 아침에 일찍 올게. 둘이서 얘기를 해 보든 말든 제발 똑똑하게 굴었으면 좋겠다. 밖에서 문 잠그고 갈 테니까 함부로 문 열어 놓지 말고. 그동안 무슨 일 있으면 바로 연락해. 우리 집은 여기서 가까우니까 오 분 안에 올 수 있어."

춘장은 뒤도 안 돌아보고 나가 버렸다. 나는 녀석의 뒷모습을 바라보며 진심으로 미안하다는 생각을 했다. 하지만 그 생각을 입 밖에 내지는 않았다.

"만두 좀 먹어. 어쨌든 먹고 힘내야지."

조앤이 만두를 건넸다. 나는 젓가락을 들어 아직도 김이 모락모락 올라오고 있는 만두를 받아들었다. 그러고는 힘없이 우물거렸다. 부드럽고 촉촉한 만두 속이 사르르 입안에 녹아들었다. 모양은 평범했지만 이제까지 먹어 본 물만두 중에 가장 맛이 있었다. 불과 몇 시간 전 공원에서의 일이 믿기지가 않았다. 나는 만두 한 개를 더 집어 들어 이번에는 조금 힘 있게 우물거렸다. 상황이 자꾸 안 좋아졌다. 아르바이트 자리를 구하지 못하는 동안 내내 갈등했던 문제를 비로소 결정할 때가 된 것 같았다.

"우리……."

"응."

"집에 들어가자!"

"……."

조앤은 내가 그런 결정을 내릴 줄 알았다는 듯 덤덤한 표정으로 재스민 차만 홀짝였다.

"난 무서워. 더 이상은 못하겠어."

"……."

"겁쟁이 같지? 그런데 맞아. 나 겁쟁이가 맞는 거 같아. 집이 싫긴 하지만 안전하기는 하잖아."

"……."

"네 생각은 어때?"

"그래, 네 말대로 하자."

생각보다 조앤은 쉽게 수긍했다. 하지만 표정은 우울해 보였다. 왠지 조앤에게도 미안해져 자꾸 내 자신이 싫어졌다. 하지만 하루빨리 집에 가고 싶었다. 좁지만 아늑하고 조용한 내 방이 절실히 그리웠다.

한동안 말없이 차만 마시던 조앤은 오렌지색 접시 위의 물만두를 하나하나 천천히 집어 먹기 시작했다. 내게 물만두를 건네는 일은 다시 하지 않겠다는 듯 조앤은 혼자서 접시를 다 비워냈다. 마치 성스러운 의식을 치르는 것 같은 모습이 이상하게도 무척 슬퍼 보였다. 나는 조앤의 그런 모습을 그냥 못 본 척했다.

무엇보다 잠을 자고 싶었다. 너무 피곤해서 눈꺼풀이 자꾸 감겨드는 참이었다. 나는 자리에서 일어나 의자들을 일렬로 정리하고 맞은편에도 똑같이 정리해 붙여 임시방편의 잠자리를 만들었다.

"눈 좀 붙이자. 너도 피곤하지?"

먼저 자리에 누웠다. 피곤해서인지 목소리가 갈라져 나왔다.

"그래, 먼저 자. 난 이것 좀 치우고 올게."

조앤이 밤색 커튼이 쳐져 있는 주방으로 들어가는 것을 보고 나는 눈을 감았다. 에어컨 바람이 청량했다. 잠이 든 것은 순식간이었다.

꿈을 꿨다. 마녀가 식탁에 앉아 닭다리를 뜯고 있었다. 입안 가득 닭다리를 베어 문 마녀는 콜라를 벌컥거리다가 아이스크림 통 뚜껑을 열고는 놀라운 속도로 숟가락질을 해 대며 입속으로 하얀 아이스크림을 쑤셔 넣었다. 한참을 그러던 마녀는 갑자기 먹은 것을 식탁 위에 토해 내고는 서럽게 울기 시작했다. 나는 마녀 앞에 앉아 있었는데 더럽고 요상한 마녀의 모습에 나도 모르게 자리를 박차고 일어나 뒷걸음질을 쳤다. 그런 내 모습을 보더니 마녀는 울음을 그치고 식탁을 치우기 시작했다. 엄마가 안쓰러웠다. 나는 용기를 내어 도와줄까 하고 말했는데, 소리는 나오지 않고 입술만 들썩여졌다. 목소리가 나오지 않아. 엄마, 나 좀 봐 봐. 엄마가 날 도와줘. 그렇게 외쳤지만 마녀는 끝내 나를 쳐다봐 주지 않았다. 내 입에서는 여전히 끙끙거리는 신음만 새어 나왔다.

"민희야, 민희야, 일어나."

눈을 떠 보니 춘장의 걱정스러운 얼굴이 보였다.

"가위 눌렸니? 식은땀 흘린 것 좀 봐."

나는 눈을 비비며 부스스 일어나 앉았다. 유리문 밖은 벌써 환하게 밝아 있었다.

"그런데 조앤은 어딨어?"

춘장이 물었다. 나는 그 말에 황급히 주위를 둘러봤다.

또다시 조앤은 어디에도 없었다.

9. 돼지처럼 먹고 소크라테스처럼 음미하기

민희야, 미안해.

너 혼자 집에 가게 해서.

하지만 이젠 됐어. 나 혼자여도 괜찮아.

집이 싫긴 하지만 안전하다고 한 네 말, 나한텐 안 통할지도 몰라.

네가 옆에 있어서 힘들지 않았어. 정말 고마워.

가끔 전화할게. 행복한 여름 방학 보내.

(제주도 여행은 나중에 꼭 다시 시도해 보자.)

쪽지는 빨간 식탁보 위에 얌전히 놓여 있었다.

집에 들어온 지 일주일이 지났다. 그동안 마녀는 경찰서에 가출 신고를 하고, 날마다 청소년 쉼터들을 일일이 찾아다녔다. 내가 없어지고 나서 마녀가 처음으로 알아낸 것은 조앤과 함께 가출을 결행했다는 사실이다. 마녀는 조앤의 아빠를 만나 가출 사실을 알렸다. 하지만 아저씨는 쉽게 믿지 않는 눈치였다고 했다. 술 냄새가 하루 종일 풀풀 나는 아저씨가 애들을 찾는 데 아무 도움도 되지 않는다는 사실은 마녀가 알아낸 두 번째 사실이다. 마녀는 기숙사에 내려가 있는 언니한테도 가 봤다. 반항에 있어선 선배인 언니가 내 가출을 도울 수도 있다고 생각했기 때문이다. 물론 언니는 내 가출을 모르는 상황이었다. 허탕을 친 마녀는 방학이어도 집에 올라올 생각이 없는 언니를 마주해야 했다. 엎친 데 덮친 격이었다.

"돌아오는 기차 안에서 이런 생각이 들더라. 다시 태어난다면 자식 같은 건 결코 낳지 않겠다고 말이야."

마녀는 나중에 이렇게 얘기했다.

가출을 끝내고 집에 돌아온 나를 처음으로 맞은 사람은 아빠였다. 평일 낮인데도 아빠는 집에 있었다. 마녀는 가출 청소년들이 많이 찾는다는 지하철역들을 돌고 있는데 저녁 늦게야 집에 돌아온다고 했다. 이상하게도 아빠는 화를 내지 않았다. 예상과 전혀 달랐다. 솔직히 가출 첫날 새벽에 집을 나설 때는 돌아올 날이 두렵기만 했다. 아빠의 두터운 손이 또 뺨에 내리꽂힐 확률이 아주 많았다. 그렇게 된다면 괴물은 마녀랑 잘 살라고 얘기해 주고, 가출이 아닌 진정한 '출가'를 해 볼 작정이었다.

"너까지 이렇게 나를 실망시킬 줄은 몰랐다."

때리기는커녕 아빠는 목소리도 높이지 않고 혼잣말을 하듯 중얼댔다.

"그래도 무사히 왔으니까 더 이상 뭐라 하지 않겠다. 하지만 네 엄마는 다를지도 몰라. 네 걱정에 밤잠도 못 자고 밥도 안 먹고 너만 찾으러 다녔으니까."

아무 말도 못하고 있던 나는 마녀를 생각하자 막막한 느낌이 들었다.

"죄송해요. 엄마, 폭식 증세는 좀 어떠세요?"

정말 이상했다. 내가 마녀 걱정을 하고 있었다. 혹독한 값을 치러야 할 거라고 각오하며 더욱 반항심을 불태우려 작정했는데, 신기하게도 마녀의 증세가 더 나빠지진 않았을까를 걱정하고 있었다.

"모르겠어. 네 말 듣고 본인한테 직접 물어봤는데 그런 적 없다고 하더라. 네가 뭘 잘못 알고 있는 건 아니냐?"

마녀가 그렇게 나올 줄 알았다. 안그래도 종종 자기를 무시하는 사람한테 그런 문제를 솔직히 얘기할 리 없었다. 아마도 아빠에게는 영원히 비밀로 할지도 모른다.

저녁때가 다 돼서 마녀는 초췌한 모습으로 돌아왔다. 얼굴은 나보다 더 까맣게 햇볕에 그을려 있었다. 누가 보면 모녀가 같이 해수욕이라도 다녀왔다고 생각할 것 같았다. 그리고 우리 둘 다 형편없이 배짝 말라 있었다. 마녀와 나는 잠시 아무 말 없이 서로를 바라보기만 했다.

마녀의 눈빛은 어찌할지 몰라 쩔쩔매는 것처럼 보였다. 마녀의 약해진 모습이 보기 싫었다. 아니, 약해진 게 아니라 임시 방편으로 쓴 가면일지도 모른다고 생각했다. 가면에 속아 다시 '충직한 개'처럼 살 수는 없었다. 나는 당장이라도 싸움에 나갈 사람처럼 독기 품은 얼굴을 했다. 반항하고 싶은 마음이 다시 불끈불끈 솟았다. 아무래도 나는 마녀와의 기나긴 싸움에 중독됐나 보다. 마녀만 보면 방어 태세가 갖추어지니 말이다.

"걱정하지도, 찾지도 말라고 쪽지에 썼잖아요. 그냥 믿고 기다려 주지 왜 사서 고생을 하세요."

초라한 마녀의 모습에 더 화가 났는지도 모르겠다. 걱정 끼쳐 죄송하다는 말이 먼저 나와야 하는 거라고 머리가 말을 했다. 하지만 나는 그 말을 듣지 않았다. 그런 태도에 마녀도 자극을 받은 듯 눈꼬리를 치켜 올렸다. 본색을 보이려나 보다.

"그렇게 쳐다보지 마세요. 저도 한계에 다다랐었다고요."

나는 마녀의 반격을 예상하며 목소리를 높였다. 가출까지 결행했는데 그 고생을 물거품으로 만들 순 없었다.

"네가…… 이렇게 형편없을 줄, 나는 몰랐다."

이 정도 말쯤은 참아 낼 수 있다. 마녀의 배짝 마른 몰골을 보니 인내심이 강해지는 것도 같다. 하지만 다음 말에선 움찔했다. 마녀는 뱃속 깊숙한 곳에서 하고 싶었던 말을 꺼내듯 심호흡을 크게 한번 하더니 힘겹게 외쳤다.

"뭐 하러 기어들어온 거니? 그냥 잘난 너 혼자 살지!"

"알았어요. 다시 나가면 되잖……."

그때였다. 마녀가 나무토막 쓰러지듯 거실 바닥에 푹 하고 고꾸라진 것은. 정신을 잃은 마녀의 입에서 흰 거품이 피어 나왔다.

마녀는 극심한 빈혈 상태였다. 게다가 일사병 증세가 있었고, 식도염이 심각할 정도로 진행되어 있었다. 식도의 염증을 이대로 놔두면 암이 될 가능성도 있다고 의사는 말했다. 나는 담당 의사를 찾아가 마녀의 폭식증을 고백했다. 의사의 말처럼 마녀를 이대로 놔둘 수는 없었다. 아빠가 못한다면 내가 해야 했다. 그리고 마녀에게 꼭 하고 싶은 말이 생겼다. 자식이 아닌 엄마 자신을 돌봐야 할 때라고. 나보다 더 심각한 병을 안고 사는 사람은 엄만데 그 사실을 엄마만 모른다고.

의사는 내 말을 진지하고도 심각하게 들었다. 팔짱을 낀 채 생각에 잠기다가도 무언가를 진료지 위에 휘갈겨 썼다. 그러고는 내 얼굴을 유심히 살펴보곤 했다.

"폭식증이 확실해요. 음식을 엄청나게 먹어 대고 포장지나 음식 쓰레기들을 안 보이는 곳에 숨겨 놓기도 해요. 새벽마다 먹은 걸 토하느라 화장실에서 한참을 있고요. 맞죠, 폭식증?"

내 말에 의사는 고개를 갸우뚱했다. 심각하게 듣긴 했지만 전적으로 믿는 것 같지는 않았다.

"맞다니까요. 새벽에 화장실에서 토하는 소리를 몇 번이나 들었어요. 제 방이 화장실과 가까워서 문을 닫고 있어도 물 내리는 소리까지 다 들리거든요."

"어머니가 음식을 폭식하는 장면이나 구토하는 걸 직접 목격한 적도 있나요?"

의사는 무테 안경 너머로 나를 올려다봤다.

"직접 본 적은 없지만……."

의사가 다시 생각에 잠겼다.

"식도염이 저렇게 심각할 정도면 습관적 구토의 가능성이 있긴 해요. 그런데……."

나는 눈을 깜박이며 의사의 다음 말을 기다렸다.

"물론 정신과에서 진료는 받아 봐야겠네요. 심리적 요인에 기인하니까요. 평소에 스트레스가 많으셨나 봐요. 원인을 파악하기 위해 상담을 받아 보셔야 해요. 그런데……."

왜 자꾸 '그런데'라고 말꼬리를 흐리는지 알 수가 없었다.

"따님도 건강 상태가 그렇게 좋아 보이진 않네요. 나이가 몇이죠?"

'그런데'밖에 모르는 짜증나는 의사가 나에게 관심을 보였다. 나는 볼멘소리로 나이를 알려줬다.

"열일곱이요."

"요즘 몸이 좀 이상한 거 못 느꼈나요? 예를 들어 생리 주기가 이상하다든가, 몸무게가 갑자기 빠졌다든가……."

정신 나간 의사가 작정을 한 모양이다. 심드렁해진 나는 의사가 알고 싶다는 걸 그냥 알려주기로 했다. 사실 기운이 너무 없기도 했다.

"네, 생리를 건너뛰기도 하고 몸무게도 많이 빠졌어요. 귀가 좀 먹먹해서 말소리가 잘 안 들리는 경우도 있고, 아주 가끔이요. 그리고 변비는 원래 있었고요. 요즘 어지러울 때가 많긴 하네요."

급기야 의사가 청진기를 들고 진찰을 권유했다. 나는 별일 있을까 싶어 순순히 응했다. 의사는 숨소리를 유심히 듣더니 혈액 검사까지 권했다.

"아무래도 영양실조 같네요. 학생 안색도 어머니만큼 아주 안 좋아요. 집에 무슨 일이 있어요? 어머님은 지금 드러난 병만

해도 빈혈에 식도염에, 따님은 영양실조 증세가 보이고…….”

의사는 몹시 궁금하다는 표정을 지었다. 당황스러웠다. 숨기고 싶은 비밀을 들킨 것처럼 몸과 마음이 불편했다.

“평소 입맛이 없긴 해요.”

“그리고요?”

턱을 치켜든 의사가 빤히 보고 있다. 형사에게 심문을 받는 것처럼 나는 뭐든 고백해야 할 것 같았다.

“사실 거식증 놀이란 걸 하면서 살을 빼려고 했는데, 그것 때문인지 아니면 정말 거식증인지 배가 고파도 뭐가 먹고 싶다는 생각이 들지 않아요. 뭘 먹으려 해도 잘 넘어가지도 않고요.”

“거식증 놀이요?”

“네. 그냥, 그러니까, 그냥, 제가 거식증 환자라고 상상을…….”

의사 앞에서 이런 창피한 고백을 할 줄은 정말 몰랐다.

“독특하네요. 그리고요?”

이번에는 ‘그리고’밖에 모르는 의사가 되어 추궁해 왔다. 실소를 머금은 얼굴이 분명했다. 나는 거의 자포자기 상태가 되었다.

“이번 방학 때 며칠 가출을 했어요. 그래서 뭐 제대로 먹고 다니지 못했고, 엄마는 저를 찾아다니느라 힘들었을 거고…….”

의사는 이제야 알겠다는 듯 고개를 끄덕였다.

“지금 말한 게 모두 사실이라면 모녀께서 섭식장애가 함께 온 것 같네요. 아버지 모셔 오세요. 우선 소견서 써 드릴게요.

정신과에 가서서 어머님은 물론이고 본인도 정확한 검진을 꼭 받아 봐야 해요."

머리를 무언가로 얻어맞은 듯 나는 잠깐 멍한 기분이 됐다. 의사의 말대로라면 마녀와 나는 둘 다 정신질환을 앓고 있었다는 거다.

"섭식장애를 우습게 보면 안 돼요. 거식증으로 말라 죽은 모델 이야기 알죠?"

마녀의 담당의는 천사 같은 얼굴로 끔찍한 말을 잘도 했다. 기다란 병원 복도를 터벅터벅 걷고 있으려니 나도 모르게 실소가 터져 나왔다. 마녀는 폭식증 환자, 나는 거식증 환자. 어디서부터 잘못된 것인지 혼란스러웠다.

"정확히 진료를 받아 봐야 알겠지만, 억압적인 완벽주의자 부모를 둔, 특히 십대 여자들에게서 거식증이 주로 발생해요. 하지만 어머님도 폭식을 하신다니 가족 간에 긴밀한 대화가 필요해 보이네요. 진단이 확정되면 상담 치료를 통해 모녀 사이에 있는 문제도 함께 풀어 보고, 건강도 꼭 회복하세요."

얄밉도록 해맑은 얼굴의 담당의는 일어서려는 내게 우리 가족 문제의 해결 방안까지 친절히 제시해 주었다.

그날 나는 아빠에게 의사가 말한 사실을 알렸고, 입원해 링거액을 맞아야 했다. 마녀가 입원한 병실의 맞은편 방이었다. 아빠는 나와 마녀를 입원시키는 것, 딱 거기까지만 했다.

"정신과 상담? 그걸 받아 봐야 할 사람은 바로 나다."

아빠는 마녀와 내가 둘 다 섭식장애를 앓고 있을지도 모른다는 사실에 강한 거부반응을 보였다. 정신질환일 리가 없다는 것이었다. 집에서 살림하고 학교에서 공부하는 게 뭐가 그리 스트레스가 쌓이는 일이라고 유난들을 떠느냐며 병상에 누운 마녀에게 못할 소리를 하고는 병실을 나가 버렸다. 아빠는 내내 방관자처럼 회사 일만 하다가 갑자기 간섭을 시작하더니 이제는 현실조차 인정하려 하지 않는다. 요즘 같아선 아빠가 마녀보다 더욱 미웠다.

입원한 지 이틀째 되는 날이었다. 복도 유리창으로 밖을 내다보니 아빠가 병원 입구 쓰레기통 앞에서 담뱃불을 붙이고 있었다. 위에서 내려다본 아빠의 정수리는 숱이 눈에 띄게 줄었고 흰머리가 많이 늘어 있었다. 아빠와의 대화는 왠지 포기해야 할 것 같았다. 아빠는 지금 자신의 문제도 버거워 하고 있었다.

"네 아빠 보름 전에 퇴직했어. 네가 이해해라. 일만 알던 사람이니까."

"이해는 서로 하는 거예요."

"동시에 하기 어려우면 한쪽이 먼저 시작하는 수밖에 없어."

"강요하지 마세요. 엄마는 언제, 먼저 나를 이해해 보려고 하셨어요?"

"……."

"저는 내일 퇴원해도 된대요. 그 전에 정신과 상담 꼭 받아 보래요. 어떡하실 거예요?"

"검사 받아 보자. 혼자서는 고치기 힘들어. 나도 내 병을 알아. 너까지 그렇게 만들 수는 없다."

뜻밖이었다. 완벽주의자 마녀가 자신의 병을 순순히 인정했다. 사실은 아빠처럼 마녀도 자신의 병을 부인할 거라고 생각했다. 자신에게 문제점이 있다고 인정하면, 게다가 정신과 치료 사실이 남들에게 알려지면 그동안 마녀가 엄마로서, 교양 있는 여자로서 누린 권위는 땅바닥에 떨어지는 것이다. 나는 뭔가가 해체되는 것을 느꼈다. 커다란 장벽이 무너지는 것도 같았다. 그리고 계속해서 마음에 남는 말이 있었다.

"너까지 그렇게 만들 수는 없다."

나는 마녀의 그 말을 마음속에서 여러 번 읊조렸다. 그렇게 읊조리고 나면 왠지 마음이 따뜻해지는 기분이었다.

내가 퇴원하는 날 마녀도 함께 퇴원했다. 그날 우리는 집으로 돌아가기 전 정신과에서 첫 번째 상담을 받았다. 아빠는 우리의 심리 치료를 끝내 모른 척했지만 치료를 반대하고 나서지는 않았다. 아빠의 차를 타고 퇴원하던 날, 마녀도 나도 눈이 빨갛게 충혈되어 있었다. 기억하고 싶지 않은 일들을 고백하는 건 듣는 사람이 누구인가에 상관없이 힘겨운 일이었다.

"엄마를 마녀라고 부른다고?"

나를 상담하던 의사는 놀라서 되물었다.

"그냥 속으로만요."

"마음속이 진짜잖아. 그렇게 부르기 시작하면 정말로 그렇게 느껴지기도 해. 엄마를 정말로 마녀로 생각하고 있는 건지 자기 마음을 잘 들여다볼 필요가 있어."

상담 의사의 말에 진지하게 생각해 봤다. 솔직히 잘 모르겠 다. 고슴도치 미야를 한겨울에 내다 버렸을 때 붙인 나만의 호 칭이었다. 그때를 생각하면 지금도 화가 났지만 엄마도 많이 변 한 것 같았다. 그렇다고 확신이 서는 것도 아니었다. 서로 이해하지 못할 때는 한쪽이 먼저 시작하는 거라던 며칠 전 마녀의 말이 생각났다. 그러려면 내 마음을 설득할 무언가가 필요했다. 두 번째 상담을 시작하기 전날 나는 마녀에게 이렇게 물었다.

"물어보고 싶은 게 있어요."

"물어봐."

"미야 기억해요?"

마녀는 통 모르겠다는 표정을 지었다.

"제가 키우던 고슴도치 말이에요. 그때 왜 그러셨어요?"

"뭘?"

"한겨울에 내다 버리셨잖아요. 그건 죽인 거나 다름없어요."

"안 버렸어. 옆집에 줘 버렸지. 지금도 잘만 살아 있더라."

이건 또 무슨 소린가.

"그땐 밖에 버렸다고 했잖아요."

"책상 서랍 속에서 키우면 얼마 안 가 죽을 게 뻔했어. 그리고 그게 뭐니. 냄새 나고 지저분하게. 공부하는 학생이 서랍 속에다가……. 옆집 꼬마가 햄스터 키우는 게 생각나길래 갖다 줬더니 좋아하더라. 옆집 가서 직접 확인해 보든지."

사실이었다. 초인종을 누르니 초등학생 남자애가 나왔다. 고슴도치의 안부를 물으니 직접 거실로 안내해 확인시켜 주었다. 몸집이 커진 것 빼고 미야는 그대로였다. 예전처럼 하얀 가시를 세우고 검은 눈망울로 나를 맞이했다. 신경을 많이 써 줬는지 가시에 윤기가 흘렀다. 알고 보니 옆집 꼬마는 이구아나와 장수풍뎅이까지 키우는 특이 애완동물 전문가였다.

나는 마음속에서 마녀라는 말을 지우기로 했다. 버렸다고 거짓말한 건 미웠지만 엄마가 마녀만큼 나쁜 사람은 아니란 걸 인정할 수밖에 없었다.

두 번째 상담이 끝나고 마녀, 아니 엄마와 나는 병원 앞에서 만나 함께 집으로 돌아왔다. 이번에는 우리 둘 다 애써 침착한 표정을 지었다. 그래도 울지는 않은 것에 만족했다.

세 번째 상담을 하러 가기 전날 엄마가 내 방에 들어왔다. 가출 이후로 내 방에 들어온 건 처음이었다. 나는 책상에 앉아 인터넷 검색을 하고 있었다. 순간 잔소리를 들을까 봐 컴퓨터 모니터를 끄고 책을 읽는 척했다. 뒤도 돌아보지 않고 침묵하며 앉아 있는 내게 엄마는 떡볶이를 내놓았다.

"자장면 먹고 싶으면 말해. 만들어 주든지, 그게 싫으면 시켜 주든지 할게."

가장 좋아하는 음식이 자장면이라고 얼떨결에 말한 게 기억났다. 여전히 나는 읽은 적도 없는 책장을 바라보고 있었다. 갑자기 내 등에 따뜻한 온기가 느껴졌다. 엄마는 내 등을 쓸어내린 후 양 어깨를 가볍게 주물러 줬다. 나는 그저 잠자코 있었다. 엄마는 그렇게 몇 번 고운 비질을 하듯 내 등을 자꾸만 쓸어내렸다. 나는 온몸으로 그 움직임을 느꼈다. 아주 천천히, 그리고 아주 부드럽게 내려오는 손길이 뭉클거리며 가슴에 전해졌다. 금방이라도 물이 되어 버릴 것 같은 기분이었다.

학교도 들어가기 전이었던 것 같다. 몹시 열이 나 하악거리며 더운 숨을 토해 내고 있었다. 엄마는 냉장고에서 차가운 귤을 꺼내 부욱 북 능숙하게 주황색 윤기 나는 껍질을 벗겼다. 그리고 귤을 한 알 한 알 떼어 내 알맹이들이 터지지 않도록 조심

197

히 반을 갈라, 내 뜨거운 입속으로 조금씩 밀어 넣어 줬다. 눈을 감았다. 마치 그때의 엄마가 다시 돌아온 것만 같았다.

아저씨의 실종 소식을 들은 건 엄마와 나의 건강이 회복되어 갈 무렵이다. 며칠이 지나도 조앤이 돌아오지 않자 마침내 딸의 가출을 인정하게 된 아저씨는 거리로 찾아 나서기 시작했다. 대전에서 사는 조앤의 엄마도 소식을 전해 듣고 수시로 내게 연락을 해 왔다. 그런데 얼마 전부터 아저씨와 연락이 닿지 않는다며 아줌마는 보충수업을 받고 있던 나를 직접 찾아오기에 이르렀다.

"앤한테 아직도 소식이 없니?"

나는 아무 말도 할 수가 없었다. 호호반점에서 조앤이 나를 남겨 두고 사라져 버린 지 보름이 넘었다. 그동안 조앤에게서 온 문자나 전화는 한 차례도 없었다. 정우 선배가 얘기했던 아지트라는 곳을 일주일 전쯤 수소문해 찾아간 적은 있었다. 하지만 정우 선배와 조앤 둘 다 가끔씩 오긴 온다는 얘기 이외에는 어떤 말도 들을 수가 없었다. 그곳에서 조앤이 정우 선배의 여자친구로 통한다는 이야기를 들었는데, 우습게도 그 말에 조앤의 안전이 안심됐다. 적어도 돈 걱정하며 찜질방이나 공원에서 밤을 지새우거나 밥을 굶지는 않을 것 같았다.

아줌마는 예전보다 확실히 늙어 보였다. 백조처럼 우아하던 공주님은 사라지고, 조금은 지치고 슬퍼 보이는 그야말로 평범한 아줌마로 보였다.

"조앤 아빠도 어디로 없어졌어. 앤을 찾으러 다니는 것 같은

데 전화기는 며칠째 꺼져 있고······."

보름 전쯤 공원에서의 일이 생각났다. 취객 아저씨는 남자애들한테 지갑을 털렸었다. 아저씨에게도 그런 일이 일어났을 것만 같아 불안했다.

"아저씨가 술을 너무 많이 드시곤 했어요. 조앤이 그것 때문에 힘들어했고요."

"그래, 알고 있어······."

너무나 쓸쓸한 대답이었다. 아줌마의 그 쓸쓸한 음성은 괜스레 화를 북돋았다. 무책임하고 무기력한 목소리였다. 저래서는 조앤을 찾기는커녕 찾는다 해도 지켜 내지 못할 거라는 생각이 들었다.

"앤한테 연락 오면 꼭 좀 나한테 알려 주렴."

힘없이 뒤돌아서는 아줌마를 보며 속으로 중얼거렸다. 죄송하지만 연락이 온다 해도 조앤이 원하지 않는다면 아줌마한테 연락할 일은 없을 거예요.

보충수업을 끝내고 집으로 돌아온 나는 마녀, 아니 엄마에게 낮에 있었던 일을 얘기해 줬다. 아직도 속으로 부르던 마녀란 호칭을 완전히 고치지 못했다. 이거 완전 습관이었던 것 같다.

"엄마, 오늘 조앤 엄마가 학교로 찾아왔었어, 요."

"그래? 빨리 찾아야 할 텐데. 이 삼복더위에 어떻게 지낼지 걱정이다. 그런데 정말 조앤한테 연락 없었어?"

"이제 엄마한테 숨기는 거 없다니까요. 아니, 없다니까."

엄마가 피식 웃으며 손가락으로 이마를 톡 하고 때렸다.

"존댓말 쓰지 말라니까, 그게 그렇게 안 돼?"

"습관이 된 걸 어떡해요. 아니, 어떡해. 아 진짜 어색하네."

식탁 위에는 된장찌개가 각종 나물 반찬들과 함께 놓여 있었다. 호텔 조식 같던 엄마의 메뉴들은 이제 우리 집 식단에서 찾아볼 수가 없다. 상담 치료 중이었고, 균형 있는 음식을 일정량 규칙적으로 먹고 있는지 서로 체크해야 했다. 물론 엄마는 갑작스레 닥치는 충동을 쉽게 억제하지 못했다. 그래서 마트에서 장을 볼 때는 내가 꼭 따라다녔다. 그 방법은 꽤 효과가 있었다. 집에 군것질거리가 없으니 엄마는 이를 악물고 참아 낼 수밖에 없었다.

내 거식증은 생각보다 더 심각했다. 먹는 음식량이 갑자기 늘어나자 나는 금세 살이 찔 것 같은 두려움에 휩싸였다. 몰래 내 몫의 음식을 버리기도 했고 먹기 싫어 이리저리 핑계를 대기도 했다.

"이제 너한테 일방적인 강요 같은 건 하지 않을 거야. 엄마도 노력하니까 너도 노력하는 모습을 보여 줘. 조급해하지 않을 테니까 하루하루 아주 조금씩이라도 나아지기 위해 네 스스로 노력하는 모습만 보여 주면 돼."

엄마의 말은 내게 힘이 되었다. 나를 믿으려는 엄마의 노력이 마음에 와 닿았기 때문이다. 그런데 엄마와 나에게 똑같이 도움은 안 되면서 거슬리는 사람이 있었다. 바로 아빠였다. 아빠는 여전히 우리가 정신과 치료를 받는 것을 탐탁지 않아 했다. 집에 하루 종일 있게 되면서 아빠는 잔소리가 늘어만 갔다. 주로 집안일에 관한 것들이었다.

"리모컨에 먼지 낀 것 좀 봐. 아니 이게 눈에 안 보이나?"

면봉을 들고 텔레비전 리모컨의 작은 틈새들을 헤집는 아빠는 참으로 색달라 보였다. 안타깝기도 했지만 그동안 발견하지 못한 귀여움 같은 것도 느껴졌다. 아빠도 사소한 푸념들을 할 줄 아는 사람이었나 보다. 어느 날인가는 어둠 속에서 혼자 술잔을 기울이는 아빠를 본 적이 있었다. 마치 엄마가 어둠 속에서 남몰래 음식들을 입속에 밀어 넣는 것을 보는 것처럼 서글픈 장면이었다. 한편 아빠에게 이렇게 관심을 가져 보는 일도 있다니 내 자신이 신기하기도 했다. 엄마와 화해하고 나니 아빠와도 못할 건 없을 것 같았다. 하지만 아빠가 문제였다. 어둠 속에서 술 마시는 정도로는 아빠 마음의 틈새를 잡아 낼 수 없었다. 아빠는 너무도 굳건히 자기 삶을 살아 가족에게마저 틈을 주지 않는 사람처럼 보였다.

가출 이후, 춘장은 내게 좀 실망한 눈치였다. 우선은 자기를 속였다는 것에 화가 많이 나 있는 상태였다. 그리고 영양실조에 걸릴 정도로 내 건강이 형편없었다는 사실에도 허탈해했다.

"요리를 배운다는 사람이 여자친구가 거식증에 걸린 것도 눈치 채지 못하고……."

예상치 못한 반응이었다. 춘장은 나 말고도 자기 자신에게 실망한 것이었다. 그 상태는 꽤 오랫동안 지속돼서 나를 봐도 잘 웃지 않았고 말수도 적어졌다. 그렇게 토라져 있는 모습이 보기 싫었다. 나는 춘장의 화를 풀어 주기 위해 묘안을 생각해 냈다. 물론 열일곱 인생에서 처음 있는 일이다.(올해는 처음 겪는 일이 너무도 많았다.)

나는 두 달치 용돈을 미리 받아 주방에서 쓰는 전문가용 칼을 춘장에게 선물했다. 녀석이 사 준 연필 세트에 비하면 아주 거금의 돈이었다. 칼을 포장한 상자에는 '명품(名品)'이라는 한자가 크고 선명하게 인쇄돼 있었다. 언젠가 텔레비전에서 봤는데, 주방복을 입고 있는 한 남자가 가죽으로 만든 칼집을 마치 두루마리 족자를 펼치듯 좌르르 나무 도마 위에 펼쳤다. 칼집에는 회를 뜨는 것부터 육류용까지 대여섯 종류의 칼들이 각자의 구멍에 꽂혀 있었다. 춘장이 정말 요리사가 된다면 녀석이 내가 선물한 칼들로만 요리를 했으면 좋겠다는 생각이 들었다.

"이, 이거 정말 나 주는 거야?"

춘장의 입이 그야말로 쩍 하고 벌어졌다. 나는 고개를 힘차게 끄덕였다. 묘안의 효과가 생각보다 훨씬 커 다행이었다.

자신의 첫 칼을 가진 이후 의욕이 너무 과잉된 것인지 녀석은 여름 방학 동안 보충수업도 빠졌다. 한데 그 빠진 이유가 참 독특했다. 바로 중식조리사 자격증을 따기 위해서였다.

─내일 호호로 와서 점심 먹어. 나 드디어 아빠의 자장면 레시피를 성공시켰어. 첫 시식자로 네가 지명됐으니까 싫어도 꼭 와야 해.

춘장이 드디어 자장면을 만들 줄 알게 됐단다. 이상하다. 문자만 받았을 뿐인데 갑자기 입안에 침이 고였다. 춘장이 만든 자장면은 어떤 색깔로 어떤 맛을 낼까, 하고 생각만 했을 뿐인데 말이다. 솔직히 말한다면 다림질이 잘된 하얀 주방복을 입고 호호라는 한자가 수놓아진 모자를 멋스럽게 쓴 춘장도 자장면과 함께 상상하기는 했다. 상상 속의 녀석은 내가 선물한 칼을 쥐고 열심히 양파를 다지고 있었다. 화덕에서는 노란 불꽃이 커다랗게 일렁였고, 중국식 프라이팬에 담긴 다크 초콜릿빛 '춘장(진동이 말고, 진짜 먹는 춘장)'이 보글보글 고소한 향기를 내뿜으며 끓고 있었다.

－먹! 고! 싶! 다!
정말 오랜만에 느껴보는 식욕임. 그러니 영광으로 알고 맛있게 만들길.

답 문자를 쓰고는 보내기 버튼을 꾹 하고 눌렀다. 그리고 일찍 잠자리에 들었다. 그래야 내일이 빨리 올 수 있을 테니까. 하지만 마음과 달리 잠이 오질 않았다. 조앤 생각만 하면 끝이 없기 때문이다. 얄미운 계집애. 작게 중얼거려 봤다. 애타게 소식을 기다리고 있다는 걸 뻔히 알고 있을 것이다. 나는 되도록 춘장의 자장면을 상상하며 잠이 들려고 노력했다. 자장면, 조앤, 자장면, 조앤, 자장면, 조앤……. 결국 꿈속에서 나는 조앤과 함께 호호반점에 있었다.

자장면은 담쟁이넝쿨 무늬가 둘러져 있는 연둣빛의 커다란 접시에 담겨 나왔다. 내가 젓가락질을 하는 동안 춘장은 삼선자장면 만드는 법을 설명해 줬다.
"우선 각종 채소와 해물, 그러니까 양파, 호박, 대파, 양배추, 오징어, 새우, 해삼 등을 먹기 좋은 크기로 썰어. 그리고 해

물을 춘장과 올리브유로 볶아. 가장 중요한 건 소스야. 채소를 마늘, 생강, 청주, 간장을 넣어 볶다가 설탕과 굴소스, 그리고 호호만의 몇 가지 비밀 재료를 넣어 소스를 완성해. 비밀 재료는 아빠가 며느리도 알려 주면 안 된다고 했지만 나중에 살짝 알려 줄게. 참 이때 불 조절을 잘해야 해. 약한 불은 채소의 수분을 밖으로 빠져 나오게 하고, 너무 강한 불은 타지 않았는데도 음식에서 탄내가 나게 해."

춘장의 일장연설은 귀에 들어오지 않았다. 녀석이 뭐라고 떠들건 나는 다섯 개의 감각 중에 미각만이 살아 있는 것처럼 먹는 것에만 집중했다.

"참 면도 겁나게 중요해. 사실 요리에서 안 중요한 건 하나도 없지만, 그래도 우선순위로 뽑자면 그렇단 거야. 우리 집 자장면은 손으로 때리고 꼬아서 만든 수타면으로 만든 거야. 수타면이 맛있으려면 반죽을 아주 잘 숙성시켜야 해. 그런데 너 수타면이 만들어지는 법칙이 우리가 배우는 수학의 거듭제곱의 원리와 같은 거 알아?"

"거듭제곱의 뭐?"

자장면 접시를 바닥에 내려놓으며 나는 그제야 춘장의 일장연설에 반응했다. 연둣빛 접시에는 마치 소 혓바닥이 핥고 간 것처럼 숟가락이 지나간 흔적만이 남아 있었다. 빨간 식탁보 위에 올려져 있는 빈 접시를 보고 있자니 어떤 희열 같은 것이 느껴졌다. 그것은 '이대로 됐다.'는 만족감 같은 거였다. 그리고 그동안 못 먹고 안 먹던 내 위장이 고맙다고 쏘아 올린 일종의 조명탄 같은 오색찬란함이었다. 아마 나비문신 님이 마지막으로 패싸움을 했을 때 머리가 터진 친구의 눈을 보며 느꼈을 그런, 자신과의 화해 같은 것은 아닐까.

나도 모를 깨달음의 끈들을 미묘한 감각으로 맛보고 있을 때, 나비문신 님은 나의 게걸스러운 시식을 당황스러운 눈으로 끝까지 지켜보며 감탄하고 있었다. 미각 이외의 나의 다른 오감들이 살아난 것은 나비문신 님의 놀림과 찬탄이 섞인 외침 때문이었다.

"내가 본 중에 가장 아름다운 광경이다! 너는 돼지처럼 먹고 소크라테스처럼 음미하는구나!"

나는 그때서야 내가 무슨 짓을 했는지를 깨달았다. 입술 주위에는 온통 자장면의 흔적이 고스란히 묻어 있었다. 너무도 열중한 나머지 약간의 어지러움도 느꼈다.

"그렇게 맛있었어?"

춘장의 물음이었다. 자신의 첫 시식자가 이렇게 허겁지겁 먹어 치웠으니 그걸로 요리에 대한 품평은 끝난 것이었다. 하지만 춘장의 질문에 다시금 내가 먹은 자장면에 대해 생각해 봤다. 모락모락 피어오르는 첫 내음부터 이 음식은 정성을 다한 최고의 음식이란 걸 느낄 수 있었다. 향긋하고, 고소하고, 담백하고, 깊이 있게 달콤한 그런 맛……. 나는 냅킨으로 입 주위를 황급히 닦아 내며 말했다.

"응, 정말 맛있었어. 내가 왜 그동안 이런 맛을 몰랐을까, 그게 안타까울 정도로!"

아마도 그 이유가 내게 제공되어 오던 음식에 있진 않았을 것이다. 물론 음식을 제공한 사람들의 마음이 얄팍하여 그런 것도 아닐 것이다. 그것은 정말로, 아마도, 나의 얄팍함 때문이었을 것이다. 습자지처럼 파르르 떨리던 예민하고 연약한 마음은 물기를 빨아들이고 무언가를 비춰 내려고 노력할수록 더욱 찢어지기 쉬웠다. 얼마 전까지만 해도 설탕으로 만든 집의 마녀는 그 얇디얇은 습자지 너머에서 실체도 없이 불투명하게 존재했었다.

그렇다면 지금의 나는 어떨까? 조금이라도 두터워진 걸까? 거식증 놀이는 이대로 물러나 버리는 걸까? 나는 깊은 숨을 내쉬며 마음의 변화를 찬찬히 들여다봤다. 호호반점 안의 공기가 몹시도 청량하고 부드러웠다.

10. 왜 너만 컴백 홈 해

조앤에게서 전화가 왔다. 여름 방학이 끝나 갈 무렵이었다. 그동안 아줌마가 몇 차례 더 연락을 해 왔고, 실종된 아저씨 소식은 여전히 들리지 않았다.

한 시간가량 지하철을 타고 가야 만날 수 있는 서울의 어느 번화한 거리에서 나는 조앤과 마주했다. 조앤은 많이 달라져 있었다. 항상 하나로 묶고 다니던 머리를 자연스럽게 풀어헤쳤는데 그 길이가 등판 중간쯤에서 치렁거렸다. 그동안 치료를 통해 나는 살이 통통하게 다시 오르는 중이었는데, 조앤은 그나마 있던 젖살까지 모두 빠져 더욱 날씬했다. 입고 있는 옷도 함께 집을 나올 때 챙겼던 옷이 아니었다. 연하게 바른 립글로스는 오히려 조앤을 어려 보이게 하는 유일한 요인 같았다.

우리는 어느 카페로 들어갔다. 대학생이나 회사원으로 보이는 사람들만 가득 앉아 있었다. 나는 들어가선 안 될 곳에 들어

가는 것처럼 주뼛댔는데, 조앤은 행동에 거침이 없었다.

"나 담배 좀 피워도 돼?"

조앤이 가방에서 담뱃갑을 꺼내 탁자 위에 올려놓았다. 확실히 조앤과 거리감이 느껴졌다. 게다가 조앤은 내가 대답하기도 전에 담배에 불을 붙이려고 했다. 나는 조금 불쾌한 기분이 됐다.

"미안, 참아 줘."

조앤은 순순히 담배와 라이터를 제자리에 내려놓았다. 그러고는 어색했는지 활짝 웃으며 아부가 확실한 말을 건넸다.

"너 정말 보기 좋다. 살이 붙으니까 훨씬 예뻐졌어."

나는 이미 기분이 상해 있었다. 이렇게 늦게 연락해 온 것도 그랬고, 보자마자 내가 싫어하는 행동을 하는 것도 그랬다. 어색한 분위기를 깨려는 조앤의 노력에도 불구하고 나는 맘껏 비아냥거리는 실수를 저지르고 말았다.

"너야말로 못 알아볼 정도로 예뻐졌어. 고생하는 줄 알고 걱정 많이 했는데, 아닌가 봐?"

"……."

조앤의 침묵도 마음에 안 들었다. 나는 다짜고짜 불만을 드러냈다.

"너 도대체 어떻게 지내는 거야?"

"잘 지내니까 걱정 마."

냉담한 목소리였다. 다른 때 같았으면 미안해하며 내 기분을 위로하려 들었을 것이다. 그런데 조앤은 굳은 표정을 하고 있었다. 아니 화난 것처럼 보였다.

"어떻게 잘 지낸다는 거야? 이제 그만하고 집으로 들어가야 되는 거 아냐? 너 설마 학교도 안 다니려고 그러는 거야?"

"응."

조앤은 기다렸다는 듯이 대답했다. 올 것이 온 것 같았다. 나는 마음을 크게 먹었다. 조앤을 이대로 둘 수는 없었다.

"너네 엄마가 몇 번이나 학교로 찾아왔었어."

"상관없어. 지금에 와서 엄마 노릇을 하게 만들지는 않을 거야. 그렇게 하지도 못하겠지만 말이야."

조앤이 피식 웃었다. 마치 그동안 억눌러 왔던 감정을 이제야 폭발시키는 것처럼 입을 열 때마다 서늘한 냉기가 흘러나왔다.

"너네 아빠 소식은 알아? 아저씨…… 실종되셨대."

잠깐 놀란 듯했지만 조앤은 이내 눈썹을 찌푸렸다.

"그래? 어디서 술이나 퍼 마시고 짱 박혀 있겠지."

이런 말투는 조앤의 말투가 아니다. 심드렁한 표정도 조앤의 표정이 아니다. 나는 마음이 아파 왔다.

"너네 엄마가 그러는데 아저씨가 널 찾으러 나가겠다고 얘기한 뒤 전화가 꺼져 있대."

"……."

조앤의 표정엔 변화가 없었다. 하지만 그것이 억지로 지어내는 얼굴임을 나는 금방 알 수 있었다. 얼마 동안 침묵이 흘렀다.

"민희야, 나는 네가 나를 이해할 줄 알았는데……."

"이해해."

나는 주저하지 않고 대답했다.

"아니, 넌 나를 이해 못해."

"왜 그렇게 생각해?"

섭섭한 마음이 들었다. 조앤은 내게 불만이 있는 거였다. 이제까지 말하지 않은.

"왜냐고? 지금 우리 둘의 모습이 그걸 증명하잖아. 너와 난 달라. 아주 많이……. 난 담배를 피우고 넌 안 피우지? 난 가끔 술도 마시는데 넌 안 마셔. 난 그런 행동을 하고 아무 죄책감도 없는데, 넌 학생이란 이유로 그런 행동하는 것 자체를 혐오하는 것 같아. 게다가 넌 여전히 널 보호해 주는 엄마 아빠가 계시지? 그런데 나한테는 관심을 보이고 애정을 쏟는 그런 사람들이 없어. 물론 엄마는 나를 버리기까지 했지……. 너는 너희 엄마를 억압적이라 생각하지만, 난 우리 엄마에 대해 아무 감정이 없어. 화조차 나지 않게 된 지 아주 오래야. 그리고 너는 너희 아빠를 무관심하다고 말하지만, 나는 우리 아빠를 낙오자라고 생각해. 어떤 것 같니? 우리 둘."

아무 말도 할 수가 없었다. 조앤이 저렇게까지 생각하고 있는 줄은 정말 몰랐다. 나는 갑자기 부끄러워졌다. 조앤의 말이 모두 옳다는 인정이 가슴 깊은 곳에서부터 묵직하게 올라왔다.

"미안해. 이런 말 하려고 보잔 게 아니었는데. 그냥 네가 보고 싶었어. 유일하게 말이야."

조앤은 자신의 말을 너무도 금방 후회했다. 나도 조앤이 보고 싶었다. 하루하루 조앤에 대한 걱정으로 밤잠을 설쳤다. 춘장이 만들어 준 자장면을 먹을 때도 조앤을 생각했었다. 따뜻한 면발을 먹성 좋은 조앤의 접시에 건네고 싶었다. 나는 어느새 울고 있었다.

"울지 마. 내가 더 미안해지잖아."

조앤이 쉰 목소리로 말했다. 그러고는 냅킨 몇 장을 챙겨 와 손에 쥐어 줬다.

"사실, 오늘 정우 선배 생일이야. 생일 파티에 같이 가지 않을래?"

눈물이 뚝 끊겼다. 정우 선배와 붙어 지낸다는 건 알고 있는 사실이었다. 생일 파티라니, 내키지 않았다. 하지만 조앤의 상황을 인정해야 했다. 정우 선배 없이는 조앤의 가출 생활이 순탄치 않았을 것이다. 나는 떨떠름한 기분이 되어 "그래."라고 간신히 내뱉었다.

생일 파티 장소는 대학가에 있는 지하 술집이었다. 우리 학교 미술부를 나온 선배가 운영하는 가게라고 했다. 정우 선배는 생일 파티를 위해 이 술집을 하루 종일 대여했다. 물론 고등학생은 마실 수 없는 각종 맥주가 냉장고를 가득 채우고 있었기 때문에 출입문은 단단히 잠그고 전화를 통해서만 열어 주고 있었다. 술집은 생각보다 많이 작았다. 대여섯 개 되는 테이블을 일일이 옮겨 간신히 파티 좌석을 마련한 듯 보였고, 꽤 오래전에 지어진 듯한 목재 벽과 바닥, 탁자들에는 거무튀튀한 윤기가 흘렀다. 지하라 그런지 들어서자마자 퀴퀴한 곰팡이 냄새가 코를 찔렀는데, 계단을 내려서자 그 냄새는 강도를 더해 왔다. 그리고 보이는 곳마다 술병이 널려 있었다. 속이 훤히 들여다보이는 냉장고뿐만 아니라 천장 바로 밑에 둘러쳐진 좁고 기다란 선반 위에도 처음 보는 외국 술병들이 나란히 진열되어 있었는데, 뽀얗게 먼지가 앉아 그 술들에 대해 호기심은커녕 반감만 더 생기게 했다.

조앤과 내가 제일 늦게 온 것 같았다. 테이블에는 또래로 보이는 남녀 아이들이 빈틈없이 앉아 있었다. 정우 선배가 나서서 자기 옆에 자리를 마련해 주지 않았다면 우리는 선 채로 파티에 참석해야 할 판이었다.

"야, 민희야. 오랜만이다!"

이미 한잔 했는지 파티의 주인공은 한껏 들떠 있는 표정으로 우리를 맞았다. 온통 모르는 사람들뿐인 줄 알았는데, 정우 선배의 미술부 동기들도 몇몇 보였다. 하지만 그 선배들 빼고는 노는 애들의 표상이 될 만한 애들만 전부 집합시켜 놓은 듯했다. 대부분 머리를 노랗게 물들였고 코와 귀에 피어싱을 했다. 스모키 화장을 진하게 하고 어깨에 뾰족한 징들을 매단 록커 같은 남자애도 있었다. 쌍꺼풀 수술을 한 지 얼마 안 된 것처럼 보이는 여자애는 프릴 레이스가 달린 민소매 블라우스를 곱상하게 입은 채 말보로 레드를 꺼내 그야말로 빡빡 담배를 피워 댔다. 그 애는 엄청난 담배 연기를 내뿜으며 나를 유심히 훑어 내리기도, 아니 노려보기도 했다. 그도 그럴 만했다. 나는 정말로 '범생이' 같은 모양새를 하고 있었으니까. 연한 핑크색 반팔 셔츠에 면으로 된 감색 반바지, 그게 오늘의 내 옷차림이었다. 그나마 반바지 길이가 짧은 게 다행이라고 생각될 정도였다.

바늘방석이 따로 없었다. 기 센, 노는 애들 틈에서 술 담배를 거부하며 사이다만 들이켜는 내 모습이 꼭 미운 오리 새끼 그 자체로 느껴졌다. 조앤만 아니었다면 금방이라도 뛰쳐나가고 싶었다. 하지만 조앤은 한 술 더 떠 차가운 맥주병을 연신 들었다 놨다 했다. 그러고는 송정우 선배를 포함한 일당들과 몹시도 즐겁게 대화를 나눴다. 나는 인내심을 가지며 한참 동안 그런 모습들을 지켜봤다. 내가 하지 못하는 저런 행동들을, 우리가 해서는 안 되는 그런 모습들을 보이는 저애들에게 처음에는 어떤 감정을 느끼고 있는지 잘 알지 못했다.

잠시 후 아이들은 생일 주인공에게 노래를 불러 줬다. 주인공은 케이크에 꽂힌 열여덟 개의 촛불을 박력 있게 끄고는 주위의 눈치를 살폈다. 케이크는 여지없이 눈치를 살피던 불안한 얼굴로 날아가 사정없이 뭉개졌다. 그리고 바로 생일자의 복수가 시작됐다. 테이블 위에 있던 방울토마토며 감자튀김, 피자, 치킨들이 각자의 얼굴에 가서 내동댕이쳐졌다. 정우 선배와 가까운 곳에 앉아 있던 나도 공격 대상에서 예외는 아니었다. 한바탕 소동이 끝나자 아이들은 숨을 헐떡이며 서로의 얼굴을 보고 웃어 댔다. 나는 셔츠와 바지에 엉망으로 묻은 초코 크림을 휴지로 닦아 냈다. 한숨이 절로 나왔다.

"졸라 많이 묻었다. 어떡하냐? 열라 튀는데."

옆자리에 앉은, 오늘 처음 본 남자애가 낄낄거리며 물티슈를 건넸다. 나는 그것을 받아들며 예의상 살짝 웃어 보였다.

이제야 알 것 같았다. 이곳, 여기에 모인 애들에게서 느껴지는 이 느낌. 날 것 같은 어떤 거칠고도 신선한, 하지만 조금은 부담스러운 그런 활기참. 생기 가득한 얼굴로 하고 싶은 욕을 마구 섞어 가며 자신의 감정을 거리낌 없이 표현하고, 힘찬 몸 짓으로 상대방을 축하하고 놀리며 걱정하는 그 어떤 활발한 기운이 술집 안을 가득 채우고 있었다.

반면 나는 이런 낯설고도 매력적인 분위기의 정체를 파악하고는 더 침울해졌다. 그건 뭐랄까, 아주 밝고 따사롭고 눈부신 햇살 아래 서 있을 때 느끼는 그런 쓸쓸한 슬픔 같은 거였다.

"야, 촌닭! 너 조앤이랑 같이 집 나왔었다며?"

느닷없는 외침에 순간 돼지우리 같던 술집 안이 조용해졌다. 정우 선배였다. 모든 눈길이 나를 향하고 있었다. 당황하여 주위를 둘러봤다. 의아해하며 재미있다는 듯 눈알을 굴리는 애들이 거의 대부분이었고, 극히 일부는 안됐다는 듯 불쌍하게 바라보고 있었다.

"근데 왜 너만 컴백 홈 해? 의리 없이."

정우 선배의 또 다른 비아냥거림이었다. 저게 술을 제대로 마시긴 했나 보다. 나는 정우 선배를 노려보며 속으로 중얼거렸다. 그때였다. 아이들이 킬킬거리며 한마디씩 뱉어 내기 시작했다.

"쟤 패션 쩐다. 촌닭 같네, 정말."

"서태지 팬인가 봐. 잘 나와서 왜 컴백 홈 해."

"씨발, 돌아갈 집이라도 있어 봤으면 좋겠다."

"야, 졸라 배신녀네, 배신녀. 킬킬."

"범생이 아니었어?"

곳곳에서 야유인지 놀림인지 모를 말들이 터져 나왔다. 나는 얼굴이 벌겋게 달아올랐다. 내 얼굴을 보는 조앤의 얼굴도 금세 일그러졌다. 조앤은 정우 선배의 눈치를 살피며 이렇게 말했다.

"아이, 오빠. 민희 보고 뭐라 하지 마. 나랑 민희랑 같아? 내가 그냥 등 떠밀었어. 집에 들어가라고. 사실 나 때문에 같이 나와 준 거였는데 내가 좀 미안하잖아."

수업 시간에 졸다가 뒤통수를 출석부로 후려 맞은 적이 있었다. 그때도 이런 느낌이었을까. 잠시 눈앞에 별이 보이는 것 같았다. 믿기지가 않았다. 조앤은 정우 선배를 '아이, 오빠'라고 불렀다. 평소에 그런 호칭을 소름 끼쳐 하는 애였다. 게다가 미술부는 전통적으로 선배들에게 언니나 오빠, 누나, 형 같은 호칭들을 쓰지 않았다. 오로지 선배님이라고 깍듯이 불러야 했다. 더 놀라운 것은 조앤이 콧소리를 냈다는 거다. 머리가 쭈뼛거렸다. 무엇보다 조앤의 말은 나를 모욕하고 있었다. 조앤은 나를 어린애 취급했고, 나의 가출 이유 같은 건 아무렇지도 않게 무시해 버렸다. 아이들은 조앤의 말에 '배신녀'가 아니다, 그야말로 '의리녀'다, 소개 좀 시켜 달라, 우리도 외롭다는 등 아까하고는 정반대의 말들을 쏟아 냈다.

웃을 수도 울 수도 없었다. 내가 이러한 반응들에 굳은 표정으로 일관하자 술집 안은 다시 조용해졌다. 모두 내 눈치를 보는 듯했다. 이대로 있을 수가 없었다. 나는 자리에서 일어났다.

"다른 약속이 있어서 먼저 가 볼게요."

서둘러 자리를 빠져나왔다. 내 이름을 부르는 조앤과 정우 선배의 목소리가 들렸지만 모른 체하며 계단을 뛰어올랐다. 밖에는 저녁 어스름이 깔려 있었고 조금은 시원해진 늦여름의 바람이 불고 있었다. 나는 잠시 선 채로 있었다. 바람 때문인지 뜨거워졌던 눈가가 서서히 차가워졌다.

"민희야, 너 이렇게 가 버리면 어떡해?"

언제 나왔는지 조앤이 팔을 붙잡았다. 나는 조앤을 뿌리치고 걷기 시작했다.

"됐어. 오빠랑 잘 놀아. 네 걱정 같은 거 안 해도 될 뻔했어."

"너 그게 무슨 말이야?"

걸음을 멈추고 뒤돌아섰다. 조앤이 화난 얼굴을 하고 있었다.

"무슨 말인지 몰라서 물어? 네가 방금 전에 한 얘기가 사실이야? 네가 그냥 사라져 버린 거잖아. 네가 날 집에 돌아가라고 떠다민 게 아니야. 그리고 그땐 나도 엄연히 집 나갈 이유가 있었어. 철없이 널 따라나선 게 아니라고!"

"……."

"너 그리고 아주 애교 잘 떨더라. 송 선배랑 언제 그런 사이가 된 거야? 너 많이 변한 거 알아? 그래, 그럴 만도 하지. 부잣집 아들의 여자친구니까 부족한 게 없겠지. 그래, 변할 만해. 인정할게!"

나는 뒤돌아 걷기 시작하다가 다시 멈춰 섰다.

"참, 네가 새로 사귄 친구들 가관이더라. 다들 약 하는 거 아니니?"

내 말은 내가 듣기에도 너무 잔인하게 들렸다. 쏟아져 나오는 막말들을 틀어막기에는 너무 많이 뱉어 버린 후였다.

"……그래, 나 변했어. 내가 살려면 어쩔 수 없었어. 아부하고 잘 보여야 해. 너도 알잖아. 너도 가출해 봐서 알 거 아니야.

그리고 정우 선배에 대한 내 마음은 진심이야. 또 너에 대한 내 마음도 진심이야. 너는 집에 들어가야 했어!"

"흥, 네 마음대로 그렇게 생각하지 마. 너만 괴롭니? 실종된 네 아빠나, 아무리 버렸다고 해도 널 찾아 헤매는 네 엄마 생각은 안 해? 자기만 이 세상의 모든 짐을 다 짊어진 것처럼 그렇게 자학하지 마. 역겨워."

잔인한 말들이 아직 남아 있었나 보다. 그것들은 뱀처럼 너무 쉽게 술술 내 입 밖으로 기어 나왔다.

"그리고 송정우는 내가 보기에 부모가 좀 산다는 거 외에 특별할 게 아무것도 없어. 그래, 네가 반한 대로 그림을 좀 잘 그리긴 하지. 하지만 그것도 곧 알량하고 얄팍한 재주라는 거 알게 될 거야. 진동이처럼 진지한 꿈이나 그걸 실천할 만한 성실함이 있는 선배가 아니야. 네가 후회할 게 뻔하다고!"

"선생들처럼 가르치려 들지 마. 너야말로 역겨워. 네가 뭘 알아? 너한테는 저 애들이 형편없어 보일지 몰라도 난 안 그래. 적어도 저 안에 있는 애들은 너처럼 아는 척 가식 떨지 않아. 꿈? 너도 꿈 없댔잖아. 갑자기 새로 만들어 내기라도 한 거야?"

조앤도 만만치 않았다. 한번 터져 나온 속말은 멈출 줄 몰랐다.

"솔직히 난 네가 엄살떤다고 생각했어. 복에 겨워 비명을 지르는 거라고! 그래도 너네 엄마 아빠는 너를 사랑하기는 하잖아. 그게 잘못된 방식으로 나오더라도 말이야. 그런데 날 봐 봐. 우리 집은 가망이 전혀 없어. 너도 이미 속으로 그렇게 생각하고 있는 거 아니야?"

조앤의 눈망울에 눈물이 가득했다.

"그건 네가 오해하……."

조앤은 내가 하는 말을 듣지도 않고 뒤돌아 뛰어갔다.

억울했다. 조앤을 그렇게 생각한 적은 결단코 전혀 없었다. 나는 분명 조앤도 행복해질 수 있다고 생각했다. 그리고 조앤의 친구들을 형편없다고 생각하지도 않았다. 거친 말을 하다 보니 어쩔 수 없이 깎아내렸을 뿐이다. 조앤이 이렇게까지 나를 다르게 생각하고 있는지는 몰랐다. 지금껏 나를 엄살이나 떠는 애로 생각했으면서 숨겨 온 거다. 조앤의 말은 하나하나 날아와 나의 온몸에 날카롭게 박혀 버렸다.

꿈에 대한 얘기는, 그건 할 말이 없었다. 나는 여전히 되고 싶은 게 없었다. 정우 선배를 깎아내린 것도 섣부른 판단일지 모른다는 생각이 조금 들었다. 진동이처럼 선배에게 진지한 꿈이 있는지 없는지, 그걸 이룰 수 있는지 없는지는 내가 알 수 있는 것이 아니었다. 적어도 꿈이 없는 내가 할 만한 판단은 아니었다.

그날 이후 조앤은 내게 아무 연락도 하지 않았다. 그리고 여전히 전화기는 꺼져 있었다. 나는 아줌마한테 정우 선배 얘기를 하지 않았다. 조앤을 만났다는 얘기도 하지 않았다. 조앤이 원치 않을 거란 생각이 확실히 들었기 때문이다. 이렇게 된 마당에 나는 조앤의 의견과 선택을 존중해야 했다. 그것이 친구한테 해 줘야 할 마지막 의리라는 생각이 들었다. 어차피 아줌마는 조앤을 책임지지 못할 테니까.

여름 방학이 끝났다. 아무것도 아닐 것 같은 열일곱의 여름이, 너무도 많은 일이 일어난 사연 많은 여름으로 끝을 맺었다. 그 여름에는 마녀가 살고 있었고, 여름의 끝과 함께 마녀도 죽었다.(진정한 의미로는 새롭게 살아난 거지만.)

우리의 여름에 마지막으로 들려온 안타까운 소식이 하나 더 있었다. 그것은 조앤 아빠의 죽음이었다. 아저씨는 조앤의 가출이 시작된 즈음부터 시작하여 지금까지 누구에게도 연락이 닿지 않았다. 아줌마는 틈틈이 내게 전화를 해 왔다. 물론 조앤에게서 무슨 소식이 있는지를 묻기 위해서였다. 죄책감이 들었지만 아줌마의 물음에 거짓말을 반복했다. 그런 아줌마가 아저씨의 소식을 전해 온 건 8월의 마지막 밤이었다. 아파트 앞 잔디에서 귀뚜라미 소리가 들리기 시작한 때였다. 수화기 너머의 아줌마는 그날따라 긴 한숨을 여러 번 토하고는 입을 열었다.

"그 애한테 연락 오면 아빠가…… 돌아가셨다고 전해 줘."

순간 잘못 들은 것 같아 다시 물었다.

"네? 뭐라고요?"

"조앤 아빠가 죽었단다."

"……"

"앤을 찾겠다고 여기저기 떠돌아다녔나 봐. 변변한 돈도 없었을 텐데. 그렇게 생활한 지 얼마 되지 않아서 길을 건너다가 교통사고를 당했대. 술에 취해 있었다고 하는구나. 알코올 중독자한텐 그렇게 거리를 헤매며 누군가를 찾아다니는 게 무리였을 거야. 의식이 없는 채로 병원에 도착했는데, 며칠을 그렇게 있다가 숨을 거뒀다나 봐. 경찰들은 사고를 목격한 사람들 말만 믿고 노숙자라 생각했대. 그래서 가족을 찾는 데 적극적이지 않은 거였고…….”

아줌마는 침착하고 담담하게 말하다가 끝내 울먹이며 말을 잇지 못했다. 나는 아무것도 느낄 수가 없었다. 그저 멍한 기분이 되어 울고 있는 아줌마에게 무슨 말을 건네야 할지를 생각하고 있었다.

“조앤한테 연락이 오면 이 말도 전해 주렴. 엄마가 같이 살자고 한다고……. 나 지금 서울 조앤 집에 있다. 네가 조앤 소식 알고 있는 거 다 알아. 서울에서 같이 살자 한다고 얘기 좀 꼭 전해 주렴.”

아줌마는 목구멍 속으로 다시 기어들어가려는 말들을 힘들게 하나씩 뱉어 냈다. 나는 그러겠다고 얘기하고는 전화를 끊었다. 산적처럼 수염이 덥수룩하던, 늘 피곤해 보이던 아저씨의 얼굴이 잘 생각나지 않았다.

11. 내가 진짜로 원하는 것

시간이 흐른다는 게 무슨 의미일까.

태양이 작열하던 여름, 머리 위로 떨어진 매미의 사체를 조앤과 함께 나무 둥치에 묻어 준 적이 있었다. 시간은 흘러 지금 그 자리에는 올해의 첫 낙엽이 졌다. 봉긋하게 솟아 있던 매미의 무덤은 이내 평평해져 어디에 묻혀 있는지 알아볼 수가 없었다. 나는 벤치에 앉아 그때를 떠올렸다. 높아진 하늘로부터 부드러운 바람이 불어왔다. 점심을 먹은 아이들이 이곳저곳에서 가을을 즐기고 있었다. 십여 분 남은 점심시간을 축구로 위안하는 까무잡잡한 피부의 남자애들과 담장 주위로 난 산책로를 팔짱을 끼며 걸어가는 볼이 발간 여자애들이 보였다. 매미가 우리 머리 위로 떨어지던 그 계절에 조앤과 내가 집을 나가지 않았다면, 우리는 지금쯤 이 벤치에 나란히 앉아서 유치하고 아무 의미 없는 잡담들을 시시덕거리며 나눌 수 있었을까…….

조앤은 지금 병원에 있다. 의식을 잃고 피투성이가 되어 수술실과 중환자실을 왔다 갔다 하던 조앤은 다행히 닷새 만에 의식을 되찾았다. 사고 소식을 듣고 나는 반은 미친 사람이 되어 이리저리 뛰어다녔다. 모든 것을 정리하고 서울로 올라와 있던 아줌마도 갑작스러운 소식에 넋이 나가긴 마찬가지였다.

나의 일상은 학교가 끝나자마자 병원으로 달려가는 것이 돼버렸다. 초조하게 경과를 지켜보는 동안은 수업도 귀에 들어오지 않았다. 그리고 거식증이 다시 시작된 것처럼 음식이 목구멍으로 넘어가지 않았다.

학교에서는 조앤의 수술비와 입원비를 마련하기 위해 모금을 시작했다. 춘장과 수경이 그리고 수학과 덕배 형이 많은 도움을 줬다. 아저씨의 죽음은 내 뜻과는 상관없이 조앤의 가정사와 함께 학교에 공개됐다. 선생님들도, 아이들도 조앤을 동정했다. 모금함은 금세 채워졌고, 실질적으로 큰 도움이 됐다. 하지만 한편으로는 자존심이 상했다. 아마 조앤도 그랬을 거다. 가정사를 공개한 대가 같았기 때문이다.

송정우 선배도 중상이었지만 의식 불명 상태는 아니었다. 갈비뼈가 나가고 팔다리가 부러졌지만 중환자실 신세를 지지는 않았다. 오토바이 뒷자리에 탔던 조앤은 사고와 함께 수 미터를 날아가 떨어졌다. 조앤은 헬멧도 쓰지 않았다. 살아 있는 것 자체가 기적 같은 일이었다.

송 선배의 잘난 엄마는 조앤의 병실로 찾아와 누워 있는 조앤을 가리키며 '이 애'가 송 선배와 어떤 관계냐며 아줌마를 추궁했다. 심지어 '이 애' 때문에 자기 아들이 가출하게 된 것 아니냐며 어깃장을 놓았다. 머리에 붕대를 감은 조앤 앞에서 목소리를 높이던 그 여자는 내가 본 최악의 어른이었다.

조앤은 의식을 되찾고도 한동안 사람들을 알아보지 못했다. 머리는 크게 부풀어 있었고, 붓기와 찰과상이 얼굴 전체를 뒤덮고 있었다. 동그랗고 맑게 반짝이던 눈동자는 부어오른 눈꺼풀에 가려져 희미하게 보일 뿐이었다. 일반 병실로 옮겨지고 며칠이 더 흐른 뒤에야 조앤에게서 예전의 얼굴이 보였다.

조앤이 나를 처음 알아봤을 때 우리는 하염없이 눈물을 흘렸다. 양팔도 골절됐기 때문에 조앤은 스스로 눈물도 훔칠 수가 없었다. 나는 조앤의 눈가를 수건으로 닦아 주며 이렇게 말했다.

"바보야, 울면 안 돼. 뇌압이 높아지면 위험하대. 넌 이제부터 조앤이 아니라 조캔디여야 해. 외로워도 슬퍼도 울지 않는 들장미 소녀 조캔디 말이야."

내 딴에는 조앤을 미소 짓게 만들기 위해 굉장히 배꼽 잡을 농담을 던진 거였는데, 조앤은 웃지 않았다. 하지만 눈물은 그쳤고, 조금 더 힘을 주어 내 손을 잡는 조앤의 마음을 느낄 수 있었다. 따뜻했다. 조앤은 오랫동안 손을 놓지 않았다. 꼭 연약한 아기의 손을 잡고 있는 것 같았다.

"수술이 잘됐대. 사실 처음엔 네가 죽는 줄 알았어. 네 머리랑 얼굴이 이만큼 부풀어 있었는데 터뜨리면 꼭 펑 하고 터질 것처럼 보였어."

나는 팔을 뻗어 크게 원을 그렸다. 그 모습에 비로소 조앤이 미소를 지었다.

"미안해."

"당연히 미안해야지. 내가 속을 얼마나 끓였는데. 나중에 너 같은 딸 낳을까 봐 정말 무섭다."

나는 엄마가 내 등을 부드럽게 쓸어 줬던 때처럼 조앤의 얼굴을 다정히 쓰다듬어 줬다. 꼭 속 썩이는 딸의 엄마가 된 듯한 기분이었다. 그러자 아저씨 생각이 났다. 나를 포함해 그 누구도 조앤에게 아버지에 대한 얘기를 꺼내지 않았다. 마치 약속이나 한 것처럼 말이다. 어느 날 창밖으로 지는 가을 해를 바라보며 조앤이 이렇게 물어 온 적은 있었다.

"아빠한테서는 여전히 아무 연락이 없니?"

나는 잠시 머뭇거렸다. 그리고 침대 옆 의자에 앉아 사과를 깎고 있던 아줌마를 곁눈질로 바라봤다. 아줌마는 동작을 멈춘 채 잔뜩 긴장한 얼굴이었다.

"응, 여전히……."

조앤은 아무 말이 없었다. 하지만 이윽고 피곤하니 잠을 자고 싶다고 말했고, 아줌마는 다시 과일을 깎기 시작했다. 언젠간 조앤도 아빠의 죽음을 알아야 할 것이다. 하지만 조앤을 아는 사람들 사이에서 아저씨의 일에 대한 암묵적인 침묵은 꽤 오래갈 듯 싶었다. 그것은 나도 마찬가지였다. 안됐지만 아저씨는 영원히 실종 상태에 처해 있어야 할지도 모른다. 아저씨의 죽음을 알게 된다면, 조앤은 죄책감으로 아주 많이 괴로워할 게 뻔했다. 나는 종종 소리 내어 중얼거렸다. 아저씨는 죽은 게 아니라 실종된 거다, 아저씨는 죽은 게 아니라, 다만 실종된 거다……

"엄마 오늘은 조앤이 소리 내어 웃었어요. 아니, 웃었어. 붓기도 많이 빠지고 뼈들도 많이 붙었나 봐."

여전히 존댓말은 불시에 튀어나왔지만 마녀란 단어는 마음속에서 사라진 지 오래다. 엄마와 나는 얼마 전 마지막 상담을 끝으로 정신과와 안녕을 고했다.

"그래? 많이 나아졌나 보네. 엄마는 오늘 실습 나갔었어. 오랜만에 병원에서 일하니까 옛날 생각이 나더라."

엄마는 요즘 호스피스 교육을 받으러 다녔다. 의사가 꿈이었던 엄마는 호스피스 병동 무료 봉사라는 새로운 꿈이 생겼다. 젊어서 간호사 생활을 하던 이후로 요즘처럼 활기가 느껴진 적이 없다고 했다.

빨래를 개고 있는 엄마의 얼굴을 가만히 바라다 봤다. 내가 보기에도 예전에 비해 훨씬 생기 있는 얼굴로 보였다.

"뭘 그렇게 봐? 배고파? 자장면 해 줄까?"

엄마는 진동이의 레시피도 전수 받았다. 아빠는 모르고 있었지만 엄마와 나는 화해 후 호호반점에 간 적이 있었다. 엄마가 직접 진동이를 만나 보고 싶다고 말했기 때문이다.

"꼭 아버지 가게를 물려받아야겠네. 아버지 대에서 끝나기엔 너무 아까운 맛이야."

엄마가 나비문신 님이 준비한 코스 요리를 맛보고는 춘장에게 한 말이었다.

"엄만 내가 정말로 자장면만 좋아하는 줄 아나 봐. 그리고 자

225

장면만큼은 엄마가 만든 건 별로야. 진동이 게 최고지."

나는 짓궂은 웃음을 웃었다. 엄마는 딸 키워 봤자 소용없는 건 진즉에 알았다며 같이 따라 웃었다. 우리는 그동안 서로가 얼마나 외로웠는지를 절실히 깨닫고 있었다. 그것은 얼굴빛에서 그리고 주름 하나하나의 흔적에서 쉽게 찾아졌다. 그리고 이렇게 서로가 마주보며 웃는 웃음이 얼마나 소중한지도 뼈저리게 깨닫는 중이었다.

하지만 아빠는 여전히 외톨이의 공간 속에서 완전히 빠져나오지 못했다. 언젠가 그런 아빠에 대한 불만을 얘기했을 때 엄마는 이렇게 말했다.

"오늘 의사 선생님이 그러는데 치유에는 시간이 필요하다고 그러더라. 아마 아빠는 우리보다 더 많이 외로웠는지도 몰라. 그렇지만 아주 강한 사람이어서 우리처럼 몸으로 앓지는 않은 거겠지. 우리가 믿고 기다려야지 별 수 있겠니?"

그렇게 얘기하는 엄마는 온화하고 편안해 보였다. 엄마는 그런 모습으로 조앤의 상태도 나만큼이나 많이 걱정했다. 그리고 가끔 병원에 찾아가 아줌마를 위로하며 긴 대화를 나눴다.

어느 날 엄마는 설거지를 하다 말고 내게 이렇게 털어놓았다.

"민희야, 조앤네 엄마도 마음고생을 많이 했더라."

"당연히 그래야지. 조앤과 아저씨를 그렇게 버려두고 떠난 사람이니까."

나는 불만이 가득한 얼굴로 퉁명스럽게 얘기했다. 사실 조앤의 일로 아줌마와 마주치는 일이 많았지만 나는 여전히 아줌마가 못마땅했다. 그건 조앤의 표정에도 나타났다. 조앤은 아줌마와 다정히 이야기하지 않았다. 극히 필요한 이야기들만 건넸고, 필요한 부축만 받았다. 퇴원 후 같이 살기를 원하는 아줌마에게 노골적으로 자기 의사를 표시하기도 했다.

"저 혼자 살아도 돼요. 이제 와서, 그럴 필요 없어요. 그리고 아빠가 언제 돌아올지 모르잖아요. 아빠는 엄마가 집에 있는 거 안 좋아할 거예요."

그때 아줌마의 얼굴은 하얗게 변하다 못해 당장 쓰러질 것처럼 창백했다.

엄마는 사람들이 아줌마에 대해 오해하는 게 많다고 말했다.

"나는 정말로 조앤네 엄마가 바람이 나서 도망갔는지 알았지. 그런데 글쎄 조앤네 아빠가 의처증이 있었다더라. 그 아줌마가 그때만 해도 얼마나 예뻤는데. 동네 지나가는 남자들이 다 눈을 돌리곤 했어. 그래도 그렇지, 화장도 못 하게 하고 외출도 못 하게 했다더라. 나중에는 손찌검도 하고."

조앤에게서 들은 기억이 났다. 가출을 결심하던 그날 조앤이 엄마한테 들었다며 나에게 들려줬던 얘기다.

"조앤네 할머니가 워낙 기가 세셨어야지. 처음부터 곱상하고 야리야리하게 생긴 며느리를 못마땅하게 생각했는데, 아들이 의처증이 있는 건 모르고 이때다 하고 아들 말만 믿기 시작한 거야. 아들보다 한 술 더 떠 동네방네 안 좋은 소문은 다 퍼뜨리고 말이야. 증거도 없으면서 그러면 안 되지. 그땐 나도 그 할머니가 그렇게 말하는 걸 듣고 진짜라고 생각했으니 조앤네 엄마가 얼마나 답답했겠니."

"그래도 자식을 버리면 안 되는 거잖아. 바람만 안 났던 것뿐이지 자식 버린 건 맞는 거잖아."

"……그거야 그렇지."

"게다가 왜 그동안 조앤한테 연락도 없었대? 보고 싶어서라도 돌아오고 싶었을 텐데 안 그랬다는 게 이해가 안 돼."

그릇 부딪히는 소리가 잠시 멈췄다. 엄마는 돌아서서 나를 물끄러미 바라봤다. 나는 입안으로 털어 넣으려던 과자 봉지를 가만히 내려놓았다.

"……왜?"

"민희야, 가끔 나도, 집을 뛰쳐나가고 싶을 때가 있었어. 모든 걸 다 버리고 말이야. 결혼 전에, 의사가 되고 싶던 때를 떠올리면 그런 마음이 정말로 들기도 했어. 내 말은…… 엄마도 사람이라는 거야. 너네랑 같은 감정을 느끼는……."

"……."

"그리고 너무 미안하면 미안하다는 말을 더 못하게 될 때도 있어. 나는 조앤 엄마가 이해 돼. 나라도 자식 버리고 뛰쳐나갔으면 죄책감에 쉽게 돌아오지 못했을 거야. 어떤 명분으로 다시 자식들을 보겠어. 뛰쳐나갈 때는 언제고 말이야. 그런 경우도 있어, 살다 보면은."

"그런 경우도 있어, 살다 보면은."에서 엄마는 확신에 차 말했다. 그리고 다시 설거지를 시작했다. 나는 그런 엄마의 등을 지긋이 쳐다봤다. 엄마의 어깨 근육들이 살랑살랑 움직였다. 무언가 묵직한 것이 가슴으로 들어오는 것 같았다. 엄마도 사람이라는 말, 그 말이 나는 꽤 생소하게 들렸다. 정말 당연한 말인

데, 마치 처음 알게 된 사실처럼 낯설었다. 그리고 그 낯설음이
미안했다. 나는 조용히 내 방으로 들어갔다. 그리고 엄마 말처
럼 정말 너무 미안하면, 미안하다는 말을 할 수 없기도 하다는
걸 다시 낯설게 깨달았다.

시간이 흐른다는 게 무슨 의미일까.

나는 몇 달 전보다 눈에 띄게 살이 올랐고, 퀭해 보이던 얼굴
은 건강한 혈색을 되찾았다. 입만 열면 불평을 늘어놓던 내가
한 번 더 생각하고 말하는 버릇을 들이게 됐고, 이제 더 이상 학
원은 다니지 않게 됐다. 절친 조앤이 병원에 있는 관계로 춘장
과 하굣길을 같이하는 시간이 많아졌고,(참, 춘장은 중식조리사
자격증에 합격했다.) 학원에 다니지 않는 대신 혼자서 공부하는
시간을 스스로 정해 실천했다. 이 모든 것들은 지난여름의 나와
는 확연히 달라진 모습들이다.

하지만 변하지 않은 것들도 있었다. 딸들이 반항심만 늘어간
다고 생각하던 아빠와 엄마는 사실 마음 깊숙이 언니와 나에 대
한 변함없는 애정을 간직하고 있었다. 여전히 조앤은 내 가장
친한 친구고, 여전히 춘장은 내가 좋아하는 배울 게 많은 남자
친구다. 며칠 전 호호반점에서 뵌 나비문신 님의 나비들도 여전
히 그 빛을 잃지 않고 언제라도 날아오를 듯 날갯짓을 하고 있
었다. 그리고 또…… 안타깝지만 나는 여전히 꿈을 가지고 있지
않다.

조앤의 사고 이후 미술부를 탈퇴한 나는 나에 대해 집중 관

찰을 했다. 정말 무엇을 하고 싶은지, 하고 싶은 것과는 상관없이 적성에 맞는 직업은 무엇인지를 생각하고 또 생각해 봤다. 그럴 때마다 "네가 진짜로 원하는 게 뭐야?"라고 재차 물어보는 어느 가수의 노래를 반복해 들었다. 그 노래는 내 안으로 깊숙이 파고들어 나를 괴롭혔다. 하지만 신통치가 않았다.

지금도 나는 내 방 창가에 앉아 고민 중이다. 그걸 해야 하는데, 진짜로 원하는 그거! 아, 정말 생각나지 않는다. 그때였다. 휴대전화의 문자 수신음이 울린 것은.

−민희야, 나 다음 주쯤 퇴원해도 되는지 결정한대.

조앤의 문자였다. 한참 동안 휴대전화 액정을 들여다봤다. 그동안의 일들이 아릿하게 머릿속을 훑고 지나갔다. 정말 나는 무엇을 원할까……. 그때 떠오르는 한 가지 생각이 있었다.

나는 여전히 뭐가 되고 싶은지는 모른다. 대학에 왜 가고 싶은지도 모른다. 하지만 지금 이 순간 내가 진짜로 원하는 게 뭔지를 알 것 같다. 그것은 '내 친구를 지키는 것'이다. 아직 자기 엄마와 화해하지 못하고, 아빠의 죽음도 알지 못하는 그 애는 여전히 마녀가 살고 매미가 죽던 지난여름을 살고 있다. 모든 불명확한 것들 사이에서 지금 내가 확실하게 알고 있는 것은, 조앤 곁을 지켜 주고 싶다는 바로 그 마음이다.

나는 거식증 치료를 받으며 상담 선생님과 나눴던 어느 날의 대화를 떠올렸다.

"죽은 매미를 묻어 준 적이 있었는데 꼭 우리들 같았어요."

"왜 그렇게 생각해?"

"매미는 땅속에서 엄청 고생만 하다가 한철 울고는 죽어 버리잖아요."

"그런데?"

검은 뿔테 안경을 쓴 상담 선생님은 통 이해하지 못하겠다는 얼굴을 했다. 나는 좀 짜증이 서린 말투로 얘기를 계속했다.

"우리도 꼭 그렇게 돼 버리는 건 아닌지 불안해요. 학교는 너무 구식이고 답답해요. 매미가 애벌레로 사는 땅속이 꼭 학교 같다니까요."

"그래, 그렇게 생각될 수 있겠구나."

"집은 어떻고요. 우리 마음대로 할 수 있는 게 아무것도 없어요. 늘 부모님이 이래라 저래라 하고 우리한테 원하는 건 공부 잘하는 것밖에 없어요. 시간도 어찌나 안 가는지 몰라요. 매미도 땅속이 갑갑해 빨리 나무 위로 올라가고 싶지 않겠어요? 하지만 얼마 안 가 죽어 버리잖아요. 그런 거 같아요. 빨리 어른이 되어 독립하고 싶다가도 어른이 되는 것 자체가 불안해요. 우리 엄마 아빠만 봐도 그래요. 어른이 되는 순간 오히려 더 불행해지는 것 같기도 해요."

나의 두서없는 얘기에 선생님은 그제야 이해하겠다는 웃음을 보였다.

"그래서 매미가 너네 같다는 거야?"

"네. 올 여름은 정말 매미 같았어요."

이제야 이야기가 통하는 것 같았다. 선생님은 뿔테 안경을 벗어 알을 정성스럽게 닦더니 이렇게 얘기했다.

"나는 좀 다른 의미로 너희가 매미 같은걸. 사실 나는 너희들 나이가 정말 부러워. 매미에 자기를 비유해 말할 정도로 감수성도 촉촉하고, 친구를 자기처럼 소중히 여길 줄도 알고 말이야. 민희의 올 여름이 매미 같았다는 건 이런 뜻 아닐까? 너희 인생에서 가장 빛나는 시절이 지금이라는 뜻. 돌이켜보면 청소년기는 매미의 한철처럼 굉장히 짧지만 선생님 인생에서 가장 아름다웠던 나이는 너희들 나이였어. 그런데 그걸 너희만 모르는 것같아."

그리고 이렇게 덧붙였다.

"시간이 안 가는 것 같다고? 그건 좋은 거야. 그토록 좋은 시절이 빨리 지나가면 얼마나 손해겠니?"

곰곰이 생각해 봤다. 정말 그런가? 어른들이야 늘 그렇게 말하니까 썩 와 닿는 얘기는 아니었다.

"솔직히 말씀 드리면, 선생님 말씀은 좀 식상해요. 어디서 많이 들은 말 같고……. 아니면 선생님이 유독 행복한 청소년기를 보냈다거나 뭐 그런……."

당시에 나는 눈치를 잔뜩 보면서도 할 말을 하고 있었다. 상담 선생님은 확실히 당황스러운 얼굴을 했지만 심리치료 전문의답게 곧 여유 있는 표정으로 상황을 헤쳐 나갔다.

지금 와서 생각하니 어쩌면 선생님 말이 맞을지도 모르겠다. 나와 조앤의 인생에서 지금이 가장 빛나는 시기는 아닐지라도, 우리의 우정이 어느 어른들의 우정보다 더 진하다는 것을 느끼고 있으니까 말이다.

"날개는 이미 매미 안에 있는걸. 아예 없는 게 생기는 게 아니라 이미 유충의 디엔에이에 내재되어 있는 거야. 그걸 생각하면 견디는 게 좀 수월하지 않을까?"

기차 안에서 했던 나비문신 님의 말도 생각났다. 여름 내내 자꾸 떠오르는 말 중 하나였다. 나에겐 어떤 날개가 내재되어 있을까? 나비문신 님의 말은 나에게도 적용될까? 엄마의 말도 생각났다. 조급해하지 않을 테니까 아주 조금씩이라도 나아지기 위해 노력하는 모습만 보여 달라고 엄마는 말했었다. 나는 그 말을 듣고 정말로 마음이 편안했었다. 부담감이 사라지고 스스로 뭔가를 해 보겠다는 의욕이 생겼었다.

어느덧 창밖에는 땅거미가 내려앉았다. 서늘한 바람이 커튼을 들추고 방 안으로 들어왔다. 나는 창가로 다가갔다. 어둑한 하늘에는 어느 때보다 둥글고 커다란 달이 떠 있었다. 그리고 밝고 환한 달빛이 아파트 단지를 틈틈이 비추고 있었다. 나는 달빛이 내리는 공원을 내려다봤다. 가로등이며 나무들이 땅 위에 우뚝 솟아 있었다.

저기다.

저기 저 깊은 곳에 매미가 애벌레로 있겠지. 나는 애벌레 안에 내재된 디엔에이를 상상해 봤다. 아름답게 주름져 빛나는 매미의 날개가 애벌레의 몸통 안에서 반짝반짝 빛났다. 조앤과 나, 춘장 속에서 이미 빛나고 있을 날개처럼.

내 안의 빛나는 날개를 찾아서

민희와 춘장과 조앤은 열일곱 살이다.

나는 나의 열일곱을 가만히 떠올려 본다.

자물쇠가 달린 일기장이 있었다.

누가 볼까 두려워 엄지손톱만 한 자물쇠통을 꼭 잠그고

열쇠는 따로 간직해 다녔다.

지금 일기장을 펴 보니 열일곱의 일상이 고스란히 담겨 있다.

어디로 도망가지 않고 다행히 그곳에 있다.

슬프게도 일기장엔 온통 고민뿐이다.

내가 나를 미워하게 된 첫째 이유가 가족이라고 적혀 있다.

학교에서 나는 전혀 딴사람이 된다고 적혀 있다.

나는 전혀 특별하지 않다고 적혀 있다.

학원에 가기 위해 새벽 다섯 시에 일어난 어느 날엔

군에 입대하는 오빠의 자는 모습을 바라보며 무척 섭섭하다

고 적혀 있다.

외할머니가 돌아가신 날엔 자주 찾아뵙지 못한 내 자신이 부

235

끄럽다고 적혀 있다.

울고 싶지만 울 수 없다고도 적혀 있다.

나를 사랑하고 내 친구와 가족을 사랑하기 위해서라고 적혀 있다.

어른들은 너무 형식을 중요시한다고도

쓸데없고 나쁜 형식은 버려야 한다고도 적혀 있다.

서울부터 부산까지 걸어가고 싶다고

그 길에 많은 사색과 단 한 명의 동행인이 있었으면 좋겠다
고 적혀 있다.

집에 돌아와도 백넘버 10을 단 핸드볼부 오빠만이

눈에 선명하다고 적혀 있다.

시간이란 없는 것, 느끼지 않아도 되는 것이라고 적혀 있다.

존 레논의 50주년 생일을 기념하며

그는 죽었지만 그의 노래는 영원히 내 가슴에 살아 있을 거
라고 적혀 있다.

나는 진실을 모르고, 현실만 알고 두려워한다며

내가 진실을 안다면 모든 공포에서 벗어날 수 있을 거라고

적혀 있다.

짝 윤선이 덕분에 드디어 넘버 텐 오빠의 이름을 알게 됐다고 적혀 있다.

우리가 이름뿐인 친구였다는 결론이 내려지더라도

나는 친구인 너를 이해할 거라고 적혀 있다.

한 친구가 고민이나 좋은 말을 쓰면 나머지 친구들이 그에 대해 충고나 조언, 감상을 적는 문집 비슷한 걸 만들려 한다고 적혀 있다.

윤동주 시인의 모교에 꼭 입학하고 싶지만 실력이 되지 않아 꿈은 꿈으로 남을 것 같다고 적혀 있다.

민희와 춘장과 조앤은 열일곱 살이다.

나는 나의 열일곱을 가만히 떠올려 본다.

땅속 매미 유충의 DNA엔 이미 빛나는 날개가 내재되어 있다고 나비문신 님이 말했다.

자물쇠로 20여 년을 잠겨 있던 열일곱의 일기를 지금 와 꺼내 보니 나는 이 소설의 마무리를 그때 이미 생각했던 것 같다.

돌이켜보니 가족도, 친구도, 꿈도 모두 여전히 내 곁에 있다.
변한 것이 있다면 나는 이제 그들을 제대로 이해하려 노력한
다는 것이다.
변한 것이 없다면 여전히 나는 그들을 사랑하고 있다는 것이다.
그때는 모르던 사랑을 새로 하는 것처럼
마치 첫사랑처럼.

『우리들의 매미 같은 여름』은 내 꿈의 도입부다. 내 꿈은 아
직 요원하다. 하지만 첫 시작이 가족에 대한 몰이해와 화해, 꿈
에 대한 오해, 친구에 대한 목마름이 응축된 것만으로 소심하게
자족해 보려 한다. 부족한 작품에 출판 기회를 주고 조언해 준
푸른책들과 내 첫 장편의 초고를 마다하지 않고 읽어 준 언니에
게 감사드린다.

2012년 봄
한 결

〈푸른도서관〉에서 만나는 청소년 성장소설

한 결

1975년 서울에서 태어났으며, 서울시립대학교 국사학과를 졸업했다. 초등학교 때 읽은 42권짜리 셜록 홈즈 문고본이 삶의 가치관과 기호에 지대한 영향을 미쳤다. 편집자로 책 만드는 일을 하다가 지금은 소설 쓰는 사람이 되어 있다. 『우리들의 매미 같은 여름』은 섭식장애와 가족과의 갈등 그리고 미래에 대한 불안으로 인해 마음의 갈피를 잡지 못하고 청춘을 앓는 열일곱 살 아이들의 시간을 솔직하고 섬세하게 그려 낸 그의 첫 청소년 성장소설이다.

푸른도서관은 10대에서 20대까지 눈부신 성장을 거듭하는 푸른 세대를 위한 본격 문학 시리즈입니다.

*〈푸른도서관〉 시리즈는 계속 나옵니다!